Los ecos del pantano

ELLY Griffiths

Los ecos del pantano

Traducción:

JOFRE HOMEDES BEUTNAGEL

MAEVA | NOIR

Título original:
THE CROSSING PLACES

© Elly Griffiths
© de la traducción: Jofre Homedes Beutnagel, 2019
© MAEVA EDICIONES, 2019
  Benito Castro, 6
  28028 MADRID
  www.maeva.es

ISBN: 978-84-17708-22-1
Depósito legal: M-5.824-2019

Diseño de cubierta: Sylvia Sans Bassat
Preimpresión: Gráficas 4, S.A.
Impresión y encuadernación: Huertas, S.A.
Impreso en España / Printed in Spain

Para Marge

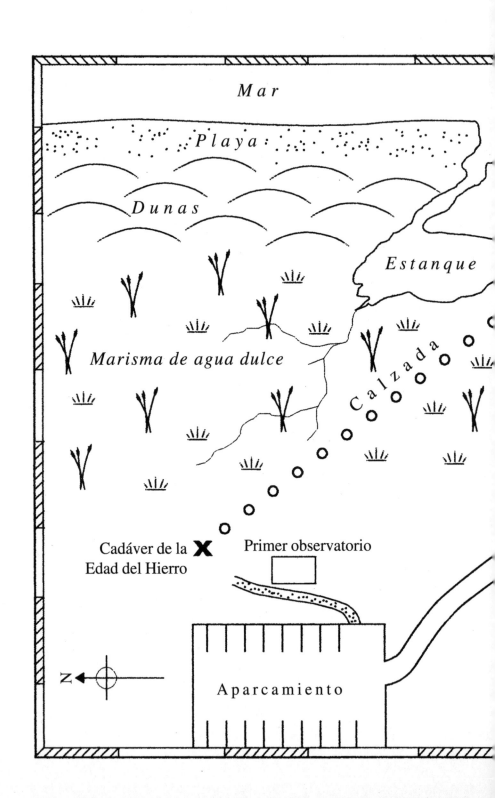

Mar

Playa

Dunas

Estanque

Marisma de agua dulce

Calzada

Cadáver de la Edad del Hierro

Primer observatorio

N

Aparcamiento

M a r

*Círculo
del
henge*

P l a y a

Marisma salada

egundo observatorio

Marisma

N e w   R o a d

Sam y Ed	Ruth	David

P a s t o s

Prólogo

Esperan la marea, y salen en cuanto despunta el alba.

Ha llovido toda la noche. Por la mañana, el suelo desprende una suave humareda, y la niebla sube hasta juntarse con las nubes bajas. Nelson llama a Ruth desde un coche patrulla camuflado. Él se sienta junto al conductor; ella detrás, como los pasajeros en los taxis. Van en silencio hasta el aparcamiento cercano a donde se encontraron los primeros huesos. Recorren la marisma por la carretera, en un silencio interrumpido solo por la radio, que crepita a ráfagas, entrecortadamente, y por la respiración del conductor, que está resfriado. Nelson no dice nada. No hay nada que decir.

Bajan del coche y caminan hacia el humedal, pisando hierba encharcada por la lluvia. El viento susurra entre los juncos, y de vez en cuando se vislumbra el agua inmóvil y plomiza, que refleja el cielo gris. Ruth se detiene al borde de la ciénaga y busca el primer poste hundido, el sinuoso camino de grava que lleva a los bajíos, cruzando las aguas traicioneras. Una vez que lo encuentra, medio sumergido en agua salobre, continúa sin mirar atrás.

Van en silencio por el humedal. Más cerca del mar, la niebla se disipa y el sol empieza a filtrarse entre las nubes. Ahora que ha bajado la marea, los rayos matutinos hacen relucir la arena del círculo del *henge*. Ruth se pone de rodillas, como se lo vio hacer a Erik hace muchos años, y usa su paleta para ir removiendo con delicadeza el barro palpitante.

De repente el silencio es absoluto; hasta las aves marinas han dejado de chillar como locas. A menos que aún lo hagan, pero que Ruth no las oiga. Lo que oye, de fondo, es la respiración agitada de Nelson. En cambio, a ella la invade una serenidad extraña. No siente nada, ni siquiera al verlo, ni siquiera al distinguir el brazo menudo que aún lleva la pulsera de bautismo.

Ya sabía lo que encontraría.

1

Despertarse es como resucitar. La lenta escalada desde el fondo del sueño, las formas que aparecen en la oscuridad, la alarma, como la última trompeta del apocalipsis... Al sacar un brazo de la cama, Ruth tira el despertador, que se lo reprocha sonando desde el suelo. Se incorpora entre gemidos y sube la persiana. Aún es de noche. Esto no puede ser, se dice al poner los pies sobre el suelo de madera y sobresaltarse por lo frío que está. El hombre del Neolítico se habría acostado y levantado con el sol. ¿Por qué creemos que esto es lo correcto? Quedarse dormida en el sofá, mirando las noticias, arrastrarse hasta el piso de arriba, leer un libro del inspector Rebus porque no puede pegar ojo, escuchar por la radio las noticias internacionales de la BBC, contar enterramientos de la Edad del Hierro para conciliar el sueño... Y ahora esto: despertarse a oscuras con la sensación de estar muerta. No, no puede ser.

En la ducha, el agua le despega los párpados y le desparrama el pelo por la espalda. Se podría decir que es un bautismo. Los padres de Ruth, cristianos renacidos, son grandes admiradores de la Inmersión Completa Para Adultos (mayúsculas obligatorias). Ruth es perfectamente sensible a su atractivo, más allá del pequeño inconveniente de que no cree en Dios. De todos modos, sus padres Rezan Por Ella (más mayúsculas), lo cual debería reconfortarla, aunque por alguna razón no lo hace.

Se restriega enérgicamente con la toalla, y se queda mirando el espejo empañado sin ver nada. Sabe lo que verá, pero es una certeza que la reconforta tan poco como las oraciones de sus padres: pelo castaño hasta los hombros, ojos azules, piel blanca... y, se ponga como se ponga en la báscula –desterrada de momento al escobero–, ochenta kilos de peso. Suspira («a mí no me define el peso; la gordura es un estado mental») y embadurna el cepillo de dentífrico. Tiene una sonrisa preciosa, pero ahora mismo no sonríe, así que también queda demasiado abajo en la lista de consuelos.

Una vez aseada, vuelve descalza y con los pies húmedos al dormitorio. Hoy tiene clase, así que tendrá que vestirse con un poco más de formalidad que de costumbre. Pantalones negros y top amorfo del mismo color. Elige la ropa casi sin mirarla. Le gustan los colores y las telas; de hecho, tiene bastante debilidad por las lentejuelas, los canutillos y el estrás, pero al ver su vestuario nadie lo diría: una adusta sucesión de pantalones negros y chaquetas holgadas de colores oscuros. Los cajones de su tocador de pino están llenos de jerséis negros, chaquetas sueltas de punto y medias opacas. Antes llevaba vaqueros, pero desde que llegó a la talla 48 opta por los pantalones de pana, negros, por descontado. Los vaqueros son demasiado juveniles. El año que viene cumplirá los cuarenta.

Ya vestida, se encaja en la escalera. Es una casa muy pequeña, con una escalera tan empinada que parece más bien una de mano. «Por aquí no podré subir yo nunca», le dijo su madre durante su última, y única, visita. «Y quién te lo pide», contestó Ruth en silencio. Como solo había un dormitorio, sus padres se alojaron en el hostal del pueblo. Subir era algo rigurosamente innecesario. (Abajo hay un aseo, pero está al lado de la cocina, algo que a su madre le parece poco higiénico.) La escalera lleva directamente a la sala de estar: suelo de madera lijada, un sofá cómodo y descolorido, una tele grande de pantalla plana y libros en cualquier superficie disponible. Sobre todo de Arqueología, pero también novela negra, libros de cocina, guías de viaje y novelas de médicos y enfermeras. Si por algo se caracterizan los gustos de Ruth es por el eclecticismo. Tiene especial afición por los libros infantiles sobre ballet o equitación, dos actividades que nunca ha practicado.

En la cocina caben de milagro una nevera y unos fogones, aunque Ruth, a pesar de los libros, casi nunca cocina. Pone agua a hervir y pan a tostar, a la vez que sintoniza Radio 4 con la rapidez de la costumbre. Luego recoge los apuntes para la clase y se sienta a la mesa de al lado de la ventana. Su sitio preferido. Al otro lado del jardín, con su hierba aplastada por el viento y su valla rota de color azul, no hay nada, solo kilómetros y más kilómetros de marisma por la que despunta algún que otro tojo achaparrado, y que atraviesan pequeños riachuelos traicioneros. En esta época del año, a veces se avistan grandes bandadas de gansos silvestres que dan vueltas por el cielo, con el plumaje teñido de rosa por el sol del alba, pero hoy, en esta mañana gris de invierno, la vista no discierne ni un solo ser vivo. Es todo pálido, deslavazado: un gris verdoso que se funde con un gris blancuzco al unirse la marisma con el cielo. Lejos, muy al fondo, se ve el mar, una raya de un gris más oscuro, con olas cabalgadas por gaviotas. La desolación es absoluta. Ruth no tiene la menor idea de por qué le gusta tanto.

Se come la tostada y se bebe el té (prefiere el café, pero ya se tomará uno solo bien cargado en la universidad), mientras hojea sus apuntes, originalmente mecanografiados, aunque ahora los cubre un palimpsesto de notas añadidas con bolígrafos de varios colores. «Género y tecnología prehistórica», «Excavación de objetos», «La vida y la muerte durante el Mesolítico», «El papel de los huesos de animales en las excavaciones»... Aunque estén a principios de noviembre, el primer cuatrimestre tiene los días contados. Será su última semana de clases. Visualiza fugazmente las caras de sus alumnos: serios, trabajadores y un poco anodinos. Ahora solo da clases de posgrado. La verdad es que añora bastante el humor tan espontáneo —y resacoso— de los grupos de licenciatura. Son tan aplicados, sus alumnos... La abordan tan asiduamente al final de las clases para preguntarle por el Hombre de Lindow, y el de Boxgrove, y por si puede ser verdad que las mujeres desempeñaban un papel importante en la sociedad prehistórica... A Ruth le dan ganas de gritar: «Mirad a vuestro alrededor. En esta sociedad no siempre desempeñamos un papel importante. ¿Por qué creéis que una pandilla de cazadores–recolectores que iban por ahí gruñendo eran más ilustrados que nosotros?».

Se introduce en su conciencia la reflexión cristiana del día en Radio 4, recordándole que es hora de salir: «En cierto sentido, Dios es como un iPod...». Deja el plato y la taza en el fregadero y les pone comida a sus gatos, *Chispa* y *Sílex*, al mismo tiempo que responde al sardónico entrevistador que tiene siempre en la cabeza. «Vale, soy una mujer soltera y con sobrepeso que vive sola, con gatos. ¿Pasa algo? Vale, es verdad, a veces hablo con los gatos, pero no me imagino que me responden, ni finjo ser nada más para ellos que una cómoda dispensadora de comida.» Justo entonces, escurriéndose por la gatera, llega *Sílex*, un gato macho grande y naranja, que se la queda mirando con sus ojos dorados sin pestañear.

«¿En nuestra lista de "Escuchado recientemente" está Dios, o a veces tenemos que pulsar "Aleatorio"?»

Ruth lo acaricia y vuelve a la sala de estar para meter los papeles en la mochila. Se enrosca una bufanda roja alrededor del cuello (su única concesión al color: hasta los gordos pueden comprarse bufandas) y se pone el anorak. Luego apaga las luces y sale de la casa.

La casa de Ruth es una de las tres que se alinean al borde de la marisma. En una vive el guarda de la reserva de aves, y en la otra unos domingueros que llegan en verano, organizan un montón de barbacoas y le obstaculizan la vista a Ruth con sus cuatro por cuatro. En primavera y otoño es habitual que se inunde la carretera, y en lo más crudo del invierno se queda intransitable con cierta frecuencia. «¿Por qué no te buscas algún sitio más cómodo? —le preguntan sus colegas—. Si quieres estar cerca de la naturaleza, hay casas muy bonitas en King's Lynn, o incluso en Blakeney.» Ruth no puede explicar, ni siquiera a sí misma, que una niña nacida y crecida en el sur de Londres sienta una atracción tan grande por estas inhóspitas marismas, por estos humedales desolados y por este paisaje solitario y monótono. A la marisma vino por primera vez a investigar, pero ni ella misma sabe qué la impulsa a quedarse a pesar de tanta oposición. «Estoy acostumbrada —es su única respuesta—. Además, a los gatos no les gustaría nada cambiar de casa.» Entonces se ríen: ah, la buena de Ruth, que se desvive por sus gatos, un sucedáneo de hijos, por supuesto; lástima que no se haya casado nunca, porque cuando sonríe está francamente guapa.

Sin embargo, hoy la carretera ha amanecido despejada; solo hay una fina línea de sal en el parabrisas, depositada por el viento contumaz. Ruth levanta un poco de agua sin darse cuenta, pasa despacio sobre el paso canadiense y enfila la sinuosa carretera que conduce al pueblo. En verano, los árboles se juntan por arriba, creando un misterioso túnel verde, pero hoy son simples esqueletos, con brazos desnudos que van buscando el cielo. Con un acelerón no del todo prudente deja atrás las cuatro casas y el pub tapiado en los que se resume el pueblo y toma el desvío hacia King's Lynn. La primera clase es a las diez. Hay tiempo de sobra.

Es profesora en la Universidad de Norfolk Norte (o UNN, sus poco majestuosas siglas), una universidad de nueva creación en las afueras de King's Lynn. Es profesora de Arqueología, disciplina nueva en el centro, aunque no tanto como su especialidad, la Arqueología Forense. Phil, el jefe del departamento, siempre bromea con que la Arqueología no tiene nada de nuevo, y Ruth nunca deja de sonreír como es debido, pensando que tarde o temprano Phil se comprará una pegatina para el coche: «Los arqueólogos te lo levantan todo», o «Lígate a un arqueólogo y olvídate de las canas». Ruth tiene especial interés por los huesos. ¿Por qué los esqueletos no tocan música en la iglesia? Porque no tienen órganos. Se los sabe todos, pero aun así se ríe cada vez. El año pasado, sus alumnos le regalaron una figura de cartón a tamaño natural del doctor McCoy de *Star Trek*, más conocido como «Huesos». Lo tiene al final de la escalera, desde donde aterroriza a los gatos.

En la radio, alguien habla de la vida después de la muerte. ¿Por qué tenemos la necesidad de crear un paraíso? ¿Es señal de que existe uno, o solo falsas ilusiones elevadas al cuadrado? Los padres de Ruth se refieren al paraíso como algo de lo más normal, una especie de centro comercial cósmico por el que sabrán orientarse y donde tendrán pases gratis para el aparcamiento disuasorio, mientras Ruth languidece eternamente en el aparcamiento subterráneo. Hasta que renazca, por supuesto. Ruth prefiere el paraíso católico, que recuerda de sus viajes de estudiante por Italia y España: grandes cielos llenos de nubes, incienso y humo, oscuridad y misterio. A Ruth le gusta la amplitud: los cuadros de John Martin, el Vaticano, el cielo de Norfolk... Menos mal, piensa irónicamente mientras toma el desvío hacia el campus.

La universidad se compone de edificios largos y bajos unidos por pasarelas de cristal. En mañanas grises, como la de hoy, tiene un aspecto seductor: el aterciopelado brillo que despiden los innumerables aparcamientos, la hilera de farolillos que ilumina el camino al edificio de Arqueología y Ciencias Naturales... De cerca impacta menos. Pese a tener solo diez años, en la fachada de hormigón del edificio están apareciendo grietas, y en las paredes hay grafitis, y al menos uno de cada tres farolillos no funciona, aunque Ruth no se fija en ninguna de estas cosas al dejar el coche en la plaza de siempre y sacar su pesada mochila. Pesada por estar medio llena de huesos.

Mientras sube a su despacho por una escalera con olor a humedad, piensa en su primera clase: Fundamentos de la Excavación. Aunque sea una asignatura de posgrado, gran parte de los alumnos tendrá poca o ninguna experiencia en excavar. Muchos son extranjeros (la universidad necesita dinero), y para ellos la helada tierra de East Anglia supondrá un impacto cultural considerable. Por eso la primera excavación oficial no la harán hasta abril.

Mientras busca su tarjeta en el pasillo, se da cuenta de que están llegando dos personas. Una es Phil, el jefe del departamento. A la otra no la reconoce. Es un hombre alto y moreno, con el pelo muy corto y canoso, y un aire de dureza, como de contención y un toque de peligro, que la hace pensar que no puede ser un alumno, y menos un profesor. Se aparta para que pasen, pero Phil la sorprende deteniéndose ante ella y hablando con una seriedad que no disimula del todo el entusiasmo.

—Ruth, aquí hay alguien que quiere conocerte.

Ah, pues sí que era un alumno. Ruth empieza a componer una sonrisa de bienvenida. Sin embargo, las siguientes palabras de Phil la dejan de piedra.

—Te presento al inspector jefe Harry Nelson. Quiere hablar contigo sobre un asesinato.

2

—Presunto asesinato —se apresura a decir Harry Nelson.

—Sí, sí —contesta Phil con la misma premura, y mira a Ruth como diciendo: «Fíjate, estoy hablando con un detective de verdad».

Ruth no se inmuta.

—Esta es la doctora Ruth Galloway —dice Phil—. Es nuestra experta forense.

—Mucho gusto —dice Nelson sin sonreír. Indica con un gesto la puerta del despacho de Ruth, que está cerrada—. ¿Se puede?

Ruth introduce su tarjeta y abre la puerta. Es un despacho muy pequeño, de una anchura inferior a dos metros. Una pared la acaparan los libros, otra la puerta, y otra una ventana sucia con vistas a un lago ornamental todavía más sucio. Sobre el escritorio de Ruth, arrimado a la cuarta pared, hay un póster enmarcado de Indiana Jones (irónico, explica sin falta a la menor ocasión). En las horas de tutoría es habitual que los alumnos esperen en el pasillo, y que Ruth mantenga la puerta abierta con un tope en forma de gato que le regaló Peter. En cambio, esta vez da un portazo. Phil y el inspector se quedan de pie, incómodos, como si no cupiesen. Sobre todo es Nelson, situado muy serio frente a la ventana, el que parece obstaculizar toda la luz. Se le ve demasiado ancho y alto, demasiado «adulto» para una habitación así.

—Por favor...

Ruth indica las sillas apiladas al lado de la puerta. Phil queda como un señor al ofrecerle la primera a Nelson. Solo le falta quitarle el polvo con la manga del jersey.

Ruth se encaja al otro lado de la mesa, cosa que le infunde una sensación falsa de seguridad, de ser quien manda, pero la ilusión solo dura hasta que Nelson se echa atrás, cruza las piernas y se dirige a ella con una monotonía un poco brusca y cierto acento del norte, cuyo efecto es hacerlo sonar aún más eficaz, si cabe, como si no tuviera tiempo para las vocales pausadas de Norfolk.

—Hemos encontrado unos huesos —dice—. Parecen de un niño, pero antiguos. Necesito saber cómo de antiguos.

Ruth no dice nada. Es Phil, solícito, quien interviene.

—¿Dónde los han encontrado, inspector?

—Cerca de la reserva de aves. En la marisma.

Phil mira a Ruth.

—Pero si es donde...

—Sí, ya lo sé —lo interrumpe ella—. ¿Por qué dice que los huesos parecen antiguos?

—Porque están marrones y descoloridos, aunque parecen en buen estado. Creía que era usted la experta —dice Nelson con una repentina agresividad.

—Lo soy —responde Ruth con calma—. Supongo que por eso ha venido, ¿no?

—¿Podría decirnos si son actuales o no? —pregunta Nelson, sin abandonar el tono de beligerancia.

—Los descubrimientos recientes suelen reconocerse a simple vista —dice Ruth—. Se ve en el aspecto y en la superficie. Los huesos antiguos son más complicados. A veces es casi imposible diferenciar huesos de hace cincuenta años de otros de hace dos mil. Hace falta una datación por radiocarbono.

—La profesora Galloway es experta en conservación de huesos. —Otra vez Phil, empeñado en no quedarse al margen—. Ha trabajado en Bosnia, en las fosas de la guerra...

—¿Podrá venir a echarles un vistazo? —lo interrumpe Nelson.

Ruth simula pensárselo, pero está completamente fascinada, por supuesto. ¡Huesos! ¡En la marisma! El mismo sitio de su primera y fascinante excavación con Erik. Puede ser cualquier cosa. Un descubrimiento, o...

—¿Sospechan que se trata de un asesinato? —pregunta.

Es la primera vez que Nelson da señales de incomodidad.

—Prefiero no pronunciarme —dice con énfasis—, al menos de momento. ¿Podrá venir a echarles un vistazo?

Ruth se levanta.

—Tengo clase a las diez. Podría ir a la hora de comer.

—A las doce le mando un coche —dice Nelson.

Para gran decepción de Ruth, Nelson no le envía un coche patrulla con luces azules y toda la parafernalia, sino que aparece él mismo al volante de un Mercedes manchado de barro. Ella está esperando en el acceso principal, según lo convenido. Nelson ni siquiera sale del coche. Se limita a inclinarse para abrir la puerta del copiloto. Ruth sube, sintiéndose gorda, como siempre que va en coche. Tiene un miedo enfermizo a que no le ajuste el cinturón, o a que algún sensor de peso dispare una alarma estridente. «¡Ochenta kilos! ¡Ochenta kilos en el coche! ¡Emergencia! ¡Pulse el eyector de asientos!»

Nelson mira de reojo su mochila.

—¿Lleva todo lo que necesita?

—Sí.

Ruth se ha traído su kit de excavaciones instantáneas: paletín, pala pequeña de mano, bolsas de plástico para muestras, cintas, libreta, lápices, pinceles, brújula y cámara digital. También se ha puesto zapatillas deportivas y una chaqueta reflectante. La irrita darse cuenta de que está pensando que debe de estar hecha un desastre.

—¿Así que vive cerca de la marisma? —dice Nelson mientras se mete en la carretera de través, con un chirrido de neumáticos.

Conduce como un psicópata.

—Sí —dice Ruth, sintiéndose a la defensiva, pero sin saber por qué—. En New Road.

—¡En New Road! —Nelson suelta una risa bronca—. Creía que ahí solo vivían observadores de pájaros.

—Bueno, uno de mis vecinos es el guarda de la reserva de aves —dice Ruth, a quien le cuesta mantener la compostura a la vez que pisa a fondo un freno imaginario.

—A mí no me gustaría —dice Nelson—. Demasiado solitario.

—A mí sí —contesta Ruth—. Fui por una excavación y ya no me he movido.

—¿Una excavación? ¿Arqueológica?

—Sí. —Se le despiertan recuerdos de un verano, hace diez años: los anocheceres al lado de la hoguera, las salchichas quemadas, las canciones cursis... El canto de los pájaros por la mañana y los humedales tapizados de flores violetas de limonium. La noche en que unas ovejas les pisotearon las tiendas. El día en que a Peter lo rodeó la marea y tuvo que ser Erik quien lo salvase arrastrándose por los bajíos. La increíble emoción de encontrar el primer poste de madera, prueba de que el *henge* no era ningún invento. Recuerda el tono exacto de la voz de Erik al girarse y gritarles, mientras iba subiendo la marea: «¡Lo hemos encontrado!».

Mira a Nelson.

—Estábamos buscando un crómlech, lo que se denomina un *henge*.

—¿Un *henge*? ¿Como Stonehenge?

—Sí. Se trata de un terraplén circular con una zanja alrededor. Normalmente hay postes en el interior del círculo.

—Una vez, no sé dónde, leí que Stonehenge es un reloj de sol gigante, una manera de saber la hora.

—Bueno, no sabemos exactamente para qué servía —dice Ruth—, pero podemos afirmar sin gran temor a equivocarnos que estaba relacionado con algún ritual.

Nelson le lanza una mirada extraña.

—¿Un ritual?

—Sí. Culto, ofrendas, sacrificios...

—¿Sacrificios? —repite.

Su interés parece sincero. Ha desaparecido el leve tono de condescendencia.

—Bueno, a veces encontramos pruebas de sacrificios. Vasijas, lanzas, huesos de animales...

—¿Y humanos? ¿Encuentran alguna vez huesos humanos?

—Sí, a veces también.

Se hace el silencio.

—Qué sitio más raro para un *henge* de esos, ¿no? —dice finalmente Nelson—. Justo al lado del mar.

—Es que entonces no había mar. Los paisajes cambian. Hace solo diez mil años, este país aún estaba unido al continente. Se podía ir caminando a Escandinavia.

—¡Será broma!

—No. Antiguamente, King's Lynn era un enorme lago de marea. Es lo que significa Lynn, «lago» en céltico.

Nelson se gira y la mira con escepticismo, provocando un bandazo alarmante. Ruth se pregunta si estará sospechando que se lo inventa todo.

—Pues si aquí no había mar, ¿qué había?

—Humedales sin relieve. Creemos que el *henge* estaba al borde de un pantano.

—Me sigue pareciendo un sitio un poco raro para construir algo así.

—En la Prehistoria, las marismas eran muy importantes —explica Ruth—. Es una especie de paisaje simbólico. Creemos que era importante como enlace entre la tierra y el mar, o entre la vida y la muerte.

Nelson resopla.

—¿Me lo puede repetir?

—Bueno, es que las marismas no son ni tierra ni mar, sino una especie de mezcla de ambas cosas. Sabemos que para el hombre prehistórico eran importantes.

—¿Cómo lo sabemos?

—Porque hemos encontrado objetos dejados al borde de marismas. Depósitos votivos.

—¿Votivos?

—Ofrendas a los dioses que se dejaban en sitios especiales o sagrados. A veces también cadáveres. ¿Le suenan de algo las momias de los pantanos? ¿O el Hombre de Lindow?

—Puede —dice Nelson con prudencia.

—Los cuerpos enterrados en turba se conservan en un estado casi perfecto, pero hay quien cree que los enterraron en turberas con algún propósito. Para aplacar a los dioses.

Nelson vuelve a mirarla, pero esta vez no dice nada. Se están acercando a la marisma por la carretera inferior, la del aparcamiento para visitantes. El viento azota solitarios carteles con listas de las aves que pueden avistarse en el humedal. Hay una caseta tapiada con anuncios de helados de colores, antes chillones y ahora desvaídos. Cuesta mucho imaginarse a gente haciendo pícnic y tomándose helados bajo el sol. Se diría que es un sitio a medida del viento y de la lluvia.

En el aparcamiento hay un solo coche, un vehículo policial cuyo ocupante, viendo que se acercan, baja con cara de frío y de hartazgo.

—La doctora Ruth Galloway —los presenta Nelson sin florituras—. El sargento Clough.

El tal Clough asiente taciturno. A Ruth le da la impresión de que su pasatiempo favorito no es estarse de brazos cruzados en una marisma barrida por el viento. En cambio, Nelson parece francamente entusiasmado. Da pequeños saltos sin moverse de su sitio, como un caballo de carreras a punto de lanzarse al galope. Poniéndose en cabeza, toma un camino de grava donde pone «Sendero para visitantes». Pasan al lado de un observatorio de madera apoyado en pilotes. Dentro no hay nadie, solo envoltorios y una lata vacía de Coca-Cola en la plataforma que rodea el habitáculo.

Nelson señala la basura, pero sin pararse.

—Todo en bolsas —le espeta al sargento.

Ruth no tiene más remedio que admirar, no sus buenos modales, pero sí que sea tan concienzudo. Se le pasa por la cabeza que el trabajo de policía debe de parecerse bastante al de arqueólogo. También ella guardaría en bolsas todo lo que encontrase en un yacimiento, y lo etiquetaría escrupulosamente para contextualizarlo. Ella también estaría dispuesta a buscar durante días y semanas con la esperanza de encontrar algo importante. Y también ella, comprende con un brusco escalofrío, se ocupa sobre todo de la muerte.

Cuando encuentran el lugar señalizado por la Policía con una cinta azul y blanca que le recuerda a la de los accidentes de carretera, Ruth ya se ha quedado sin aliento. Nelson va diez metros por delante, con las manos en los bolsillos y la cabeza un poco inclinada, como si olfatease el aire. Clough lo sigue despacio, con la basura del observatorio en una bolsa de plástico.

Detrás de la cinta hay un agujero de poca profundidad, parcialmente encharcado. Ruth se agacha para pasar por debajo de la cinta y se pone de rodillas para examinar el agujero. Entre el espeso barro se ven con claridad huesos humanos.

—¿Cómo los han encontrado? —pregunta.

Es Clough quien contesta.

—Una señora que paseaba a su perro. De hecho, el animal llevaba uno de los huesos en la boca.

—¿Se lo han quedado? Me refiero al hueso.

—Está en la comisaría.

Tras una foto rápida, Ruth bosqueja un mapa en su libreta. Están en el límite oeste del humedal. En esta zona nunca había excavado. La playa, donde fue encontrado el *henge*, queda a unos tres kilómetros al este. Se pone en cuclillas en el barro y empieza a achicar el agua trabajosamente con un vaso de plástico de su kit de excavación. Nelson casi da saltos de impaciencia.

—¿No podemos ayudarla? —pregunta.

—No —contesta Ruth, lacónica.

Cuando casi no queda agua en el agujero, su corazón empieza a latir más deprisa. Saca con cuidado otro vaso de agua. Solo entonces introduce las manos en el barro y deja al descubierto algo incrustado horizontalmente en la tierra negra.

Nelson, ansioso, se ha inclinado sobre su hombro.

—¿Qué?

—Es un cuerpo —titubea Ruth—, pero...

Echa mano lentamente de su paletín. No hay que precipitarse. Ha visto más de una excavación echada a perder por culpa de un momento de descuido. Por eso, mientras Nelson aprieta la mandíbula, ella aparta suavemente la tierra impregnada de agua. Dentro de la zanja ha quedado al descubierto una mano un poco contraída, con un brazalete que parece hecho de hierba.

—¡La leche! —murmura Nelson por encima del hombro de Ruth, que ahora trabaja medio en trance.

Marca el hallazgo en su mapa y anota hacia dónde está orientado. Acto seguido, toma una foto y reemprende la excavación.

Esta vez su paletín rasca metal. Con la misma lentitud y meticulosidad de antes, mete las manos en el barro y lo aparta del objeto, que brilla un poco con la luz invernal. Es como la moneda que se pone en las tartas navideñas para dar buena suerte: una masa de metal retorcido, con forma semicircular.

—¿Qué es?

La voz de Nelson parece llegada de otro mundo.

—Creo que una torques —contesta Ruth, ensimismada.

—¿Y eso qué narices es?

—Un collar. Probablemente de la Edad del Hierro.

—¿La Edad del Hierro? ¿O sea?

—Hace unos dos mil años —dice Ruth.

Clough suelta una repentina carcajada. Nelson se gira sin decir palabra.

Nelson lleva a Ruth de vuelta a la universidad. Parece enfurruñado. Ruth, en cambio, está pletórica. ¡Un cadáver de la Edad del Hierro! Una época de asesinatos rituales y depósitos fastuosos. ¿Qué significará? Queda muy lejos del *henge*, pero ¿puede haber alguna relación entre los dos hallazgos? El *henge* se remonta a principios de la Edad del Bronce, más de mil años antes de la Edad del Hierro, pero no puede ser una coincidencia que aparezca otro hallazgo en el mismo yacimiento... No ve el momento de explicárselo a Phil. Habría que plantearse si informar a la prensa. La publicidad podría irle de perlas al departamento.

—¿Está segura de la fecha? —pregunta de repente Nelson.

—En el caso de la torques, sí, bastante. Solo puede ser de la Edad del Hierro, y parece lógico que el cadáver fuera enterrado con ella. De todos modos, podemos recurrir al carbono 14 para cerciorarnos.

—¿Qué es eso?

—El carbono 14 está presente en la atmósfera de la Tierra. Lo absorben las plantas, luego los animales se las comen y nosotros nos comemos a los animales. Total, que todos absorbemos carbono 14, hasta que al morirnos dejamos de absorberlo y el que hay en nuestros huesos empieza a descomponerse. Por eso, medir la cantidad de carbono 14 que queda en un hueso es una manera de saber su antigüedad.

—¿Con qué precisión?

—Bueno... Las radiaciones cósmicas pueden alterar los resultados. Me refiero a manchas solares, fulguraciones, pruebas nucleares y todo ese tipo de fenómenos, pero siempre dentro de un margen de unos cuantos cientos de años. Vaya, que podremos saber si los huesos son aproximadamente de la Edad del Hierro.

—¿Es decir, de cuándo exactamente?

—Tan precisa no puedo ser, pero más o menos entre el 700 a. C. y el 43 d. C.

Nelson lo asimila en silencio, y al cabo de un rato hace otra pregunta.

—¿Y qué hace enterrado aquí un cadáver de la Edad del Hierro?

—Podría ser una ofrenda a los dioses. Cabe la posibilidad de que estuviera sujeto al suelo con estacas. ¿Ha visto la hierba alrededor de la muñeca? Podría ser algún tipo de cuerda.

—Vaya por Dios. ¿Lo ataron con estacas y dejaron que se muriera?

—Bueno, es una posibilidad. Otra es que cuando lo abandonaron ya estuviera muerto. Las estacas podrían ser solo para mantenerlo en su sitio.

—Vaya por Dios —repite Nelson.

Ruth se acuerda repentinamente de por qué está en un coche patrulla con este hombre.

—¿Y usted por qué pensaba que podían ser huesos modernos? —pregunta.

Nelson suspira.

—Hace unos diez años desapareció alguien aquí cerca. No hemos encontrado el cadáver. Pensaba que podía ser ella.

—¿Ella?

—Sí, era una niña. Se llamaba Lucy Downey.

Ruth no dice nada. Por alguna razón, la existencia de un nombre lo hace todo más real. Por algo el arqueólogo que desenterró a uno de los antepasados más antiguos del ser humano le asignó un nombre. Y lo curioso es que le puso el mismo, Lucy.

Nelson vuelve a suspirar.

—En su día recibí unas cartas relacionadas con el caso de Lucy Downey. Tiene gracia lo que ha dicho usted antes.

—¿El qué? —pregunta Ruth, algo perpleja.

—Todo eso de los rituales. Las cartas eran una sarta de chorradas, pero entre otras cosas decían que Lucy era una ofrenda, y que la encontraríamos donde se juntan la tierra y el cielo.

—Donde se juntan la tierra y el cielo —repite Ruth—. Pero eso es como no decir nada.

—Ya, pero este sitio... No sé, parece el fin del mundo. Por eso, cuando me he enterado de que habían aparecido unos huesos...

—¿Ha pensado que podían ser los de la niña?

—Exacto. Para los padres es duro no saber. A veces, encontrar un cadáver les abre la posibilidad del duelo.

—¿O sea, que da por descontado que está muerta?

Nelson no contesta enseguida. Está concentrado en adelantar a un camión por el carril interior.

—Sí —dice finalmente—. Una niña de cinco años que desaparece en noviembre y que no da señales de vida en diez años... Sí, está muerta, seguro.

—¿En noviembre?

—Sí, hace casi diez años.

Ruth piensa en noviembre, en las noches cada vez más negras y el aullido del viento en las marismas. Se imagina a los padres esperando, rezando por que vuelva su hija, dando un respingo al oír el teléfono, esperando noticias un día tras otro... El lento retroceso de la esperanza y la sorda certidumbre de la pérdida.

—¿Y los padres? —pregunta—. ¿Siguen viviendo aquí cerca?

—Sí, por Fakenham. —Nelson da un golpe de volante para esquivar un camión. Ruth cierra los ojos—. En este tipo de casos —añade el inspector— suelen ser los padres.

Ruth se queda estupefacta.

—¿Los que matan a los niños?

Nelson contesta como si se limitara a constatar un hecho, con las vocales átonas del norte.

—Nueve de cada diez veces. Ves a los padres desolados, ves las ruedas de prensa, los ves llorando a mares y luego encontramos al niño enterrado en el jardín de atrás.

—Qué horror.

—Sí. Aunque en este caso... no sé, estoy seguro de que no fueron ellos. Era una pareja agradable, no muy joven, que tuvo a Lucy después de varios años de intentarlo. La adoraban.

—Qué horror para ellos —es el insuficiente comentario de Ruth.

—Sí, un horror. —Nelson lo dice inexpresivamente—. Pero nunca nos han reprochado nada. Nunca. Ni a mí, ni al resto del equipo. Aún me envían una postal por Navidad. Por eso... —Vacila un segundo—. Por eso tenía tantas ganas de poder ofrecerles algún resultado.

Ya han llegado a la universidad. Nelson frena de golpe a la altura del edificio de Ciencias Naturales. Los alumnos que van corriendo a clase se paran a mirar. Oscurece, a pesar de que son las dos y media.

—Gracias por traerme —dice Ruth un poco incómoda—. Pediré una datación para los huesos.

—Gracias. —Nelson la mira como si la viera por primera vez. Ruth es muy consciente de que está despeinada, con la ropa manchada de barro—. Este descubrimiento... ¿Podría ser importante para usted?

—Sí —dice Ruth—, podría serlo.

—Me alegro de que alguien esté contento.

En cuanto Ruth baja del coche, Nelson arranca sin despedirse. Ruth duda que vuelvan a verse.

3

De camino a King's Lynn, Nelson se salta dos carriles. Va en un coche camuflado, pero tiene el pundonor de conducir siempre como si persiguiera a un sospechoso. Disfruta con las caras de los uniformados cuando, sin sospechar nada, lo paran por exceso de velocidad, y él les enseña la placa. Además, este trayecto lo conoce tanto que podría conducir dormido: primero el polígono industrial, más adelante la fábrica de sopas Campbell, luego London Road, y a continuación el arco de la antigua muralla de la ciudad. Seguro que la doctora Ruth Galloway le explicaría con exactitud lo antigua que es la muralla: «No puedo decirlo exactamente, pero calculo que fue construida el viernes uno de febrero de 1556 antes de comer». En cambio, para Nelson solo representa un último atasco antes de llegar a la comisaría.

No es muy fan de su condado de adopción. Él es del norte, nacido en Blackpool, a la vista de la Milla de Oro. Estudió primaria en una escuela católica, la de Saint Joseph («Holy Joe», como la llamaban por la zona), y entró en la Policía de cadete, a los dieciséis años. Le encantó el trabajo desde el primer día. Le gustaron el compañerismo, las jornadas interminables, el ejercicio físico y la sensación de dedicarse a algo que valía la pena. Hasta el papeleo le agradó, aunque no estuviera dispuesto a reconocerlo. Nelson es metódico; le gustan las listas, los horarios, y es experto en ir al grano. Fue subiendo en el escalafón, y no tardó mucho en poder disfrutar de una buena vida: un trabajo satisfactorio, compañeros agradables, los viernes por la noche al pub, los sábados, partido, y los domingos, golf.

Hasta que se hizo pública la vacante de Norfolk, y su mujer, Michelle, insistió en que se presentase. Un ascenso, más dinero y «la oportunidad de vivir en el campo». ¿Quién en su sano juicio, se pregunta Nelson acordándose de la marisma, puede querer vivir en el puto campo? Solo hay vacas, barro y lugareños que parecen el fruto de varias generaciones de endogamia. Sin embargo, al final cedió y se fueron a vivir a King's Lynn. Michelle empezó a trabajar en una peluquería elegante. A las niñas las matricularon en colegios privados, y ahora se ríen de su acento («¡que es una a larga, papá!»). Le fue bien. Le nombraron inspector en un pis pas, y hasta se habló de que podía seguir subiendo. Hasta la desaparición de Lucy Downey.

Se mete en el aparcamiento de la comisaría sin avisar con el intermitente. Está pensando en Lucy y en el cadáver de los humedales. Siempre había estado seguro de que la niña estaba enterrada cerca de la marisma, y, cuando encontraron los huesos, pensó que por fin se avistaba el final; no feliz, pero un final, que al menos era algo. Y ahora le dice la tal Ruth Galloway que los huesos son de un puñetero cadáver de la Edad del Hierro, o no sé qué. Por Dios, pero qué rollo le ha pegado sobre *henges*, enterramientos y sobre poder ir caminando a Escandinavia... Al principio Nelson ha pensado que le tomaba el pelo, pero al llegar al sitio de los huesos se ha dado cuenta de que es una profesional. Ha admirado la parsimonia y el cuidado con que lo hacía todo: tomar notas, hacer fotos, cribar las pruebas... Como tendrían que actuar siempre los policías. Aunque para policía no da el tipo, la doctora. Demasiado sobrepeso, para empezar. ¿Qué habría dicho Michelle de una mujer en tan baja forma que al cabo de cinco minutos a pie ya no puede respirar? Se habría quedado sinceramente horrorizada. Claro que a Nelson no se le ocurre ninguna situación en la que pudieran coincidir Michelle y la doctora Ruth Galloway. Por lo que ha visto de su pelo, parece difícil que le dé por empezar a ir a la peluquería.

Aun así, le interesa. Como todas las personas enérgicas (es la palabra que usa él, «enérgico», no «despótico»), el inspector prefiere a los que le plantan cara, cosa que en su trabajo no le ocurre a menudo. Con él, la gente es despectiva o servil. Ruth no ha sido ni lo uno ni lo otro. Lo ha mirado a la cara de igual a igual, sin inmutarse. Nelson piensa que nunca ha conocido a nadie, a ninguna mujer, tan segura de sí misma como Ruth Galloway. Hasta su forma de vestir —ropa suelta, zapatillas deportivas— parece una manera de decir que le da igual lo que piensen los demás. No está dispuesta a engalanarse con faldas y tacones solo para gustar a los hombres. No es que haya nada malo en gustar a los hombres, piensa Nelson mientras da una patada a la puerta de su despacho, pero tiene algo de interesante, y hasta de refrescante, una mujer a quien no le importa si es atractiva o no.

También ha sido interesante lo que ha dicho sobre los rituales. Nelson frunce el ceño al sentarse a su mesa. Hablar de rituales, sacrificios y demás sandeces le ha hecho revivirlo todo: los días y noches buscando huellas dactilares, las angustiosas reuniones con los padres, el tránsito gradual e insoportable desde la esperanza hasta la desesperación, la comisaría a reventar, los equipos traídos de seis cuerpos distintos, buscando todos a una sola niña... Y al final, todo en vano.

Suspira. Sabe que por mucho que se resista, esta noche, antes de volver a casa, se leerá de cabo a rabo el expediente sobre Lucy Downey.

Cuando Ruth vuelve a su casa, conduciendo con cuidado por New Road, ya ha anochecido del todo. A ambos lados de la carretera hay zanjas, y un solo giro involuntario del volante puede arrastrarte a una caída ignominiosa. Ya le pasó una vez, y no tiene ganas de que se repita. Los faros iluminan el asfalto de la carretera. A ambos lados la tierra se pierde de vista, dándole la sensación de que conduce por la nada. Delante solo está la carretera; encima, solo el cielo. «Donde se juntan la tierra y el cielo.» Enciende la radio con un escalofrío. Dentro del vehículo resuena Radio 4, tranquilizadora, civilizada y un poco petulante. «Y ahora el concurso de actualidad...»

Aparca al lado de su valla rota de color azul, y va a buscar la mochila al maletero. En la casa de los domingueros no hay luz. En cambio, el guarda tiene una lámpara encendida en el piso de arriba. Ruth supone que se acuesta temprano para estar despierto cuando empieza el coro matutino de las aves. Aparece *Sílex* en el umbral, con maullidos lastimeros para que lo deje entrar, a pesar de que tiene su propia gatera y en realidad ha estado dormitando todo el día dentro de la casa. Al abrir la puerta y acordarse de que aún no ha visto a *Chispa*, Ruth tiene un momento de ansiedad, pero *Chispa*, una gata pequeña y negra con la nariz blanca, duerme sana y salva en el sofá. Ruth la llama, pero la gata se queda en su sitio, flexionando las garras y cerrando los ojos. *Chispa* es de carácter reservado, a diferencia de *Sílex*, que ha empezado a restregarse en éxtasis contra las piernas de Ruth.

–Para, gato tonto.

Deja la mochila encima de la mesa y pone comida a los gatos. La lucecita del contestador está parpadeando. Tiene la corazonada de que no serán buenas noticias. Pulsa «Play»: tiene razón. La sala se llena con la voz de su madre, ofendida y un poco jadeante.

«... si vienes para Navidad. La verdad, Ruth, podrías tener un poco más de consideración. Simon ya me avisó hace varias semanas. Me imagino que vendrás, porque no me entra en la cabeza que quieras pasar las Navidades sola en tu birria de...»

Elimina el mensaje con la respiración agitada. Su madre ha conseguido condensar años de irritación en unas pocas frases cortas. La acusación de falta de delicadeza, la comparación con Simon, el perfecto, la insinuación de que si Ruth no visita a sus padres, sus Navidades consistirán en cenar algo de Marks & Spencer sin compañía delante de la tele... Disgustada, da vueltas a una copa de vino (mientras oye la voz de su madre: «¿Cuántas llevas, Ruth? A papá y a mí nos preocupa que te estés enganchando...») y compone su réplica. Delante de su madre nunca la pronunciará, pero reconforta ir dando pisotones por la cocina y bajarle los humos con grandes dosis de lógica.

—La razón de que no te haya dicho nada sobre las fiestas es que me da grima ir a casa y oír tus sermones sobre el niño Jesús y el verdadero sentido de la Navidad. Simon te llama porque es un fantasma y un lameculos. Si no voy a veros, estaré con mis amigos o en alguna isla tropical, no repantingada en el sofá, mirando sola un culebrón. Ah, y mi casa no es ninguna birria. Le da cien vueltas a vuestro adosado de Eltham con revestimiento de pino en las paredes y adornos horrorosos de porcelana. Por cierto, el que cortó no fue Peter, fui yo.

Lo último lo añade porque sabe por experiencia que en algún momento de las Navidades su madre sacará el tema de Peter. «Nos ha enviado una postal... qué lástima... ¿Sabes algo de él? ¿Sabes que se ha casado?» La madre de Ruth nunca podrá aceptar que su hija cortara voluntariamente con un soltero de aspecto agradable. Es la misma tendencia que observó Ruth en sus amigos y sus compañeros de trabajo cuando les contó que Peter y ella ya no estaban juntos. «Vaya... ¿Está con otra...? No te preocupes, que ya volverá...» Ruth siempre tenía la paciencia de explicarles que la relación, terminada hacía cinco años, la finalizó ella por un motivo tan sencillo, pero tan sorprendentemente complicado, como que ya no estaba enamorada. «Exacto —le decía la gente sin hacerle caso—; de la nueva se aburrirá enseguida. Tú, mientras tanto, mímate mucho y hazte un buen masaje. Hasta podrías perder un par de...»

Intenta levantarse el ánimo poniendo agua a hervir para un buen plato de pasta, de los que engordan, y telefoneando a Erik. Fue su primer tutor y el responsable de que se dedique a la Arqueología Forense: Erik Anderssen, apodado previsiblemente Erik el Vikingo, que ha ejercido una influencia enorme en su vida y con quien mantiene una estrecha amistad. Sonríe al evocarlo mentalmente: el pelo de un rubio plateado, recogido con coleta, unos vaqueros descoloridos y un jersey medio deshecho. Sabe que el hallazgo de hoy le despertará un fervoroso interés.

Al final, como no podía ser menos, Erik el Vikingo volvió a su Noruega natal. El verano anterior, Ruth fue a verlo a su cabaña de madera en la orilla de un lago: un chapuzón en aguas gélidas por la mañana y luego los vapores de la sauna; los maravillosos platos que cocina Magda; hablar con Erik sobre la civilización maya mientras salen las estrellas. Magda, su mujer, una rubia y opulenta diosa cuya belleza logra que aceptes más tu físico, y no al revés, es otra buena amiga. Magda ni siquiera mencionó a Peter, y eso que no solo fue testigo de su enamoramiento el verano que se conocieron, sino que fue ella quien con su tacto y benigna dulzura los unió.

Erik no contesta. Ruth le deja un mensaje y, como está nerviosa, saca el trozo abollado de metal de la mochila y lo examina. El trozo de metal, que sigue dentro de la bolsa, meticulosamente fechado y etiquetado, sostiene su mirada. Phil quería que lo dejase en la caja fuerte del departamento, pero Ruth no ha querido. Ha preferido llevarse la torques a su casa, a la marisma, y tenerla cerca al menos una noche. La examina con el flexo.

A pesar de la capa verde oscuro que le ha dejado su larga inmersión en la marisma, el metal presenta un brillo cobrizo que podría ser oro. ¡Una torques de oro! ¿Cuánto valdría? Se acuerda de la torques llamada «matrimonial» que encontraron cerca, en Snettisham: una pieza magnífica, elaborada, que representaba un rostro humano con un anillo que le atravesaba la boca. Esta torques está en peores condiciones; quizá la haya roto algún arado, o una pala, aunque al fijarse le parece distinguir una especie de dibujo en espiral, parecido a una trenza. El objeto apoyado en su mano mide apenas quince centímetros, pero Ruth se lo imagina como un semicírculo completo alrededor del cuello de una rústica beldad. ¿O de un niño, de una víctima sacrificial?

Recuerda la amarga decepción de Nelson al saber que los huesos no eran de Lucy Downey. ¿Qué sentirá con esas muertes, con esos fantasmas siempre en la memoria? Ruth sabe que para él los huesos de la Edad del Hierro son un estorbo, algo irrelevante, pero para ella son tan reales como la niña de cinco años que desapareció hace ya tiempo. ¿Por qué dejaron los huesos al borde de la marisma? ¿La darían por muerta (a juzgar por su tamaño, Ruth cree que son huesos de niña, aunque no puede afirmarlo con certeza), hundida en el barro traicionero? ¿O la mataron en otro lugar, y la enterraron donde empieza la marisma para señalar el principio del paisaje sagrado?

Cuando la pasta está en su punto, se la come al lado de la ventana, con el libro de Erik, *La arena trémula,* sobre la mesa. El título está sacado de *La piedra lunar,* de Wilkie Collins. Vuelve a abrirlo por la primera página, donde Erik cita la descripción de la arena por Collins:

La última luz de la tarde empezaba a declinar, y una calma aterradora se cernía sobre aquel lugar desolado. La marea bañaba el banco de arena en la punta de la bahía sin hacer el menor ruido. Las aguas yacían perdidas y oscuras, sin una brizna de aire que las agitara. Feas manchas de lodo amarillento flotaban sobre la inmóvil superficie del mar. La espuma y el cieno emitían un tenue resplandor en algunas zonas donde la luz todavía las alcanzaba, entre los dos salientes de roca que se adentraban en el mar al norte y al sur. Se acercaba el momento del cambio de la marea, y, mientras aguardaba allí detenido, la faz amplia y parduzca de las arenas movedizas comenzó a temblar y a cubrirse de hoyuelos: era lo único que se movía en aquel desolado paraje.

Está claro que Collins era un buen conocedor del paisaje ritual del mar y de la tierra, y de los extraños y fantasmagóricos lugares que se extienden entre ambos. Ruth se acuerda de que en *La piedra lunar* hay como mínimo un personaje que pierde la vida en las arenas. Recuerda otra frase: «Lo que entra en las arenas allí se queda para siempre». Algunos de sus secretos, sin embargo, sí los ha entregado la marisma: primero el *henge*, y ahora este cadáver, ambos a la espera de que los descubriese Ruth. Alguna relación habrá, seguro.

Mientras vuelve a leer cómo fue descubierto el *henge* (Erik lo ha tomado como base para escribir un mínimo de tres libros), rememora lo misterioso que le pareció a la luz de la primera mañana, como restos de un naufragio salidos en silencio hasta la superficie, formando un sombrío anillo negro contra el cielo con sus postes de madera. Se acuerda de Erik al lado de la hoguera, contando historias sobre espíritus nórdicos del agua: las *nixes,* que con sus metamorfosis atraen hacia las aguas a viajeros incautos; los *nokke,* espíritus del río que cantan al alba y al anochecer. El agua como fuente de vida y como espacio de muerte. El agua también se asocia con frecuencia a las mujeres; mujeres ávidas de venganza que arrastran a los hombres a morir bajo las aguas. Espíritus ahogados cuyo pelo verde flota a su alrededor, y cuyas manos palmeadas salen a la superficie con el cambio de la marea...

Sigue leyendo sin acordarse de la pasta. Mañana no tiene que dar clase. Volverá adonde fueron enterrados los huesos.

Pero por la mañana llueve: una lluvia torrencial que cae al sesgo contra las ventanas y envuelve la marisma en una impenetrable bruma gris. Ruth, contrariada, se refugia en el trabajo: apuntes para preparar las clases, pedidos de libros en Amazon... Incluso limpia la nevera, aunque sin dejar de pensar ni un solo momento en la torques que hay sobre la mesa, junto a la ventana, en su bolsa de conservación. *Sílex,* que percibe su interés, da un salto y se sienta con todo su peso encima de la bolsa. Ruth lo aparta. No quiere que Phil vea pelos de gato. Los gatos suelen inspirarle comentarios fantasiosos, como cuando los llama «los fámulos de Ruth». Aprieta los dientes. Seguro que Phil no se pondrá fantasioso sobre este hallazgo. Siempre se ha tomado con bastante escepticismo a Erik el Vikingo y sus ideas sobre el paisaje ritual.

Para la gente de la Edad del Hierro, el *henge* ya era antiguo, y probablemente igual de misterioso que para nosotros. ¿Enterraron ese cadáver en el barro para simbolizar el principio de un paisaje místico? ¿O era víctima de un sacrificio ritual, para apaciguar a los espíritus del agua? Si Ruth consigue demostrar alguna relación entre el cuerpo y el *henge*, será toda la zona la que adquiera importancia. La marisma podría convertirse en un yacimiento arqueológico de primera magnitud.

A la hora de comer le parece que el tiempo mejora un poco, de modo que se atreve a salir hasta la verja, recibiendo en la cara una lluvia suave, llevadera. Se decide a ir caminando hasta el yacimiento, aunque en el fondo sea una tontería, porque la zanja se habrá llenado de agua, y poco trabajo podrá hacer ella sola. No queda lejos, menos de dos kilómetros. Le hará bien el ejercicio. Es lo que se dice con determinación al enfundarse el impermeable y las botas de pescador que se compró para una excavación en las Hébridas Exteriores, meterse una linterna en el bolsillo y colgarse la mochila a la espalda. A echar un vistazo. A eso va. Una buena caminata antes de que oscurezca es mejor que quedarse en casa con las dudas y comiendo galletas.

Al principio es muy agradable. Tiene el viento de espaldas, y con el impermeable no se moja nada. Lleva en el bolsillo el mismo mapa del Servicio Cartográfico que usaron en la excavación del *henge*. Hace un rato, al mirarlo, ha visto el *henge* marcado en amarillo, con etiquetas verdes en los puntos donde aparecieron más fragmentos de madera prehistórica, y le ha parecido como si dibujasen una línea, con el *henge* como punto de partida. En su momento, Erik se planteó la posibilidad de que formasen parte de algún tipo de camino, de algún vado o calzada sobre las marismas. ¿Y si condujera hasta los huesos de Ruth?

En vez de tomar la carretera del aparcamiento, se desvía hacia el oeste por un sendero para amantes de las aves. Mientras no se aparte de él, no hay de qué preocuparse. A ambos lados se extiende la marisma: enormes cañizales y kilómetros de hierba aplanada por el viento. Por muy firme que parezca el suelo, sabe por experiencia que está lleno de pozas invisibles, traicioneras y profundas. Cuando suba la marea, el mar llegará hasta la mitad de la marisma, cubriendo el suelo deprisa y en silencio. Fue donde se quedó atrapado Peter hace muchos años, entre la marisma de marea y la de agua dulce, boca abajo en el agua cenagosa, aferrado a un trozo de madera mientras Erik se acercaba lentamente, diciendo en voz alta palabras de ánimo en noruego.

Sigue adelante con dificultad. En esta parte, el camino es muy estrecho, y la niebla reduce la visibilidad a un par de metros. No quiere dejarse engañar por las marismas. No para de llover. El cielo está gris y muy encapotado. En un momento dado asusta a una bandada de agachadizas que salen volando en zigzag, pero por lo demás la soledad es absoluta. Camina cantando en voz baja, mientras piensa en Erik, Peter y el mágico verano en la marisma. Piensa en cuando aparecieron los druidas y acamparon junto al *henge*. Recuerda que Erik se puso de su lado, diciendo que después de todo estaba construido para eso, no para ser estudiado científicamente en un museo; pero la universidad, que era la que patrocinaba la excavación, quiso que se trasladasen las maderas, alegando que había que cambiarlas de sitio para protegerlas de la erosión de la marea. «¡Pero si para eso las pusieron, para que se erosionaran! –adujo Erik–. La vida y la muerte, flujo y reflujo... De eso se trata.»

Al final perdió Erik, y la madera fue transportada laboriosamente, con todas las precauciones necesarias, al laboratorio de la universidad. De pronto Ruth echa de menos el círculo de madera que estuvo dos mil años enterrado, y mientras cruza charcos enfangados, con las manos en el fondo de los bolsillos, piensa que es aquí donde le correspondería estar. Lo que entra en las arenas allí se queda para siempre.

Por fin ve el observatorio donde Nelson ordenó a Clough que metiera la basura en bolsas. Su vista llega hasta el aparcamiento, vacío, por supuesto. Aquí el suelo es más firme. Camina deprisa, aunque le cueste respirar (decidido: en enero irá al gimnasio, sin excusas). La brisa aún hace revolotear la cinta policial.

Al pasar por debajo piensa en Nelson, en su impaciencia y en la decepción que se llevó al saber que los huesos no eran los de Lucy Downey. Piensa que es un hombre raro, brusco y antipático, aunque lo de la niña parecía tomárselo muy a pecho.

Tal como sospechaba, la zanja está prácticamente llena de agua. Es el principal problema de excavar yacimientos en zonas cenagosas y de marea. En Arqueología es esencial tener un «contexto», una visión clara de dónde se descubre algo. En yacimientos de este tipo, hasta el suelo que pisas es cambiante. Ruth echa mano de su vaso y empieza a sacar un poco de agua. No puede pretender vaciar la zanja, solo quiere ver si se distingue algo más entre la arena. Phil ha prometido mandar un equipo de la universidad para hacer una excavación como Dios manda, pero Ruth quiere verlo primero. El descubrimiento es suyo.

Al cabo de una media hora o algo más, le parece ver algo: un brillo tenue como de bronce, en el suelo compacto y oscuro. Aparta suavemente la tierra de los bordes. Parece otra torques. Sus manos tiemblan al sacar el mapa original del yacimiento y marcar el nuevo hallazgo. Una segunda torques podría significar el principio de un tesoro, una deposición ritual de objetos de valor.

Sí, decididamente es otra torques, abollada y retorcida como si la hubiera aplastado una mano gigante, pero al mirarla de cerca ve que está intacta. Reconoce los dos extremos redondeados y lisos, que contrastan con la apariencia trenzada del resto del metal. Está segura de que es del mismo período, entre principios y mediados de la Edad del Hierro. ¿Será un tesoro votivo? Un solo hallazgo parece una casualidad. Con dos ya empieza a parecer un ritual.

Se echa hacia atrás y se queda sentada sobre los talones, con los brazos doloridos. No se había dado cuenta de que ya hubiera oscurecido tanto. ¡Las cuatro! Teniendo en cuenta que no puede haber caminado más de media hora, debe de llevar casi dos horas en cuclillas sobre el barro. Tiene que volver. Se levanta, se mete la bolsa con la torques en el bolsillo y se coloca la capucha. La lluvia, reducida hasta entonces a una fina llovizna, arrecia de golpe y le azota la cara durante el trayecto de vuelta hasta el camino. Baja la cabeza y se pone en marcha. Nunca la ha pillado la noche en las marismas, y no quiere que sea la primera vez.

Camina unos veinte minutos, y se ve obligada a agachar la cabeza por la fuerza de la lluvia. De repente se para. Ya debería de haber llegado al camino de grava. Casi es de noche. Solo queda una vaga fosforescencia que emite la propia marisma. Saca la linterna, pero su temblorosa luz solo se posa en marismas sin relieve, mire donde mire. Oye el ruido del mar, que retumba muy lejos, tierra adentro. Trata de sacar el mapa, pero el viento se lo lanza a la cara, y como es demasiado valioso para perderlo, al final lo guarda. Oye el mar, pero ¿en qué dirección? Saca la brújula. Está yendo demasiado al este. Se gira despacio sin cambiar de sitio, tratando de que no la venza el pánico, y una vez orientada hacia el sur, reanuda su camino.

Se para por segunda vez. Ahora es porque ha dado un paso en el vacío. De un momento a otro, literalmente, ha pasado de estar apoyada en tierra firme a que le llegue el barro a la altura de la rodilla. Está a punto de caer de bruces, pero logra evitarlo balanceándose hacia atrás hasta quedar sentada en suelo firme. Hace el esfuerzo de sacar la pierna del barro líquido. Sale con un ruido horrible de succión, pero por suerte aún lleva puesta la bota de pescar. Da un paso hacia atrás, jadeando. Suelo firme. Otro paso hacia delante. Fango que rezuma. Fango también a la derecha. A la izquierda, suelo más firme. Se desplaza lentamente hacia ese lado con la linterna en alto.

Pocos metros después se cae de bruces en una zanja. Al protegerse con las manos, toca agua helada. Se lleva una mano a la boca. Sal. Por Dios. Debe de haberse desviado hasta la zona de marea. Tras ponerse en pie, se limpia el barro de la cara y vuelve a consultar la brújula. Este. ¿Ha pasado de largo sin ver el camino? ¿Está yendo hacia el mar? Ahora el ruido es tan fuerte que no sabe si es el mar o solo el viento. De repente una ola rompe a sus pies, inconfundible: una embestida de agua gélida con un olor salobre. Está en la llanura de marea, quizá en el mismo sitio donde hace muchos años Peter pidió ayuda. El problema es que ahora Erik no está. Se ahogará en la desolación de las marismas con algo de un valor incalculable en el bolsillo, una torques de la Edad del Hierro.

Ha empezado a sollozar. Las lágrimas se mezclan en su cara con la lluvia y el agua del mar. De repente oye algo tan milagroso que casi lo descarta, atribuyéndolo a su imaginación. Una voz que la llama. Ve una luz, una linterna que alguien sostiene con mano temblorosa.

—¡Socorro! —grita frenéticamente—. ¡Socorro!

La luz sigue acercándose. Se oye una voz masculina.

—Venga por aquí, hacia mí.

Ruth se arrastra casi a cuatro patas, siguiendo la luz y la voz hasta que se recorta una silueta en la niebla, alguien robusto con una chaqueta reflectante que tiende una mano y rodea la suya.

—Por aquí —dice la voz—. Por aquí.

Aferrada a la manga amarilla del impermeable como a un salvavidas, Ruth se pone junto al desconocido, que le suena de algo, aunque de momento no puede pensar en eso; solo puede seguirlo por un itinerario sinuoso: primero a la izquierda, luego a la derecha, ahora con el viento en contra, luego con el viento de espaldas... Si por algo destaca el recorrido, en todo caso, es por su eficacia: los pies de Ruth pisan casi siempre suelo firme, y al cabo de no mucho tiempo ve la cinta azul y blanca y el aparcamiento, donde los espera un Land Rover en pésimo estado.

—Dios mío.

Suelta al hombre y se inclina para respirar. Él retrocede y le enfoca la cara con su linterna.

—Pero bueno, ¿a qué estaba jugando? —pregunta.

—Intentaba llegar a mi casa. Me he perdido. Gracias. No sé qué habría hecho si no hubiera aparecido usted.

—Pues qué iba a hacer, ahogarse. —El hombre cambia de tono—. Es la chica de la universidad, ¿no?

Ruth lo mira, fijándose en el pelo corto y gris, los ojos azules y el aspecto oficial de la chaqueta. Es su vecino, el guarda de la reserva de aves. Sonríe. A pesar de sus principios feministas, le gusta que la llamen chica.

—Sí. Usted es mi vecino, ¿no?

Él le tiende la mano.

—David.

Ruth se la estrecha mientras vuelve a sonreír por lo extraño de la situación. Hace un rato le estrujaba la manga, llorando como una histérica. Ahora es como si acabaran de encontrarse en una fiesta.

—Me llamo Ruth. Gracias otra vez por salvarme.

Él se encoge de hombros.

—No hay de qué. Bueno, habrá que ir llevándola a su casa. Tengo aquí el coche.

Dentro del Land Rover reina un oasis de calor y seguridad que es como un bálsamo. Ruth se siente al borde de la euforia. No está muerta, sino a punto de ser llevada cómodamente a su casa, y lleva la torques en el bolsillo. Se gira hacia David, que está insuflando nueva vida al motor.

—¿Cómo ha sabido volver? Es increíble cómo iba cambiando todo el rato de dirección por la marisma.

—Me la conozco como la palma de la mano —dice David mientras mete la marcha—. Es curioso, pero hay postes de madera clavados en el suelo que si los sigues te llevan por toda la marisma sin peligro. No sé quién los puso, pero lo que está claro es que conocía el terreno aún mejor que yo.

Ruth se queda mirándolo.

—Postes de madera... —susurra.

—Sí. Están clavados a gran profundidad, algunos casi sumergidos, pero si sabes dónde están te llevan hasta el mar, atravesando este terreno tan lleno de peligros.

Hasta el mar. Hasta el *henge*. Ruth se palpa la bolsa térmica en el bolsillo, pero no dice nada. Se ha puesto a pensar a mil por hora.

—Por cierto, ¿qué hacía usted fuera con tan mala noche? —pregunta David, conduciendo por la carretera de la marisma.

Los limpiaparabrisas casi se doblan por el peso del agua.

—Es que hemos encontrado algo cerca del aparcamiento, y quería echarle otro vistazo. Ya sé que es una tontería.

—¿Encontrar algo? ¿Antiguo? Es arqueóloga, ¿verdad?

—Sí. Unos huesos de la Edad del Hierro. Creo que podrían estar relacionados con el *henge*. ¿Se acuerda de cuando encontramos el *henge*, hace diez años?

Ruth recuerda vagamente que ese verano David asistió a las excavaciones. Es tremendo que desde entonces no hayan vuelto a hablar.

—Sí —dice él despacio—, me acuerdo. El que mandaba era el de la coleta, ¿no? Buen tío. Me gustaba escucharlo.

—Sí, es buen tío.

Lo curioso es que David tiene algo que le recuerda a Erik. Tal vez sean los ojos, acostumbrados a otear horizontes lejanos.

—¿Y ahora qué, volverá a venir todo tipo de gente? ¿Druidas, estudiantes y pardillos con cámaras?

Ruth vacila. Se da cuenta de que David considera que la marisma debería ser de su exclusiva competencia y de la de los pájaros. ¿Cómo va a contestar que espera que haya una excavación de gran alcance, y que eso implica casi con seguridad que vengan, si no druidas, sí estudiantes y pardillos con cámaras?

—No necesariamente —dice finalmente—. De momento es algo muy discreto.

David gruñe.

—El otro día vino la Policía. ¿Qué buscaba?

Ruth no está segura de hasta qué punto le conviene explicarlo.

—Venían por los huesos —responde finalmente—, pero se desinteresaron al saber que eran prehistóricos.

Ya han llegado a la verja azul de su casa. David se gira y le sonríe por primera vez. Tiene los dientes muy blancos. ¿Cuántos años tendrá?, se pregunta Ruth. ¿Cuarenta? ¿Cincuenta? Transmite algo atemporal, como Erik.

—En cambio, a usted le interesan más que antes, ¿no? —pregunta David.

Ruth sonríe, burlona.

—Pues sí.

Justo al abrir la puerta suena su teléfono, y no tiene la menor duda de que es Erik.

—¡Ruthie! —Un tono cantarín recorre los gélidos kilómetros que la separan de Noruega—. ¿Qué es todo eso de un descubrimiento?

—¡Erik —dice Ruth en éxtasis, dejando gotear el agua encima de la alfombra—, creo que he encontrado tu calzada!

*L*a oscuridad es total, pero está acostumbrada. *Al tender la mano para ver si llega a la pared, toca piedra fría. No hay puertas, solo una trampilla en el techo, pero nunca sabe cuándo se abrirá. Además, a veces es peor que se abra. No sirve de nada chillar. Ya lo ha hecho muchas veces, y no ayuda. De todos modos, a veces le gusta dar un grito, solo para oír su propia voz, que por alguna razón suena distinta, como la de alguien a quien no conoce. A veces, esa otra voz casi le hace compañía. Han llegado a tener largas conversaciones a oscuras y en voz baja.*

«No te preocupes.»

«Al final se arreglará todo.»

«Después de la tormenta viene la calma.»

Palabras que ya ni se acuerda de haber oído, aunque parece que las tenga grabadas en el cerebro. ¿Quién le dijo que después de la tormenta viene la calma? No lo sabe. Lo único que sabe es que las palabras le dan un cosquilleo de calor, como si la envolviera una manta. Tiene otra manta para cuando hace frío, pero incluso con ella tirita tanto que por la mañana le duele todo el cuerpo. A veces hace más calor y entra un poco de luz por los bordes de la trampilla. Él, una vez, abrió la ventana del techo. Normalmente solo se abre por la noche, cuando el cielo está negro, pero aquella vez todo era luminoso y de color azul, y le dolieron los ojos. Los barrotes de la ventana se convirtieron en una pequeña escalera amarilla. A veces sueña que baja por ella y se escapa a... ¿Adónde? No lo sabe. Piensa en recibir el sol en la cara y en estar en un jardín donde se oyen voces, huele a comida y cae agua fresca. A veces cruza el agua y es como una cortina. Una cortina. ¿Dónde? Una cortina de cuentas que atraviesas corriendo, y al otro lado están de nuevo la luz cálida y las voces, y alguien que te abraza, tan fuerte, tanto, que jamás te soltará.

Y otras veces piensa que no hay nada detrás de estas paredes; solo más paredes, barrotes de hierro y suelos fríos de cemento.

4

Después de Navidad, Ruth se va de casa de sus padres tan pronto como puede sin hacerles un desplante. Phil ha organizado una fiesta de Fin de Año, y aunque Ruth, para ser sincera, preferiría arrancarse un brazo de un mordisco antes que ir, les dice a sus padres que no tiene más remedio. «Sería demasiado perjudicial para mi carrera. Siendo el jefe del departamento...» Ellos lo entienden sin problemas. Entienden que pueda ir a una fiesta por interés laboral. Lo que no entenderían es que disfrutase.

Por eso, un veintinueve de diciembre, Ruth va hacia Norfolk por la M11. Es media mañana y se ha deshecho el hielo. Conduce deprisa y contenta, acompañando con su voz el último CD de Bruce Springsteen, que se ha autorregalado para Navidad. Según su hermano Simon, tiene las preferencias musicales de un adolescente de dieciséis años. «Y con mal gusto, encima.» Pero a Ruth le da igual. Le encantan Bruce, Rod y Bryan, todos esos rockeros maduros con voz rasgada, vaqueros desteñidos y pelo que desafía el paso del tiempo. Le gusta cómo hablan del amor, del desamor y del oscuro y desalmado corazón de América, haciendo que suene todo igual: un tumulto de acordes de guitarra sobre un muro sonoro, y la letra que se pierde en el frenesí del crescendo final.

Canta con fuerza al desviarse hacia Newmarket por la A11. La Navidad no ha estado tan mal, en el fondo. Sus padres no le han dado demasiado la lata porque no vaya a la iglesia y no esté casada. Simon no la ha crispado demasiado, y sus sobrinos tienen unas edades muy interesantes, ocho y seis, bastante mayores para ir al parque y jugar a cazadores neolíticos. Los niños han estado encantados con Ruth, porque les contaba historias de cavernícolas y dinosaurios, y nunca se fijaba en si tenían que lavarse la cara.

—Se te dan muy bien los niños —le dijo acusadoramente su cuñada, Cathy—. Lástima que...

—¿Lástima qué? —preguntó Ruth, sabiendo de antemano la respuesta.

—Que tú no tengas. Aunque supongo que ahora ya...

Ya me habré resignado a ser soltera, y madrina, y a ir enloqueciendo lentamente mientras uso mi propio pelo para tejerles ropa a mis gatos, piensa Ruth, adelantando limpiamente a un miniván con más pasajeros de la cuenta. Dentro de poco cumplirá cuarenta años, y aunque aún no es imposible que sea madre, se ha fijado en que la gente cada vez hace menos comentarios sobre el tema. Por ella, perfecto; cuando estaba con Peter, lo único que la molestaba más que las insinuaciones sobre posibles «campanas de boda» eran las alusiones a un supuesto «instinto maternal». Cuando se compró los gatos, su madre le preguntó a bocajarro si eran «sustitutos de bebés», a lo que Ruth contestó sin inmutarse: «Son gatitos. Si tuviera un bebé, sería un sustituto de gato».

Llega a la marisma a media tarde. El sol ya baja hacia los cañizales. Ha empezado a subir la marea, y las gaviotas chillan agitadas, con voces muy agudas. Al salir del coche y respirar el delicioso olor del mar, lleno de fuerza y de misterio, Ruth se alegra de haber vuelto, al menos hasta que ve el monstruoso coche de los domingueros aparcado delante de su casa. ¡No habrán vuelto para Año Nuevo! ¿No podían quedarse en Londres, como todo el mundo, engrosando las hordas de Trafalgar Square, o recibiendo a un grupo selecto de amistades en su domicilio? Seguro que tirarán petardos, asustando a todos los pájaros en varios kilómetros a la redonda. Sonríe cariacontecida al imaginar la reacción de David.

Al entrar se le echa encima *Sílex*, maullando furiosamente. *Chispa*, sentada en el sofá, la ignora a conciencia. Estos días ha venido a darles de comer una amiga de Ruth, Shona. Ruth se encuentra un ramo de flores silvestres en la mesa, como bienvenida, además de leche y vino blanco en la nevera. «Bendita seas, Shona», piensa mientras pone agua a hervir.

Shona, que da clases de Literatura en la universidad, es su mejor amiga en Norfolk. Diez años antes fue voluntaria en la excavación del *henge*, igual que Peter. Mística e irlandesa, con una melena prerrafaelita ingobernable, se declaró simpatizante de los druidas, y hasta se les unió para una noche en vela, entonando cánticos sobre la arena hasta que la marea los obligó a refugiarse tierra adentro, y ella sucumbió a la promesa de una Guinness en el pub. Es lo bueno de Shona, que aunque tenga principios *new age,* casi siempre puedes vencerlos con la promesa de una copa. Está liada con un profesor casado, y a veces se presenta en casa de Ruth deshecha en lágrimas, sacudiendo la melena y declarando que odia a los hombres y que quiere ser monja, o lesbiana, o ambas cosas a la vez. Luego se toma una copa de vino y se anima de golpe, cantando canciones de Bruce Springsteen y diciéndole a Ruth que es «un cielo», con acento irlandés.

Hay cuatro mensajes en el contestador. Uno es de alguien que se ha equivocado, otro de Phil, recordándole la fiesta, otro de su madre, preguntando si ya ha llegado a casa, y el último... el último es toda una sorpresa.

–Hola... esto... Ruth. Soy Harry Nelson, de la Policía de Norfolk. ¿Puede llamarme? Gracias.

Harry Nelson. No han hablado desde el día en que encontraron los huesos de la Edad del Hierro. Ruth le mandó los resultados de la datación con carbono 14, que confirmaban que el cadáver probablemente fuera de sexo femenino, prepúber y de hacia 650 a. C. Desde entonces no ha recibido noticias, ni las esperaba. Un día, antes de Navidad, mientras se aburría haciendo compras en Norwich, lo vio pasar deprisa y de mal humor, cargado de bolsas. Lo acompañaban una mujer rubia y delgada, con un chándal de diseño, y dos hijas adolescentes de aspecto taciturno. Ruth entró en Borders y los espió desde detrás de un expositor de calendarios. En aquel ambiente femenino de bolsas de la compra y lucecitas navideñas, Nelson exudaba una masculinidad más inoportuna que nunca. La rubia (su mujer, seguramente) se giró hacia él con un golpe de melena y una sonrisa de estudiado poder de convicción. Nelson dijo algo con cara de gruñón. Las dos niñas se rieron. Ruth llegó a la conclusión de que en casa hacían valer su superioridad numérica, excluyéndolo de sus conversaciones de chicas sobre novios y rímel, pero justo entonces él dio alcance a su mujer, la hizo reír sinceramente con un comentario en voz baja, alborotó el cuidado peinado de su hija y se apartó ágilmente, mofándose con su sonrisa del grito indignado de la joven. Durante un momento se les vio unidos: una familia feliz, bromista y un poco estresada en plenas compras navideñas. Ruth siguió mirando los calendarios hasta que se topó con las muecas y las caras amarillas de los Simpson. Total, odiaba la Navidad.

¿Por qué la ha llamado Harry Nelson a su casa? ¿Tan importante es lo que tiene que decirle que no puede esperar? ¿Y por qué es tan arrogante como para no dejar ni un triste número de teléfono? Irritada, pero picada en su curiosidad, Ruth abre el listín y busca el número de la Policía de Norfolk. Lógicamente, el que encuentra no es el correcto. «Tiene que llamar al Departamento de Investigación Criminal», le dice una voz un poco impresionada, a juzgar por su tono. Al final se pone un subordinado que le pasa, no sin reticencia, al inspector jefe Nelson.

—Nelson —le espeta a Ruth una voz impaciente, más del norte y aún más antipática de lo que recordaba.

—Soy Ruth Galloway, de la universidad. Me ha llamado.

—Ah, sí, la llamé hace unos días.

—Estaba fuera —dice Ruth.

Si pretende que se disculpe, ya puede esperar.

—Hay novedades. ¿Puede venir a comisaría?

Ruth se queda perpleja. Tiene ganas de saber qué pasa, por supuesto, pero la petición de Nelson ha sonado más bien como

una orden. Por otra parte, da un poco de miedo ir «a comisaría».
Se parece incómodamente a «ayudar a la Policía en sus indagaciones».

—Es que estoy muy ocupada... —empieza a decir.

—Le mando un coche —dice Nelson—. ¿Mañana por la mañana?

Ruth tiene un no en la punta de la lengua: mañana no me
va bien; voy a una reunión muy importante de la *jet set* en
Hawái, y estoy demasiado ocupada para dejarlo todo solo porque me lo ordene usted. Al final da otra respuesta.

—Supongo que puedo dedicarle una o dos horas.

—Vale —dice Nelson, y añade—: Gracias.

Suena como si no tuviera mucha práctica en decirlo.

5

El coche de la Policía llega a la puerta de Ruth cuando son las nueve en punto. Ella, que se lo esperaba (Nelson le ha dado la impresión de ser madrugador), ya está vestida y lista. Mientras se acerca al coche, ve que uno de los domingueros (¿Sara? ¿Sylvie? ¿Susanna?) se asoma furtivamente a una ventana. Saluda con la mano, sonriendo amablemente. «Deben de pensar que me están deteniendo. Por vivir sola y pesar más de sesenta y cinco kilos.»

La llevan al centro de King's Lynn. La comisaría es un edificio victoriano con aspecto de antigua residencia unifamiliar. El mostrador de entrada ocupa claramente el centro del salón. En las paredes debería haber retratos de familia, no carteles que aconsejan dejar el coche bien cerrado y no exceder la velocidad permitida. El acompañante de Ruth, un policía de uniforme muy poco locuaz, la lleva a una puerta secreta situada detrás del mostrador. Ruth imagina que la gente de aspecto derrotado que espera en recepción se estará preguntando quién es y por qué se merece un trato estelar. Suben por una escalera de caracol bastante bonita, aunque con una moqueta institucional que la estropea, y cruzan una puerta donde pone IJ.

Harry Nelson está sentado y rodeado de papeles tras un viejo escritorio de formica. Se nota que la habitación formaba parte de una estancia más grande. Es visible el corte que hace el tabique de pladur en la moldura del techo. El resultado es un espacio con una forma extraña, más alto que ancho, con una ventana desproporcionadamente grande, tapada a medias por una persiana blanca rota. De todos modos, Nelson no da la impresión de ser un hombre muy preocupado por su entorno.

Se levanta al verla entrar.

—Ruth. Me alegro de que haya venido.

Ruth no recuerda haberle pedido que la llame por su nombre de pila, pero ya parece demasiado tarde para remediarlo. Tampoco va a pedirle que vuelva a llamarla «doctora Galloway»...

—¿Un café? —pregunta él.

—Sí, por favor. Solo.

Ruth sabe que será espantoso, pero le parece de mala educación decir que no, y, además, así tendrá las manos ocupadas.

—Dos cafés solos, Richards —espeta Nelson al agente que aún no se ha marchado.

Por lo visto tiene el mismo problema con «por favor» que con «gracias».

Ruth se sienta al otro lado de la mesa, en una silla de plástico hecha polvo. Nelson también toma asiento, y durante unos minutos parece dedicado en exclusiva a mirarla con expresión ceñuda. Ruth empieza a incomodarse. ¡No la habrá hecho venir para invitarla a un café! ¿Con este silencio es como intimida a los sospechosos?

Reaparece el policía con sus dos cafés. Mientras Ruth se deshace en palabras de agradecimiento, su corazón da un vuelco: acaba de ver lo aguado que está el suyo y la extraña película de cera que flota por encima. Nelson espera a que se haya cerrado la puerta para hablar.

—Se estará preguntando por qué la he hecho venir.

—Sí —se limita a contestar Ruth mientras toma un sorbo de café, cuyo sabor es aún más detestable que su aspecto.

Nelson le acerca una carpeta.

—Ha desaparecido otra niña —dice—. Ya lo habrá leído en la prensa.

Ruth se queda callada. Ella no lee la prensa.

Nelson le lanza una mirada penetrante antes de continuar. Ruth se da cuenta de que parece cansado. Tiene ojeras, y se nota que esta mañana no se ha afeitado. De hecho, su cara parece más propia de un cartel de «Se busca» que de un policía.

–Ha llegado una carta –dice–. ¿Se acuerda de que le hablé de las que recibí por lo de Lucy Downey? Pues parece de la misma persona. Al menos hay alguien que intenta convencerme de que es así, lo cual aún sería más raro.

–¿Y cree que esa persona puede ser el asesino?

Nelson hace una larga pausa antes de contestar, observando muy serio el café de su taza.

–Las presunciones siempre son peligrosas –dice finalmente–. Acuérdese del caso de Jack el Destripador: la Policía estaba tan segura de que las cartas anónimas eran del asesino, que condicionó toda la investigación, y al final resultó que eran de algún chalado. Aquí podría pasar lo mismo. De hecho, es lo más probable. –Hace otra pausa–. Lo que ocurre es que... siempre existe la posibilidad de que las cartas sean del asesino, en cuyo caso contendrán pistas vitales. Me he acordado de lo que dijo usted el día que encontramos los huesos, aquello del ritual; y como las cartas dicen muchas cosas de ese tipo, he pensado que quizá estuviera dispuesta a echarles un vistazo y darme sus impresiones.

Era lo último que se esperaba Ruth. Abre la carpeta con cuidado. Delante hay una carta. La saca. Parece que ha sido impresa en papel normal y escrita con un ordenador, aunque da por supuesto que la Policía ya lo habrá verificado. Lo único que la concierne a ella es el texto:

Apreciado inspector Nelson:

Todo tiene su momento, y cada cosa su tiempo bajo el cielo. Su tiempo el nacer, y su tiempo el morir; su tiempo el plantar, y su tiempo el arrancar lo plantado; su tiempo el matar, y su tiempo el sanar; su tiempo el destruir, y su tiempo el edificar.

Yace donde se juntan la tierra y el cielo. Donde hunde sus raíces en la otra vida el gran árbol Yggdrasil. Incluso muertos seguimos en la vida. Se ha convertido en la ofrenda perfecta. Sangre sobre piedra. Escarlata sobre blanco.

En paz.

No hay firma.

Nelson observa atentamente a Ruth.

—¿Qué?

—Bueno, la primera parte es de la Biblia, del Eclesiastés.

Ruth cambia de postura en la silla, un poco mareada. La Biblia le sienta siempre así.

—¿Y lo del árbol?

—En la mitología nórdica hay un árbol que se llama Yggdrasil. Dicen que sus raíces bajan hasta el infierno y alcanzan el cielo. Hay muchas leyendas relacionadas con él.

Mientras lo explica se acuerda de Erik, gran narrador de historias nórdicas; lo ve al lado de la hoguera del campamento, con media cara iluminada por el fuego, hablándoles de Odín y Thor, de Asgard, el hogar de los dioses, y de Muspelheim, el país del fuego.

—En la carta pone que son las raíces las que bajan hasta la otra vida.

—Sí. —Es lo primero que le ha llamado la atención. Le sorprende la perspicacia de Nelson—. Hay quien piensa que quizá los hombres de la Prehistoria creyeran que el paraíso estaba debajo de la tierra, no encima. ¿Le suena de algo el Seahenge?

—No.

—Lo encontraron en la costa, en Holme-next-the-Sea, cerca de la marisma. Es un *henge* de madera, como el de la marisma, pero con un árbol enterrado en el centro. Al revés, con las raíces hacia arriba y las ramas en la tierra.

—¿Usted cree que este hombre...? —Nelson toma la carta en sus manos—. ¿Que puede estar al corriente?

—Es muy posible. En su momento recibió mucha publicidad. ¿Se ha planteado que no sea un hombre?

—¿Qué?

—La persona que escribió la carta podría ser una mujer.

—Supongo que sí. Algunas de las primeras cartas estaban escritas a mano, y el experto consideró que la caligrafía era masculina, pero nunca se sabe. Los expertos no siempre aciertan. Es una de las reglas esenciales del trabajo policial.

Ruth hace una pregunta, sin saber muy bien adónde lleva.

—¿Me puede explicar algo de la niña que ha desaparecido?

Nelson se queda mirándola.

—Ha salido en la prensa local y nacional. ¡Por Dios, pero si hasta lo han sacado en el programa ese de crímenes, *Crimewatch*! ¿En qué mundo vive usted?

Ruth se queda avergonzada. Casi nunca lee prensa ni ve la televisión; prefiere las novelas y la radio. Para informarse recurre a esta última, pero es que ha estado fuera. Se da cuenta de que sabe mucho más de los sucesos del mundo prehistórico que de los del mundo actual.

Nelson suspira y se frota los pelos de la barba. Cuando retoma la palabra, su tono es más bronco que nunca.

—Scarlet Henderson. De cuatro años. Desaparecida mientras jugaba en el jardín de la casa de sus padres, en Spenwell.

Spenwell es un pueblo muy pequeño que queda a menos de un kilómetro de donde vive Ruth. Es una proximidad que la incomoda.

—¿Scarlet?

—Sí. Escarlata sobre blanco. Sangre sobre piedra. Qué poético, ¿verdad?

Ruth guarda silencio. Está pensando en las teorías de Erik sobre el sacrificio ritual. La madera representa la vida, y la piedra, la muerte.

—¿Cuánto tiempo lleva desaparecida? —pregunta en voz alta.

—Desde noviembre. —Se miran—. Aproximadamente una semana después de que encontráramos los huesos. Casi diez años justos desde el día de la desaparición de Lucy Downey.

—¿Cree que los casos están relacionados?

Nelson se encoge de hombros.

—No puedo descartar ninguna posibilidad; en todo caso, hay similitudes, y ahora esta carta...

—¿Cuándo la ha recibido?

—Dos semanas después de que desapareciese Scarlet. Hemos hecho de todo: peinar la zona, dragar el río, interrogar a todo el mundo... Pero nada. Al recibir la carta, me ha hecho pensar en lo de Lucy Downey.

—¿Hasta entonces no había pensado en ella?

Es una pregunta muy inocente, pero la mirada de Nelson se hace más incisiva, como si se oliera una crítica.

—Sí, pensar sí —dice, un poco a la defensiva—. Había similitudes: edades parecidas, la misma época del año... Pero también diferencias. A Lucy Downey la raptaron dentro de su casa. Fue algo horrible. Se la llevaron de su cama, nada menos. Esta niña estaba sola en el jardín...

—¿Y los padres? —pregunta Ruth, impulsada por el vago tono de censura del inspector—. Como dijo el otro día que... a veces son los padres...

—Unos *hippies* —responde Nelson con desprecio—. De esos de la *new age*. Tienen cinco hijos y no los cuidan como deberían. Tardaron dos horas en darse cuenta de que Scarlet no estaba. Pero no creemos que hayan sido ellos. No hay señales de abusos. A esa hora, el padre estaba fuera y la madre en trance, o alguna chorrada así, comulgando con las hadas.

—¿Puedo ver las otras cartas? —le pide Ruth—. Las de Lucy Downey. Quizá digan algo sobre Yggdrasil, o sobre mitología nórdica, no sé...

Se nota que Nelson esperaba que se lo pidiera, porque le entrega de inmediato otra carpeta que ya estaba encima de la mesa. Ruth la abre. Dentro hay unas diez hojas o más.

—Doce —dice Nelson, leyéndole el pensamiento—. La última es del año pasado.

—Vaya, que sigue en las mismas.

—Sí. —Sacude lentamente la cabeza—. En las mismas.

—¿Puedo llevármelas a casa y leerlas esta noche?

—Está bien, pero le advierto que tendrá que firmar. —Mientras busca un formulario por el escritorio, sorprende a Ruth con una pregunta—. ¿Y los huesos que encontramos? ¿Qué ha sido de ellos?

—Ya le mandé el informe...

Gruñe.

—No entendí ni jota.

—Bueno, lo que venía a decir es que probablemente fuera el cadáver de una niña de entre seis y diez años, prepúber. De unos dos mil seiscientos años de antigüedad. Hicimos una excavación y encontramos tres torques de oro y unas cuantas monedas.

—¿En la Edad del Hierro había monedas?

—Sí, de hecho fue cuando empezaron a acuñarse. En primavera, cuando haga mejor tiempo, volveremos a excavar.

Ruth tiene la esperanza de que venga Erik.

—¿Cree que fue asesinada?

Mira al inspector, que ha apoyado los codos en medio del desorden de la mesa. Se le hace extraño oír en sus labios la palabra «asesinada», como si de pronto su cadáver de la Edad del Hierro fuese a formar parte de sus «investigaciones», y tuviera la intención de llevar al culpable ante los tribunales.

—No lo sabemos —reconoce—. Lo raro es que tenía rapada la mitad de la cabeza. No sabemos qué significa, pero podría formar parte de un asesinato ritual. Tenía ramas enroscadas en los brazos y las piernas, de sauce y avellano, como si la hubiesen atado.

Nelson sonríe con una expresión algo siniestra.

—Bastante concluyente, me parece a mí —dice.

Nelson acompaña a Ruth a la salida, cruzando una sala llena de gente enfrascada en su trabajo. Unos hablan por teléfono, encorvados; otros miran muy serios la pantalla del ordenador. En la pared hay algo que parece un mapa mental rudimentario, lleno de flechas y de anotaciones. El centro lo ocupa la foto de una niña con el pelo oscuro y rizado, y los ojos risueños.

—¿Es ella? —se le escapa a Ruth en voz baja.

—Sí, es Scarlet Henderson.

Cuando pasan, nadie levanta la cabeza. Quizá finjan estar muy atareados por la presencia del jefe, aunque Ruth lo duda, sin saber muy bien por qué. Al llegar a la puerta, se gira y su mirada se encuentra con el rostro sonriente de Scarlet Henderson.

Una vez en casa, se sirve una copa del vino de Shona y se sienta frente a la carpeta de las cartas, pero antes de mirarlas enciende su ordenador y busca «Scarlet Henderson» en Google. Los resultados desbordan la pantalla. Nelson tiene razón. ¿Cómo es posible que no se haya enterado? «Los padres de Scarlet, destrozados», clama un artículo de *The Telegraph*. «Desconcierto policial por el caso Henderson», afirma *The Times*, más contenido. El artículo empieza así: «El inspector Harry Nelson, de la Policía de Norfolk, reconoció ayer que no hay ninguna pista nueva sobre el caso de Scarlet Henderson, la niña de cuatro años desaparecida. Según la Policía, los testimonios sobre la presencia en Great Yarmouth de una niña que se ajustaba a la descripción de Scarlet han sido descartados de la investigación...»

Ve el rostro de Scarlet al borde de la página, más conmovedor en blanco y negro. ¿Habrá muerto esta niña sonriente y de mirada luminosa? A Ruth no le gusta pensarlo, pero sabe que tarde o temprano lo tendrá que hacer. Ahora, en cierto sentido, es cosa suya.

Para postergar la inevitable lectura de las cartas, teclea «Lucy Downey» en el buscador. Esta vez hay menos referencias. La desaparición de Lucy fue anterior a la ubicuidad de internet. Aun así, aparece en un par de páginas sobre niños desaparecidos. También hay un artículo de *The Guardian* con el titular «Diez años y sigue la pesadilla». «Alice y Tom Downey —lee— me reciben en su pulcra casa de Norfolk, llena de fotos de una niña sonriente de cinco años. Hace diez que en esta misma casa, mientras Lucy dormía en su cama, alguien trepó por la pared del garaje, abrió la ventana y, mientras los padres aún dormían, raptó a la pequeña...» Cielo santo. Ruth para de leer. Imagínatelo. Imagínate que vas a despertar a tu hija pequeña por la mañana y no la encuentras. Imagínate que miras debajo de la cama, y que te invade el pánico al buscarla abajo, en el jardín, y regresar al dormitorio. Imagínate que ves abierta la ventana, con las cortinas movidas por la brisa (Ruth se las imagina rosas, con princesas de Disney). Se lo imagina, sí, y se le eriza el vello de la nuca, pero lo que no se puede imaginar es lo que sintió Alice Downey, y que sigue sintiendo al cabo de diez años. Perder a tu hija... Que se la lleven, como en los cuentos... Seguro que es la pesadilla de todas las madres.

Pero ella no es madre; ella es arqueóloga, y va siendo hora de ponerse a trabajar. Nelson necesita su colaboración profesional, y es lo que tiene que ser: profesional. Apaga el ordenador y abre la carpeta de las cartas. Primero las ordena por fechas, bastante sorprendida de que no lo haya hecho el inspector, y examina el papel y la tinta. Diez de las doce parecen escritas en el mismo papel normal que la de Scarlet Henderson. Se dice que no tiene por qué significar nada. Seguro que es el tipo de papel que usan nueve de cada diez personas con una impresora en casa. También el tipo de letra parece de lo más usual; Times New Roman, diría. Dos de las cartas, sin embargo, están escritas a mano en papel pautado, de ese con agujeros para el clasificador, con el margen estrecho en rojo y todo. Están escritas con un rotulador de punta fina. La caligrafía es legible, pero poco pulcra, muy inclinada hacia la izquierda. Caligrafía masculina, dijo el experto. Ruth cae en la cuenta de que desde hace cierto tiempo casi nunca ve nada escrito a mano; todos sus alumnos tienen portátiles, sus amigos le escriben correos electrónicos o mensajes de texto, y hasta ella misma corrige sus artículos *online*. La única letra que es capaz de reconocer es la de su madre, casi siempre en postales de un sentimentalismo que chirría: «Para el cumpleaños de una hija especial...».

Las cartas manuscritas pertenecen a la parte central de la secuencia. Vuelve a ordenarlas y empieza a leer.

Nelson:

Estás buscando a Lucy, pero no buscas donde tienes que buscar. Mira el cielo, las estrellas y los cruces. Mira lo que se perfila contra el cielo. La encontrarás donde se juntan la tierra y el cielo.

En paz.

Diciembre de 1997

Nelson:

Lucy es la ofrenda perfecta. Como Isaac, como Jesús, lleva la madera para su propia crucifixión; y al igual que Isaac y Jesús, acata la voluntad de su padre.

Te felicitaría las fiestas y te haría una corona de muérdago, pero lo cierto es que la Navidad no es más que un injerto moderno en el gran solsticio invernal. Primero existió la festividad pagana, con los días cortos y las noches largas. Quizá fuera mejor felicitarte por Santa Lucía. Si es que tienes ojos para ver.

En paz.

Enero de 1998

Apreciado inspector Harry Nelson:

Ya ves que ahora te llamo por tu nombre completo. Tengo la sensación de que somos viejos amigos. El almirante Nelson no dejaba de ver solo porque le faltase un ojo. «Se puede ver cómo va el mundo sin tener ojos.»

En paz.

Enero de 1998

Querido Harry:

«Un pequeño toque de Harry en la noche.» Qué sabio era Shakespeare... Un chamán eterno. Tal como van las cosas, quizá te conviniera consultarlos a ellos, a los sabios (y las sabias).

Porque aún no buscas donde tienes que buscar, en los sitios sagrados, en los otros lugares. Solo buscas donde florecen los árboles y brotan los manantiales. Busca de nuevo, Harry. Lucy está muy por debajo del suelo, pero resurgirá. Te lo prometo.

En paz.

Marzo de 1998

Querido Harry:

Vuelve la primavera, pero no mi amigo. Brotan los árboles y regresan las golondrinas. Todo tiene su momento.

Busca en la tierra llana. Busca en los cursus y las calzadas.

Ruth se para a releer la última línea. La palabra «cursus» la hipnotiza hasta el extremo de que tarda unos minutos en darse cuenta de que llaman a la puerta.

Una visita no anunciada es algo sin apenas precedentes, a excepción de cuando viene el cartero a entregarle algún paquete de Amazon con cara de malas pulgas. Abre la puerta con un nerviosismo que la irrita.

Es la mujer de al lado, la dominguera que la ha visto bajar esta mañana del coche de la Policía.

—Ah, hola... —dice Ruth.

—¡Hola!

Su vecina le sonríe con efusividad. Es mayor que ella, sobre los cincuenta, pero se conserva esplendorosamente: pelo con mechas, piel bronceada y un cuerpo trabajado, con vaqueros de cintura baja.

—Soy Sammy, la vecina de al lado. Qué ridículo que no hayamos hablado casi nunca, ¿no?

Ruth no lo ve nada ridículo. Con los domingueros habló hace unos tres años, cuando se compraron la casa, y desde entonces ha hecho lo posible por ignorarlos. Recuerda que antes había niños, adolescentes ruidosos que ponían música hasta altas horas de la noche, y que pisoteaban la marisma con tablas de surf y botes hinchables. Esta vez no parece que hayan venido niños.

—Ed y yo... hemos organizado una fiestecita de Año Nuevo. Seremos pocos, nosotros dos y unos amigos que vendrán de

Londres. Todo muy informal. Queríamos saber si te apetece venir.

Ruth no da crédito a sus oídos. Hacía años que no la invitaban a una fiesta de Año Nuevo, y ahora se ve obligada a rechazar dos invitaciones. Es una conspiración.

—Muchísimas gracias —dice—, pero es que mi jefe de departamento da una fiesta, y quizá tenga que ir...

—Ah, bueno, te entiendo. —Al igual que los padres de Ruth, Sammy no parece tener dificultades para comprender que Ruth pueda querer ir a una fiesta por pura obligación—. Trabajas en la universidad, ¿no?

—Sí, doy clases de Arqueología.

—¡Arqueología! A Ed le encantaría. Nunca se pierde un episodio de *Time Team*. Pensaba que quizá hubieras cambiado de trabajo.

Ruth se la queda mirando inexpresivamente, aunque se lo ve venir.

Sammy suelta una risa jovial.

—¡El coche de la Policía! Esta mañana.

—Ah, eso —dice Ruth—. Es que les estoy ayudando en una investigación.

Sammy tendrá que conformarse con eso, piensa con severidad.

De noche, en la cama, termina la lectura de las cartas sobre Lucy Downey.

Se había quedado por la mitad de la que está fechada en marzo de 1998, con su sorprendente referencia a cursus y calzadas. «Cursus» es un término arqueológico bastante oscuro que designa una zanja poco profunda. Hay uno en Stonehenge, aún más antiguo que las piedras.

> ... Busca en los cursus y las calzadas. Nos arrastramos por la superficie de la tierra, pero desconocemos sus costumbres y no adivinamos su intención.
> En paz.

Abril de 1998

Querido Harry:

Feliz Pascua. No sé por qué, pero no te imagino muy cristiano. Pareces de los de la antigua usanza.

Los cristianos creen que en Pascua Cristo murió en la cruz por los pecados que habían cometido, pero ¿no lo hizo antes Odín, sacrificándose en el Árbol de Todos los Conocimientos? Como Nelson, Odín solo tenía un ojo. ¿Tú cuántos ojos tienes? ¿Mil, como Argos?

Ahora Lucy está enterrada en lo más hondo de la tierra, pero volverá a florecer.

En paz.

Les llega el turno a las dos cartas manuscritas. No llevan fecha, pero alguien (¿Nelson?) ha anotado la de su recepción:

Recibida el 21 de junio de 1998

Querido Harry:

Recibe los saludos del solsticio de verano. Feliz época de Litha. Salve al dios Sol.

Cuidado con los espíritus del agua, y enciende hogueras en la playa. Cuidado con el hombre de mimbre.

Ahora el sol se va hacia el sur, y por todas partes vagan espíritus malignos. Sigue los fuegos fatuos, los espíritus de los niños muertos. ¿Quién sabe adónde te conducirán?

En paz.

Recibida el 23 de junio de 1998

Querido Harry:

Feliz día de San Juan. Sankt Hans Aften. Las hierbas recogidas en vísperas de San Juan tienen poderes curativos especiales. ¿Lo sabías? Tengo mucho que enseñarte.

Sigues lejos de Lucy, lo cual me entristece. Pero no la llores. La he rescatado y la he hecho resurgir. La he salvado de una vida mundana, dedicada a venerar a falsos dioses. La he convertido en la ofrenda perfecta.

Harás mejor en llorar por ti mismo y por tus hijos, y por los hijos de tus hijos.

En paz.

Las siguientes cartas vuelven a estar impresas, y hay un cambio de tono. A partir de ahora brillan por su ausencia las bromas medio cariñosas, y la presuposición de que Nelson y el autor de las cartas son «viejos amigos», con un vínculo especial entre ambos. Ahora la persona que escribe parece enfadada y resentida.

Hay un salto de cuatro meses hasta la siguiente carta, cuya fecha es previsible:

31 de octubre de 1998

Apreciado inspector Nelson:

Es la hora en que caminan los muertos. Las tumbas abren sus bocas para escupirlos. Cuidado con los vivos y los muertos. Cuidado con los muertos vivientes. «Nosotros que vivíamos estamos ahora muriendo.»

Me ha decepcionado usted, inspector. Le he hecho partícipe de mi sapiencia, y sigue usted sin acercarse a mí ni a Lucy. Es usted, a fin de cuentas, un hombre ligado a la tierra y lo mundano. Esperaba algo mejor.

Mañana es la festividad de Todos los Santos. ¿Encontrará usted a santa Lucía en el panteón de todos los bienaventurados? ¿O está ligada también ella a la tierra?

Con tristeza.

25 de noviembre de 1998

Apreciado inspector Nelson:

Ha pasado un año desde que desapareció Lucy Downey. El mundo ha dado una vuelta completa, y ¿de qué le ha servido a usted? Decididamente, es un hombre con los pies de barro.

Maldito sea el hombre que deposita en otro su confianza, que depende de los asuntos de la carne, y cuyo corazón da la espalda

66

al Señor. Es como el arbusto seco del páramo, que no tiene ojos para el bien que ha de venir.

Con tristeza.

Diciembre de 1998

Apreciado inspector Nelson:

He estado a punto de no felicitarle las fechas por escrito, pero luego he pensado que me echaría de menos. Lo cierto, sin embargo, es que estoy muy decepcionado con usted.

Una niña, una niña pequeña, un alma inocente, desaparece, pero usted no interpreta las señales. Un vidente, un chamán, le tiende la mano en señal de amistad, y usted la rechaza. Contemple usted su propio corazón, inspector. Por cierto, que ha de ser un sitio oscuro, lleno de amargura y de pesar.

Y, sin embargo, Lucy está en la luz. Se lo prometo.

Con tristeza.

La última carta está fechada en enero de 2007:

Apreciado inspector Nelson:

¿Se ha olvidado usted de mí? Yo, por el contrario, pienso en usted cada Año Nuevo. ¿Se encuentra más próximo del buen camino? ¿O se han desviado sus pasos por la senda de la desesperación y las lamentaciones?

La semana pasada vi su foto en el periódico. ¡Cuánta tristeza y soledad grabadas en sus rasgos! A pesar de que me haya traicionado, sigue inspirándome tal compasión que me acongoja.

Tiene hijas. ¿Las vigila? ¿Las tiene cerca de usted a todas horas?

Así lo espero, pues la noche está llena de voces, y mis artimañas son muy oscuras. ¿Volveré tal vez un día a visitarlo?

En paz.

Ruth se pregunta qué debió de pensar Nelson al leer una amenaza tan clara hacia sus propias hijas. A ella se le han puesto los pelos de punta. Mira nerviosamente las cortinas, por si hay señales de alguien al acecho. ¿Qué sintió Nelson al recibir estas cartas durante meses, años, con la insinuación de que hay algo que lo liga a su autor, de que son cómplices, por no decir amigos?

Mira la fecha de la última carta. Diez meses después, desaparece Scarlet Henderson. ¿Ha sido este hombre? Es más: ¿fue él quien raptó a Lucy Downey? Las cartas no contienen nada muy concreto, solo una trama de alusiones, citas y supersticiones. Ruth sacude la cabeza para despejársela.

Lo de la Biblia, lo de Shakespeare, lo ha reconocido, por supuesto, pero para algunas otras referencias siente no tener a Shona junto a ella. Está segura de que hay algo de T. S. Eliot. Lo que más le interesa son las referencias nórdicas: Odín, el Árbol de Todos los Conocimientos, los espíritus del agua... Y por encima de todo, los indicios de conocimientos arqueológicos. Está claro que la palabra «cursus» no la usaría un lego en la materia. Relee las cartas en la cama, haciéndose preguntas...

Tarda mucho en conciliar el sueño, y cuando lo consigue sueña con niñas ahogadas, con los espíritus del agua y con las luces fantasmales que conducen hasta los cuerpos de los muertos.

6

—¿Qué le parece? ¿Es un chalado?

Ruth vuelve a estar sentada en el destartalado despacho de Nelson, tomándose un café. La diferencia es que esta vez lo ha traído ella de Starbucks.

—Starbucks, ¿eh? —ha dicho Nelson con recelo.

—Sí, es lo que queda más cerca. Normalmente no voy, pero...

—¿Por qué no?

—Bueno... —Ruth se ha encogido de hombros—. Ya me entiende. Demasiado global, y americano...

—A mí América me encanta —ha dicho Nelson, mientras seguía mirando con poca convicción la espuma de su capuchino—. Hace unos años fuimos a Disneyland Florida y lo pasamos de miedo.

Ruth, para quien la idea de Disney World es un infierno sin atenuantes, no contesta.

Nelson deja en la mesa el vaso de poliestireno y repite la pregunta.

—¿Es un chiflado?

—No lo sé —contesta lentamente Ruth—. No soy psicóloga.

Nelson gruñe.

—Tuvimos uno, y se pasaba el día diciendo chorradas. Que si homoerotismo, que si represión... Una memez.

Ruth, a quien le ha parecido advertir un subtexto homoerótico en las cartas, efectivamente (suponiendo, claro está, que estén escritas por un hombre), sigue sin responder. Lo único que hace es sacar las cartas de su bolso.

—He clasificado las referencias —dice—. Me ha parecido la mejor manera de empezar.

—Una lista —aprueba Nelson—. Me gustan las listas.

—A mí también.

Ruth saca una hoja impresa, muy bien presentada, y se la entrega.

Religiosas
Eclesiastés
Isaac
Navidad
Cristo crucificado/Pascua
Santa Lucía
Festividad de Santa Lucía (13 de diciembre)
Festividad de San Juan (24 de junio)
Todos los Santos (1 de noviembre)
Jeremías

Literarias
Shakespeare:
El rey Lear: «Se puede ver cómo va el mundo sin tener ojos».
Enrique V: «Un pequeño toque de Harry en la noche».
Julio César: «Las tumbas abrían sus bocas para escupir muertos».

T. S. Eliot, *Miércoles de ceniza*: «Donde florecen los árboles y fluyen manantiales, porque otra vez no hay nada».

La tierra baldía: «Nosotros que vivíamos estamos ahora muriendo».

Mitología nórdica
Odín

El Árbol de Todos los Conocimientos (el Árbol del Mundo, Yggdrasil)

Paganas
Solsticio de verano
Solsticio de invierno
Litha (palabra anglosajona que significa «solsticio»)
Hombre de mimbre
Dios del Sol
Chamanismo
Fuegos fatuos
Muérdago

Mitología griega
Argos

Arqueológicas
Cursus
Calzadas

Nelson lee con atención, juntando mucho las cejas.

—Está bien verlo así, todo junto —dice finalmente—; si no, no sabes qué es una cita y qué es palabrería. «Nosotros que vivíamos estamos ahora muriendo», por ejemplo. Creía que era una frase siniestra como cualquier otra. No me había dado cuenta de que fuera una cita.

Ruth, que se ha pasado horas buscando en las *Poesías completas* de Eliot, se siente gratificada.

Nelson vuelve a mirar la lista.

—Mucho de la Biblia —dice—. Eso lo reconocimos enseguida. El psicólogo pensó que hasta podía ser un predicador laico, o un exsacerdote.

—O sencillamente una persona con formación religiosa —dice Ruth—. Mis padres son cristianos renacidos. Se pasan el día leyendo la Biblia en voz alta, porque así disfrutan.

Nelson gruñe.

—Yo he tenido una educación católica —dice—, pero, en el fondo, a mis padres la Biblia los dejaba más bien fríos; les iban más los santos, rezar a este o al de más allá, diciendo avemarías. ¡Cada día un misterio del rosario! ¡Qué barbaridad! Parecían horas.

—¿Usted aún es católico? —pregunta Ruth.

—A mis hijas las hice bautizar como católicas, más que nada para darle el gusto a mi madre, pero Michelle no es católica, y a la iglesia nunca vamos. No sabría decir si soy o no católico. Quizá no practicante.

—Nunca te sueltan, ¿eh? Aunque no creas en Dios, sigues siendo «no practicante». Como si algún día pudieras volver.

—Puede que vuelva, en mi lecho de muerte.

—Yo no —dice Ruth con vehemencia—. Yo soy atea. Cuando te mueres ya no hay nada.

—La lástima —dice Nelson con una sonrisa burlona— es que nunca se pueda decir «¿ves como tenía razón?».

Ruth se ríe, bastante sorprendida. Es muy posible que Nelson se arrepienta de su incursión en la frivolidad, porque frunce otra vez el ceño y se fija en la lista.

—¿Y este? —dice—. ¿En qué cree?

—Bueno —contesta Ruth—, está muy presente el tema de la muerte y el renacimiento, las estaciones y el ciclo de la naturaleza. De todos modos, yo diría que sus creencias son más paganas. El hecho de que mencione el muérdago, por ejemplo. Los druidas lo consideraban sagrado. Es de donde viene la tradición de darse un beso debajo del muérdago. —Hace una pausa—. De hecho, nuestra chica de la Edad del Hierro... tenía restos de muérdago en el estómago.

—¿En el estómago?

—Sí. Quizá la obligasen a comérselo antes de matarla. Ya le dije que en la Edad del Hierro era bastante común el sacrificio ritual. Encuentras cadáveres acuchillados, estrangulados o muertos a golpes. En Irlanda descubrieron uno al que le habían cortado los pezones.

Nelson hace una mueca.

–¿Y nuestro amigo sabe todo eso de la Edad del Hierro?

–Es posible. Lo que dice del sacrificio, por ejemplo, lo del hombre de mimbre... Hay quien cree que el hombre de la Edad del Hierro hacía sacrificios humanos cada otoño para asegurarse de que el año siguiente volviese la primavera. Ponían a la víctima en una jaula de mimbre y le prendían fuego.

–He visto la película –dice Nelson–, la de Christopher Lee. Es muy buena.

–Ah, sí. Le dieron un toque sensacionalista, claro, pero en todas las religiones está presente el tema del sacrificio. A Odín lo colgaron del Árbol del Mundo para obtener todo el conocimiento del mundo. A Cristo lo colgaron de la cruz. Abraham estaba dispuesto a sacrificar a su hijo Isaac.

–¿Y lo de «como Isaac, como Jesús, lleva la madera para su propia crucifixión»? ¿Qué significa?

–Es que Isaac llevó él mismo la madera con la que tenían que quemarlo. Hay un eco muy claro de cuando Cristo lleva su cruz a cuestas.

–Madre mía.

Se quedan callados. Ruth sospecha que Nelson está pensando en Lucy Downey, condenada tal vez a llevar los instrumentos de su propia muerte. Piensa en su cadáver de la Edad del Hierro. ¿La clavaron con estacas y la dejaron morir? ¿En serio?

–De hecho –dice–, hay una referencia bíblica muy interesante. De Jeremías, esta vez. «Maldito sea aquel que fía en hombre.»

–Ni me había dado cuenta de que fuera de la Biblia.

–Pues lo es. De uno de los profetas. Total, que lo he buscado, y a ver si adivina cómo sigue.

Se lo recita:

> Maldito sea aquel que fía en hombre,
> y hace de la carne su apoyo,
> y de Yahvé se aparta en su corazón.
> Pues es como el tamarisco en la Arabá,

y no verá el bien cuando viniere.
Vive en los sitios quemados del desierto,
en saladar inhabitable.

Nelson levanta la vista.

—¿Un saladar?

—Sí.

—La marisma —añade, como hablando solo—. Es un sitio que siempre me ha extrañado...

—De hecho, creo que hay unas cuantas cosas que podrían hacer referencia a la marisma —dice Ruth. Lee una de las cartas—. «Mira el cielo, las estrellas y los cruces. Mira lo que se perfila contra el cielo. La encontrarás donde se juntan la tierra y el cielo.» Erik (un conocido mío, arqueólogo) dice que es posible que el hombre prehistórico edificara estructuras en terreno llano como el de las ciénagas o las marismas porque destacaban mucho y se perfilaban contra cielo. Según él, es una de las razones de que levantaran el *henge* en la marisma.

—Ya, pero sitios planos hay muchos. Y más en este condado dejado de la mano de Dios.

—Sí, pero... —¿Cómo explicarle que a ella le parece que el autor de las cartas comparte las ideas de Erik sobre un paisaje ritual, y sobre la marisma como eslabón entre la vida y muerte?—. ¿Se acuerda de lo que le dije sobre las marismas? —añade finalmente—. Allá es muy habitual encontrar ofrendas votivas, o algún que otro cadáver enterrado. Quizá este hombre... —Señala las cartas—. Quizá también lo sepa.

—¿Cree que es arqueólogo?

Ruth titubea.

—No necesariamente, pero hay una palabra, «cursus»...

—No la he oído en mi vida.

—¡Exacto! Es una palabra muy técnica. Significa una zanja paralela con taludes por dentro. Se encuentran a menudo en paisajes rituales muy antiguos, pero no sabemos para qué servían. En el cursus de Maxley, por ejemplo, se han encontrado bastones de chamán.

—¿Qué es eso?

—Trozos de cuernos de ciervo decorados que usaba el chamán, el hombre santo.

—¿Para qué?

—No lo sabemos. Tal vez como parte de alguna ceremonia ritual. Quizá fueran una especie de varita mágica.

—Este hombre... —Nelson señala las cartas—. Habla de un chamán.

—Sí, es una idea muy popular entre los pensadores *new age*. Un hombre santo que trabaja con magia natural.

Vuelve a mirar la lista.

—¿Y lo de las calzadas? Esa palabra sí que la había oído.

—En este caso se refiere a caminos muy antiguos que pueden atravesar marismas o zonas inundadas. —Ruth hace una pausa—. De hecho, creo que en la marisma he encontrado uno que lleva hasta el *henge*. Es una especie de camino oculto marcado con postes sumergidos. Es muy emocionante.

Nelson pone cara de pensar «si tú lo dices...».

—O sea, que aquí el amigo podría ser pagano, o de la *new age,* o un chiflado religioso, o un arqueólogo.

—Podría ser las cuatro cosas. También podría ser que sepa un poco de todas. A mí me da la impresión de que es una persona que acumula datos. Lo de los fuegos fatuos, por ejemplo.

—Ah, sí. ¿De qué iba eso?

—Los fuegos fatuos son luces que se ven a menudo en las marismas, muchas veces durante la noche del solsticio de verano. Llevan a los viajeros por terrenos peligrosos y provocan su muerte. —Al decirlo, Ruth piensa en el extraño resplandor fosforescente que cubría la marisma la noche en la que se perdió. ¿Habría muerto de no ser por David?—. Sobre los fuegos fatuos hay muchas leyendas. En algunas atribuyen su nombre en inglés, *will o'the wisps*, a un malvado herrero que vendió su alma al diablo a cambio de una llama del fuego del infierno. Ahora vaga bajo tierra buscando una manera de salir a la superficie, y se orienta con la llama. Otras historias cuentan que son las almas de niños asesinados.

—Niños asesinados —dice Nelson, muy serio—. Ahí está el quid de la cuestión.

Ruth llega a casa y se encuentra el teléfono sonando. Al ponerse, obtiene como recompensa la voz de su vikingo favorito.

—¡Ruthie! ¿Qué, alguna novedad sobre la calzada?

Le explica que no hay nadie más al corriente de su descubrimiento, pero que al ir a ver a David, con una botella de whisky en señal de gratitud, él le dio un mapa de la marisma con los postes marcados de su propia mano.

—Estupendo —ronronea Erik—. No dejas que el Tecnoboy vea nada antes de que llegue yo.

«Tecnoboy» es como llama a Phil, adicto a cualquier tipo de tecnología arqueológica.

—¿Y cuándo será eso?

—Por eso te llamaba. Tengo muy buenas noticias. El curso que viene he conseguido un semestre sabático.

—¡Qué maravilla!

—Pues sí. Magda está muy celosa. Es que en verano te matan, estas noches tan largas. Vaya, que espero estar contigo dentro de una semana, aproximadamente.

—¡Qué maravilla! —repite Ruth—. ¿Dónde te alojarás?

Erik se ríe.

—Tranquila, por tu sofá no temas. No me apetece compartirlo con los gatos. Seguro que me echarían mal de ojo. Recuerdo que bastante cerca de tu casa había un hostal muy bonito. Lo reservaré.

—Ya te lo reservo yo, si quieres —se ofrece Ruth, preguntándose por qué no le molesta que Erik haga bromas sobre sus gatos.

—No te preocupes, nena, que para eso está internet. Tecnoboy estará orgulloso de mí.

—Lo dudo. Erik...

—¿Qué?

—Podría ser que te llamara un inspector, un tal Harry Nelson...

Nelson le había preguntado si se acordaba de alguien que hubiera seguido muy de cerca la excavación de hacía diez años, alguien fascinado por la Arqueología y la mitología, y la verdad era que sí, que Ruth tenía un nombre en la memoria. Era un hombre que se hacía llamar Cathbad, y era el cabecilla del grupo de druidas empeñados en salvar el *henge*. Después de un momento de vacilación le había facilitado el nombre a Nelson, suscitando un bufido de desprecio. ¿Tenía Ruth alguna idea de cómo se llamaba de verdad? No. ¿Sabía de alguien que pudiera saberlo? En ese momento le había dado el nombre de Erik, acordándose de cuántas veces lo había visto enfrascado en una conversación con el tal Cathbad en las marismas, con el mar de cara, mientras la capa morada del segundo revoloteaba a sus espaldas. Recuerda que entonces Cathbad era muy joven. Ahora debe de rondar los cuarenta, año más, año menos.

Le expone la situación a Erik, hablándole sobre la desaparición de Scarlet Henderson y sobre el caso anterior, el de Lucy Downey.

Erik silba en voz baja.

—¿Y ayudas a la Policía a investigarlo?

—Bueno, solo un poco. Es que hay unas cartas, enviadas cuando desapareció Lucy Downey, y a Nelson le parece que... Bueno, ya te lo explicará él, si habla contigo.

—Parece que os hayáis hecho amigos, por cómo lo explicas.

Erik lo dice con un tono peculiar. Ruth recuerda que no simpatiza mucho con la Policía.

—No, amigos no —se apresura a defenderse—. No lo conozco mucho. —Ante el silencio de Erik, continúa—. Es un hombre raro, complicado. El típico del norte, sin pelos en la lengua. La Arqueología le parece una chorrada, y la mitología lo mismo. Según él, a todos los de la *new age* habría que fusilarlos, pero no sé, también hay algo más... Es inteligente, más de lo que parece a simple vista. Y supongo que también interesante.

—Estoy impaciente por hablar con él —dice Erik educadamente—. ¿Debo contarme entre los sospechosos?

Ruth se ríe.

—¡Pues claro que no! Es que... me preguntó si me acordaba de alguien en la excavación del *henge*, cualquier persona interesada por los druidas, y pensé en Cathbad.

—Cathbad. —Erik respira profundamente, un sonido que cruza todo el mar del Norte hasta llegar a Ruth—. Cathbad. Hacía años que no me acordaba de él. A saber qué estará haciendo.

—¿Cómo se llamaba de verdad?

—Un nombre irlandés, me parece. También le iba mucho todo lo céltico. Malone. Michael Malone.

—¿Puede tener algo que ver?

—¿Cathbad? No, qué va. Ese era un inocente, un alma cándida. Para mí que tenía poderes mágicos de verdad.

Tras despedirse de Erik, mientras circula por la casa alimentándose a sí misma y a sus gatos, Ruth se dice que Erik tiene el don de dejarte pasmada con cosas de ese tipo. Por ejemplo, hablar de magia con el mismo tono pausado y lleno de autoridad con el que diserta sobre la datación con carbono o la Geofísica. ¿Cree realmente que Cathbad, alias Michael Malone, tiene poderes mágicos?

Ruth no lo sabe, pero antes de acostarse busca «Malone» en el listín telefónico.

7

La intención de Ruth no era ir a la fiesta de Año Nuevo de Sammy. De hecho, es lo último que tenía pensado. Tras alegar con éxito ante Phil un resfriado, su plan era acostarse temprano con el nuevo libro del inspector Rebus que, sorprendentemente, le regaló Simon, todo un gesto por su parte. Shona se ha enfadado.

—Ven, Ruth, por favor —le ha suplicado por teléfono—. Yo tengo que ir, porque estará Liam, pero irá con su mujer, y sin ti lo único que haré será emborracharme y tropezar...

Ruth no ha cedido. Considera que lo más probable es que Shona se emborrache con o sin ella, y la idea de pasarse la velada hablando de aromaterapia con la mujer de Phil, a la vez que intenta evitar el encuentro entre Liam y una Shona cada vez más inestable, no la atrae mucho como conmemoración del Año Nuevo. Piensa en las cartas sobre Lucy Downey. «Yo, por el contrario, pienso en usted cada Año Nuevo.» Se pregunta fugazmente cómo estará pasando Nelson la velada.

En la cama, con el libro apoyado en el pecho (¿por qué pesarán tanto los libros de tapa dura?), siente un desasosiego extraño, mientras retumba en sus oídos sin cesar la música de los vecinos. Se prepara una bebida bien caliente, pero desde abajo las luces de la casa de Sammy parecen más intensas y más tentadoras. Como los fuegos fatuos, piensa de repente. Ve desaparecer la cola de *Sílex* por la gatera, y se dice que hasta el gato sale en Año Nuevo. ¿Por qué le gustaba tanto la idea de quedarse sola? ¿Por qué siempre reacciona a las invitaciones maquinando alguna excusa para no aceptarlas? Su madre diría que se está convirtiendo en una solterona triste, y seguramente con razón.

Sube otra vez al dormitorio, pero no logra fijar la vista en las palabras, ni perderse en el gótico esplendor de las calles de Edimburgo. Se levanta, casi sin conciencia de ello, y se pone unos pantalones y una camiseta negros. Luego, en el último momento, añade una blusa roja de seda que le regaló hace años Shona, saca una botella de tinto de sus pequeñas reservas de vino y, sin salir de su casi sonambulismo, se sorprende llamando a la puerta de los vecinos.

Sammy está encantada de verla.

—¡Ruth! Qué bien. Creía que no vendrías.

—Ya. Bueno, es que estaba un poco resfriada y he pensado que me quedaría en casa, pero luego he oído vuestra música y...

—Qué contenta estoy de verte. Estamos. ¡Ed! ¡Mira quién ha venido!

Ed, un hombre menudo de ojos brillantes que parece ir siempre de puntillas, se lanza a darle la mano a Ruth.

—Vaya, vaya, vaya... Nuestra misteriosa vecina. Me alegro mucho de que hayas venido. Hacía siglos que quería hablar contigo. A mí también me pirra la Arqueología. Nunca me pierdo el programa de la tele sobre excavaciones *Time Team*.

Ruth murmura educadamente. Como a la mayoría de los arqueólogos profesionales, *Time Team*, en el mejor de los casos, se le antoja simplista, y en el peor profundamente irritante.

—Pasa.

Ed la hace entrar en casa. Solo le llega a la barbilla, aunque Ruth se haya puesto los zapatos planos. La casa de los domingueros es más grande que la de ella, porque le añadieron un anexo de dos pisos. (Aún se acuerda del ruido y las molestias de su construcción, hace tres años.) Aun así, para una fiesta queda más bien íntima. En la sala de estar no sobra espacio, aunque solo haya cinco o seis personas.

—Estos son nuestros amigos Derek y Sue, que han venido de Londres —dice Ed, dando saltitos junto a Ruth. La verdad es que la hace sentirse muy grande–. Y estos son Nicole y su marido Roger, que viven en Norwich. Y este... Bueno, ya debéis de conoceros. Es nuestro vecino, David.

Ruth se gira, sorprendida, y ve a David, el guarda de la reserva de aves, sentado en el sofá, incómodamente escudado tras una pinta de cerveza.

–Hola –dice él, sonriendo–. Esperaba que vinieras.

–¡Anda! –interviene Ed, jovial–. ¿Qué pasa, que florecen amoríos entre las marismas?

Ruth siente que se ruboriza. La luz, por suerte, es tenue.

–La verdad es que solo nos conocemos desde hace unas semanas –dice.

–Qué malos vecinos somos todos, ¿eh? –dice Ed con una palmada teatral en la frente–. Tantos años y a duras penas empezamos a conocernos. ¿Qué te apetece beber, Ruth? ¿Tinto? ¿Blanco? ¿Cerveza? Creo que hasta queda un poco de vino con especias.

–Un poco de blanco, por favor.

Ed se aleja, saltarín. Ruth se queda en el sofá, al lado de David, sin haber soltado la botella de vino.

–Vaya –dice–. Pero si le quería dar esto a Ed. Ahora parecerá que quiero tomármela yo sola.

–Peor lo he hecho yo –contesta David–, que he traído pacharán dentro de una botella de Gatorade. Creo que han pensado que era una bomba.

Ruth se ríe.

–Me encanta el pacharán. ¿Lo haces tú?

–Sí –dice David–. Las endrinas en otoño están buenísimas. Y las moras. Un año hice vino de moras.

–¿Estaba bueno?

–Creo que sí, aunque no bebo mucho. Y la verdad es que tampoco tengo a nadie a quien regalárselo.

Ruth siente un acceso repentino de empatía. Ella también se pasa fines de semana sin hablar con nadie, aparte de sus gatos. Es una opción personal, y en general no le molesta. Lo único que se le hace raro es conocer a otra persona igual de solitaria que ella: como dos marineros que, tras dar la vuelta al mundo en soledad, se vieran las caras en el cabo de Buena Esperanza. Se comprenden, pero lo más probable, debido al tipo de vida que llevan, es que nunca se hagan amigos.

Ed ha vuelto con una enorme copa de vino blanco. Ruth le da el tinto, y al ver que lo pone por las nubes, sospecha que es malísimo.

—Bueno, Ruth. —Ed se queda a su lado, sin sentarse. Ruth piensa que le debe de gustar la sensación de mirar a alguien desde arriba, para variar—. ¿Has encontrado algún tesoro últimamente?

Se da cuenta de que no le apetece hablar del cadáver enterrado, ni de las torques, ni siquiera del *henge;* por alguna razón, le parece justo que la marisma guarde un poco más de tiempo sus secretos. David no cuenta. Él casi forma parte de ella.

—Yo soy profesora en la universidad —responde finalmente—. Muchas excavaciones no es que hagamos. Al menos los alumnos hacen una cada primavera, aunque siempre encuentran lo mismo.

—¿Por qué? —pregunta Ed.

—Porque sabemos lo que hay —explica Ruth—. Pero bueno, algo tienen que encontrar; no sea que los americanos nos pidan que les devolvamos el dinero.

—Americanos —dice David de pronto—. Qué horror. El año pasado vinieron unos que intentaron pillar un correlimos. Se ve que pensaban que estaba herido.

—¿Qué es un correlimos? —pregunta Ed.

David pone cara de sorpresa.

—Un pájaro. Bastante común. Corren por la playa, al borde del agua, para alimentarse de bichos marinos. Los americanos creyeron que estaba herido porque no volaba.

—Por aquí debe de haber pájaros muy interesantes —dice Ed, sin aparentar mucho interés, todo sea dicho; luego reanuda sus saltitos, en busca de alguien con quien conversar.

Sin embargo, David se ha transformado.

—Maravillosos —dice con los ojos brillantes—. Para ellos las marismas son un paraíso. Hay tanto alimento... Ves que se paran bandadas enteras en plena migración solo para comer.

—Como una estación de servicio —dice Ruth.

David se ríe.

—¡Exacto! En invierno te puedes encontrar la marisma cubierta de pájaros, todos en busca de algo para comer. Puede llegar a haber dos mil ánsares piquicortos llegados de Islandia y Groenlandia, por ejemplo, y también hay muchas aves acuáticas autóctonas: el porrón osculado, el ánade friso, la serreta grande, la cuchara común, el pato rabudo... Hasta un alcaudón dorsirrojo he llegado a ver.

A Ruth la aturden un poco tantos nombres, pero le gusta cómo suenan, y también le gusta estar con otro experto, otra persona entusiasmada por su trabajo. Ed, mientras tanto, se ha alejado discretamente.

—Yo las que reconozco son las agachadizas —dice Ruth—. Y creo haber oído un avetoro. Tienen un reclamo tan siniestro...

—Sí, en la marisma ha hecho nido una pareja —contesta David—. El que has oído debía de ser el macho. Se oyen a primera hora de la mañana. Es como un golpe sordo, que resuena hasta varios kilómetros a la redonda.

Se quedan callados un momento, aunque Ruth se sorprende de lo cómoda que está con el silencio. No se siente obligada a llenarlo con anécdotas simpáticas sobre los gatos.

—Por cierto, aquello que dijiste de los postes de madera en la marisma... —dice, después de beber algo de vino.

David parece sorprendido. Justo cuando se dispone a decir algo, llega Sammy y les anuncia que hay comida en la cocina.

—Y os tenéis que mezclar con los demás. No podemos dejaros toda la noche aquí callados, ¿no?

Ruth y David se levantan obedientemente y la siguen hacia la cocina.

También Nelson está en una fiesta, bastante más glamurosa, y sobre todo más ruidosa, que la de Ruth. Se celebra en un local situado sobre un bar de vinos, y el espumoso corre como el agua. Los altavoces escupen música discordante, mientras pasan pequeños canapés que están de vicio. Nelson, que ha venido del trabajo sin pasar por casa, se ha comido unos veinte, y empieza a estar un poco mareado. Su última elección, un hojaldre de langostino, flota cerca, abandonado en una escultura de hielo. Nelson se muere de ganas por fumarse un cigarrillo.

—¿Estás bien?

Es su mujer, Michelle, que acaba de acercarse, muy elegante, con un vestido metalizado en tono dorado.

—No. ¿Cuándo nos podremos ir a casa?

Ella se ríe, simulando que es una broma.

—Siendo una fiesta de Año Nuevo, diría que la idea es quedarse hasta la medianoche.

—Pues a mí se me ocurre algo mejor: irnos a casa y pedir comida a domicilio.

—Yo me estoy divirtiendo.

Lo demuestra con una gran sonrisa, mientras se echa sobre el hombro su larga melena rubia. Nelson tiene que reconocer que está guapísima.

—Además... —La expresión de Michelle se endurece—. ¿Qué impresión se llevarían Tony y Juan?

Tony y Juan son los jefes de Michelle, copropietarios de la peluquería de la que es encargada. A Nelson le parece perfecto que sean gays, siempre y cuando no tenga que ir a sus fiestas. Lo considera una actitud muy progresista, y le duele que Michelle lo acuse de tener prejuicios.

—No se darán cuenta. Está a reventar.

—Sí que se darán cuenta; además, no quiero irme. Venga, Harry. —Michelle le pone una mano en el brazo y le desliza por la manga una uña muy cuidada—. Relájate. Suéltate el pelo.

Nelson se está ablandando.

—No tengo mucho. Soy el único de aquí que no lleva mechas.

—A mí me gusta tu pelo —dice ella—. Es muy George Clooney.

—¿Por lo gris?

—Por lo distinguido. Venga, vamos a buscarte otra copa.

—¿Cerveza tienen? —pregunta Nelson, quejumbroso, pero dejándose arrastrar.

Ruth y David están en la ventana del porche cubierto, asistiendo a los intentos de Ed y Derek de encender fuegos artificiales. El porche, otra nueva adición a la casa, está orientado hacia King's Lynn, y ya empiezan a verse pequeñas explosiones en el cielo para recibir al nuevo año. En cambio, Ed está teniendo dificultades. Con la llovizna no consigue encender el mechero de seguridad. Sammy le da ideas en voz alta desde la ventana. La gente empieza a impacientarse. Faltan diez minutos para las doce.

—Interesante tradición —dice David—, tirar fuegos artificiales cada principio de año.

—¿No es para simbolizar la luz que alumbra el camino al año nuevo? —dice Ruth.

—O para prenderle fuego al que se acaba —sugiere Sue, la mujer de Derek.

—¿Y lo de que a medianoche cruce el umbral un hombre alto y moreno? —dice Sammy—. También tenemos que hacerlo.

—¿Hay algún hombre alto y moreno por aquí? —pregunta Sue entre risas.

—Bueno, Ed es moreno... —se burla Sammy con muy poca lealtad.

—¿Y tú?

Sue se gira hacia David, cuyo esfuerzo por fundirse con el suelo de pino brillante se aprecia a simple vista.

—Me temo que empiezo a clarear un poco por la coronilla —dice.

—No digas tonterías. Servirás.

—¿No debería llevar un trozo de carbón? —pregunta Nicole, que hasta entonces no había dicho nada.

Es una francesa menuda que a Ruth la hace sentirse como un elefante.

—Lo siento, pero la calefacción de la casa es de petróleo —dice Sammy—. Lo que podría llevar es un bote de salsa Marmite.

—¡Marmite! —Nicole se estremece exageradamente—. Qué mal gusto tienen los ingleses.

—Bueno, es negro, que es lo que único que cuenta —dice Sammy.

De repente, Ruth piensa en los fuegos fatuos, y en el herrero maldito que vaga por el mundo subterráneo con su trozo de carbón, sacado de los hornos del diablo. Fuera, por fin se enciende un cohete. El cielo se llena de estrellas verdes y amarillas. Todo el mundo aplaude. En la tele, una nerviosa multitud de famosos de tercera acompaña la cuenta atrás en el Big Ben.

—Diez, nueve, ocho...

En el jardín, la silueta saltarina de Ed adquiere de pronto un aspecto demoníaco al recortarse contra el rojo resplandor de los fuegos artificiales.

—Siete, seis, cinco...

Sammy pone un bote de Marmite en la mano de David, que se lo queda mirando con impotencia. Luego se gira hacia Ruth, iluminado por los mismos fulgores de antes en tecnicolor: rojo, oro y verde.

—Cuatro, tres, dos, uno...

—Feliz Año Nuevo —dice David.

—Feliz Año Nuevo —repite Ruth.

Y, con las lúgubres campanas del Big Ben de fondo, se muere el viejo año.

Nelson se ha escapado un momento para fumar un cigarrillo y mandarles un mensaje de texto a sus hijas. Tony y Juan, demasiado *cool* para el Big Ben y los famosos de tercera, han organizado su propia cuenta atrás con la ayuda del Rolex de Juan. Por desgracia, va cinco minutos retrasado, por lo que técnicamente se han perdido el Año Nuevo. Laura, la hija de dieciocho años de Nelson, ha salido con su novio. Rebecca, de dieciséis, está en una fiesta. Nelson dedica un sombrío pensamiento a los jóvenes, como lo fue él un día, que aprovechan las campanadas de Año Nuevo como pretexto para un beso, si no algo peor. Quizá un mensaje de texto de su anciano padre sea lo más eficaz para estropear el ambiente.

«Feliz Año Nuevo, cariño», envía dos veces con escrupulosa equidad. Luego, al mirar la lista de contactos, ve el nombre que sigue al de Rebecca: Ruth Galloway.

Se pregunta qué estará haciendo Ruth esta noche. Se la imagina en una fiesta con otros profesores, haciendo todos gala de su inteligencia y sus conocimientos. Juegos como el Scrabble a la hora de las copas... Ese tipo de cosas. ¿Tendrá novio? Seguro que usa la palabra «pareja». Nunca ha hablado de nadie, pero a Nelson le parece el tipo de persona que protege su intimidad. Como él. ¿Y si tiene novia? Pero no, no se ajusta a su concepto de las lesbianas (el cual oscila entre ir rapada y con peto, y la versión porno con los labios pintados). En todo caso, aunque no se vista pensando en los hombres, a Nelson tampoco le parece que lo haga pensando en las mujeres. Se la ve... No encuentra la palabra. Sí, autosuficiente; como si no necesitara mucho a los demás. Quizá esté pasando la noche sola.

Se pregunta por enésima vez si llegará a resolver el caso. Hace un rato, en la fiesta, ha oído hablar a dos mujeres sobre Scarlet Henderson. «Aún no la han encontrado... Qué horror para los padres... Y la Policía sin hacer nada, claro.» Ha tenido que contener el impulso asesino de correr hacia ellas, agarrarlas por los cuellos operados y bramar: «Estoy trabajando veinticuatro horas al día en ese caso. A mi equipo le he cancelado todos los días libres. He seguido todas las pistas. He mirado tanto la cara de la niña que la llevo impresa en los párpados. Sueño con ella cada noche. Mi mujer dice que estoy obsesionado. Cada mañana, al levantarme, es en lo primero que pienso. No había rezado desde que iba al colegio, pero ahora rezo por ella: Dios, por favor, haz que la encuentre, por favor, haz que esté viva. O sea, que no me digáis que no hago nada, brujas demacradas». Al final, lo que ha hecho ha sido apartarse, con tan mala cara que Michelle lo ha acusado de aguarles a todos la fiesta.

—¿No te das cuenta de lo egoísta que estás siendo, Harry?

Nelson suspira. Se oye un ruido de botellas descorchadas de champán, y los frágiles agudos con que entona *Auld Lang Syne* una soprano entrada en años. Mira su móvil, en el que brillan varios números verdes. De repente, por impulso, teclea «Feliz Año Nuevo HN» y pulsa Enviar. Luego regresa lentamente a la fiesta.

*V*e que el recuadro luminoso del techo se pone verde, dorado y después rojo. Al mismo tiempo se oyen explosiones y otros ruidos bruscos que son como silbidos. Al principio le da miedo. Luego piensa que estos ruidos ya los había oído antes. ¿Cuándo? ¿Cuántas veces? No lo sabe. Piensa que una vez él habló con ella y le dijo que no se preocupara, que solo eran... ¿Qué? No se acuerda de la palabra.

Normalmente solo oye los pájaros. Los primeros empiezan cuando aún está oscuro: sonidos largos y ondulantes que imagina como serpentinas que se enroscan en todo. Serpentinas de fiesta rojas, doradas y verdes, como las luces del cielo. Luego vienen los sonidos graves, guturales, como el carraspeo de un hombre; como cuando él tose en la oscuridad, sin que ella sepa dónde está. Los sonidos que más le gustan son los de arriba del todo, los que giran y dan vueltas por el cielo. Se imagina volando a su encuentro, muy arriba, donde está lo azul. Pero los pájaros nunca los ve, porque de día la ventana está cerrada.

Levanta la vista hacia la trampilla, preguntándose si él bajará otra vez. Le parece que lo odia más que a nadie en el mundo; claro que en el mundo, bien pensado, no existe nadie más. Además, de vez en cuando la trata bien. Le dio otra manta cuando hacía frío. Le trae comida, aunque a veces se enfada si no come. «Te tienes que desarrollar», dice, sin que ella sepa por qué. Sus palabras le recuerdan una historia muy, muy antigua, guardada desde hace mucho en ese otro tiempo que seguro que es un sueño. Algo de una bruja y una casa hecha de caramelos. Los caramelos los recuerda: piedrecitas de chocolate que te ponías en la lengua, y que al derretirse se convertían en algo muy espeso y dulce, de una dulzura casi inaguantable.

Cree recordar que una vez él le dio chocolate, y que le sentó mal. Olía todo a chocolate, hasta el suelo de piedra. Se tumbó con dolor de cabeza. Él le dio de beber agua. El vaso chocó con sus dientes. Ahora tiene más dientes. Los de antes se los llevó él. ¿Por qué? No lo sabe. Los nuevos se los nota raros en la boca, como si faltara sitio. Una vez intentó verse reflejada en una bandeja de metal, pero se encontró con que la miraba un ser horrible. Una cara de fantasma, completamente blanca, con el pelo negro y despeinado, y unos ojos horribles que no apartaban la vista. No quiere volver a mirar.

8

—Lo hemos encontrado.

No hay nada más molesto, piensa Ruth, que cuando alguien considera innecesario identificarse por teléfono, dando por supuesto que reconocerás su voz por ser maravillosamente inconfundible. Aunque en este caso sí la ha reconocido. Las vocales planas del norte y el tono de impaciencia contenida no pueden ser de nadie más.

—¿Quién es? —dice a pesar de todo, para que escarmiente.

—Soy Nelson, Harry Nelson. De la Policía.

—Ah. ¿Y a quién han encontrado, si se puede saber?

—A Cathbad. No es su auténtico nombre, por supuesto. Se llama Michael Malone.

«Eso ya lo sabía», tiene ganas de decir Ruth, pero opta por una pregunta.

—¿Dónde lo han encontrado?

—Sigue en Norfolk. Vive en Blakeney, en una caravana. Salgo ahora mismo a hacerle una visita. He pensado que quizá quisiera acompañarme.

Ruth se queda callada. Como es obvio, por un lado tiene muchas ganas de ir. Se ha involucrado en la investigación más de lo que le gusta reconocer. Se ha pasado horas releyendo las cartas en busca de pistas, deslices o cualquier otro elemento que pueda conducirla hasta su autor. Experimenta una extraña cercanía con Lucy, Scarlet y la niña sin nombre de la Edad del

Hierro que han encontrado en la marisma. Las siente intrínsecamente vinculadas, entre sí y con ella. Por otra parte, tiene curiosidad por Cathbad, y dado que el nombre se lo dio ella a Nelson, también se siente un poco responsable de él. Por otra parte, el hecho de que Nelson haya dado por supuesto que estaría dispuesta a interrumpir cualquier actividad sin previo aviso es un poco insultante. En realidad, Ruth tiene bastante trabajo. Está preparando una clase y actualizando sus diapositivas. La semana que viene empieza el cuatrimestre. Pero bueno, no hay nada que no pueda esperar un par de horas.

—¿Hola? ¿Ruth? —dice Nelson, impaciente.

—Vale —contesta ella—. Quedamos dentro de media hora. En el aparcamiento de Blakeney. Pero tenga cuidado, que con la marea alta se inunda.

Blakeney tiene fama por las focas. En Blakeney Point hay un saliente que al meterse en el mar forma una lengua de grava donde crían las focas. Varios pescadores del pueblo ofrecen excursiones para observarlas, y en verano el trasiego de barcas entre el puerto de Blakeney y la lengua de tierra es constante, con turistas impresionables armados de cámaras gigantes. Todo esto las focas se lo toman con una tranquilidad encomiable. Tumbadas en la playa, en buena camaradería, forman amasijos que a Ruth siempre le recuerdan a borrachos expulsados de algún bar. Ella, que no es tan tolerante, suele hacer lo posible por evitar Blakeney en verano, pero hoy en el aparcamiento hay muy pocos vehículos, uno de los cuales es el Mercedes sucio de Nelson, aparcado a la mayor distancia posible del mar. Ruth estaciona su Renault junto al coche de Nelson y saca las botas de goma del maletero. Ha vivido bastante tiempo en Norfolk para saber que casi siempre es aconsejable llevar botas de goma.

—Llega tarde —la saluda Nelson.

—No, temprano. Solo han pasado veinticinco minutos desde su llamada —replica ella.

Se pone las botas, curiosa por averiguar el motivo exacto de la invitación de Nelson. No será por sus conocimientos arqueológicos. Por otra parte, a Cathbad lo conoce muy poco, mucho menos que Erik. Decididamente, Nelson es un gran misterio. De madrugada, al volver de la fiesta de Sammy, no la sorprendió el parpadeo de su móvil. En Nochevieja es normal que la gente llame tarde. Esperaba que fuera uno de sus amigos, tal vez Shona, desde una fiesta de borrachos. El primer mensaje era de Shona, en efecto: «Feliz Año Nuevo. Odio a Liam». El segundo era de Erik, pero el tercero llevaba la intrigante identificación de «Contacto no registrado». Al principio, al abrirlo, se preguntó quién podía ser HN. Solo se le ocurrió después de leer el cuarto mensaje: Harry Nelson. El inspector jefe Harry Nelson. Para felicitarle el año nuevo. ¿Qué significaba?

El cuarto mensaje era de Peter.

—Es aquí —dice Nelson, señalando.

Ruth ve una caravana destartalada. Está aparcada justo al principio de la playa, rodeada de barcas de pesca al revés y parcialmente cubierta con una lona. De hecho, casi parece una barca más, salvo por el detalle de que está pintada de morado y tiene un pararrayos en el techo.

Mira a Nelson con cara de extrañeza.

Él se encoge de hombros.

—Quizá le den miedo los relámpagos.

«O quiera atraerlos», piensa Ruth.

Caminan con dificultad por la playa de piedras, para la que van mejor las botas de Ruth que los zapatos de cordones de Nelson. Dos pescadores sentados en el muro del puerto los observan con curiosidad. Cuando llegan a la caravana, Nelson levanta una mano para llamar a la puerta, pero esta se abre antes de que pueda tocarla. En el umbral hay una silueta con una larga capa de color morado y una vara.

Cathbad. Lo primero que piensa Ruth es que no ha cambiado mucho en diez años. Antes tenía el pelo largo, oscuro y se lo dejaba caer sobre los hombros, salvo cuando se hacía coleta. Ahora lo lleva más corto y se le ha puesto un poco gris. Se ha dejado una barba que curiosamente se mantiene de color azabache, hasta el punto de que parece un disfraz, como si se aguantase con gomas elásticas por las orejas. También son oscuros sus ojos, que los observan con recelo. Ruth lo recuerda como un hombre nervioso y susceptible, siempre al borde de una explosión de mal humor o un ataque de risa. Ahora parece más sereno y controlado. Aun así, se fija en que la mano con la que sujeta la vara tiene los nudillos blancos.

—¿Michael Malone? —se dirige a él Nelson con formalidad.

—Cathbad.

—Señor Malone, también llamado Cathbad, soy el inspector jefe Nelson, de la Policía de Norfolk. ¿Podemos entrar? —Y añade, como si acabara de acordarse—: Esta es la doctora Ruth Galloway, de la Universidad de Norfolk Norte.

Los ojos oscuros de Cathbad se detienen en Ruth.

—Yo a usted la conozco —dice lentamente.

—Nos conocimos en una excavación —contesta ella—, hace diez años, en la marisma.

—Sí, ahora me acuerdo —dice Cathbad despacio—. Iba con un hombre. Pelirrojo.

Ruth advierte con fastidio que se ha puesto roja. Está segura de que Nelson la está mirando.

—Sí —dice—, es verdad.

—¿Podemos entrar? —pregunta otra vez Nelson.

Cathbad se aparta en silencio para que entren en la caravana.

La primera sensación es de haber entrado en una tienda. Hay telas de color azul oscuro colgadas del techo y sobre el mobiliario. Ruth reconoce a duras penas una litera con armarios debajo, unos fogones oxidados con manchas de comida, un banco de madera y una mesa, cubierta por una tela roja y ondulada. Reina un ambiente extrañamente onírico, tanto por las colgaduras azules como por los veinte o más cazadores de sueños que se balancean en el techo, titilando suavemente. El aire está viciado, y huele a humedad. Ruth ve que Nelson husmea esperanzado, pero ella no cree que sea cannabis. Más bien varas de incienso.

Cathbad les hace señas para que se sienten en el banco, antes de hacer lo propio en una silla de mago de respaldo alto. Uno a cero, piensa Ruth.

—Señor Malone —dice Nelson—, estamos investigando un asesinato, y queríamos hacerle unas preguntas.

Cathbad los mira con tranquilidad.

—Es usted muy brusco —dice—. ¿Es Escorpio?

Nelson, sin hacerle caso, saca una foto del bolsillo y se la pone delante, encima de la mesa.

—¿Reconoce a esta niña?

Ruth la mira con curiosidad. Es la primera vez que ve una foto de Lucy Downey, y le llama la atención el parecido con Scarlet Henderson: el mismo pelo oscuro y rizado, la misma boca sonriente... Lo único que cambia es la ropa: Lucy Downey lleva un uniforme escolar gris, mientras que Scarlet, en la foto que vio Ruth, llevaba un disfraz de hada.

—No —responde escuetamente Cathbad—. ¿Qué pasa?

—Esta niña desapareció hace diez años —dice Nelson—, cuando usted y sus colegas se entusiasmaban tanto por lo del *henge*. He pensado que quizá la hubieran visto.

Cathbad se enfada inesperadamente. Ruth recuerda su capacidad de cambiar de emociones en cuestión de segundos. La luz azul se posa en una expresión de mal humor que recuerda al Cathbad de los viejos tiempos.

—Lo del *henge* —dice con voz trémula de rabia— era un lugar sagrado, dedicado al culto y a los sacrificios. Y los «amigos» de la doctora Galloway lo destrozaron.

A Ruth le choca un poco que la tome con ella. Nelson, por su parte, da un auténtico respingo al oír las palabras «culto» y «sacrificios».

—No lo destrozamos —dice ella con poca convicción—. Está en la universidad, en el museo.

—¡El museo! —la imita Cathbad con saña—. Un sitio muerto, lleno de huesos y cadáveres.

—Señor Malone —lo interrumpe Nelson—, hace diez años... ¿usted qué edad tenía?

—Ahora tengo cuarenta y dos. Aunque no cuento los años en el plano temporal.

Nelson lo pasa por alto.

—Es decir, que hace diez años tenía treinta y dos.

—Sobresaliente en mates, inspector jefe.

—¿Qué hacía usted hace diez años, a los treinta y dos?

—Mirar las estrellas y escuchar la música de las esferas.

Nelson se inclina, y aunque no levante la voz, Ruth siente un brusco descenso de temperatura dentro de la caravana. De repente percibe una violencia soterrada, y no procede de Cathbad.

—Mire —dice Nelson en voz baja—, o responde a mis preguntas con educación o vamos a hablar a la comisaría. Y le prometo que cuando se sepa que lo han interrogado en relación con este caso, no estará mirando las estrellas. Estará mirando a un grupo de vecinos que se toman la justicia por su mano e intentan quemarle la caravana esta de las narices.

Cathbad se queda mirando mucho rato a Nelson mientras se arrebuja en la capa como para protegerse.

—Hace diez años —responde finalmente, con voz grave e inexpresiva— vivía en una comuna, cerca de Cromer.

—¿Y antes?

—Estudiaba.

—¿Dónde?

—En Manchester. —De repente mira a Ruth, con una sonrisa un poco rara—. Arqueología.

Ruth ahoga un grito.

—Pero si es donde...

—Donde daba clases Erik Anderssen. Sí, fue donde lo conocí.

Nelson no parece interesado. En cambio, Ruth está pensando a gran velocidad. De modo que Erik conocía a Cathbad desde mucho antes de la excavación del *henge*. ¿Por qué no se lo había comentado? Ruth lo tuvo de tutor al doctorarse en Southampton, pero sabía que antes había dado clases en Manchester. ¿Por qué no le dijo Erik que también había sido el tutor de Cathbad?

—¿Y qué se hacía en la comuna? ¿Alguien trabajaba de verdad?

—Depende de lo que entienda por trabajar de verdad —responde Cathbad, dejando vislumbrar la vehemencia de otros tiempos—. Cultivábamos verduras, las cocinábamos, tocábamos música, cantábamos, hacíamos el amor... Y yo era cartero —añade, como si se acabara de acordar.

—¿Cartero...?

—Sí. ¿Le parece un trabajo de verdad? Se empezaba temprano, pero a mí me iba bien. Me encanta el alba. Tienes todo el resto del día libre.

—¿Libre para estorbar la excavación del *henge*?

—¡Estorbar! —Los ojos de Cathbad han recuperado su fogosidad, no cabe duda—. ¡Intentábamos salvarlo! Erik lo entendía. No era como el resto de esos... —Se queda pensando, en busca de un epíteto bastante fuerte—. De esos... funcionarios. Entendía que era un espacio intocable, consagrado a su entorno y al mar. No tenía nada que ver con dataciones de carbono y ese tipo de chorradas. Se trataba de ser uno con la naturaleza.

Nelson vuelve a interrumpirlo. Ruth se ha dado cuenta de que a partir de la palabra «sagrado», aproximadamente, ha dejado de escuchar.

—¿Y cuando se acabó la excavación?

—La vida siguió su curso.

—¿Aún era cartero?

—No, encontré otro trabajo.

—¿Dónde?

—En la universidad. Que es donde sigo.

Nelson mira a Ruth, que fija en él una mirada inexpresiva. Durante todos estos años, Cathbad ha estado trabajando cerca de ella, en la universidad. ¿Lo sabía Erik?

—¿Trabajando de qué?

—De ayudante de laboratorio. En lo primero que me licencié fue en Química.

—¿Se enteró de la desaparición de Lucy Downey?

—Creo que sí. Salió mucho en la prensa, ¿no?

—¿Y Scarlet Henderson?

—¿Quién? Ah, la niña que desapareció hace poco... Sí, algo he oído. Oiga, inspector... —De repente a Cathbad le cambia la voz, y se yergue en la silla de mago—. ¿A qué viene todo esto? No hay nada que me relacione con las niñas. Esto es acoso policial.

—No —contesta afablemente Nelson—, solo son indagaciones de rutina.

—No diré nada más si no es en presencia de un abogado.

Ruth se espera alguna réplica de Nelson (como que solo los culpables necesitan abogados), pero el inspector se limita a levantarse, chocando con un cazador de sueños.

—Gracias por atenderme, señor Malone. Solo una cosa más: ¿me permite una muestra de su letra?

—¿De mi letra?

—Sí, para nuestras indagaciones.

Parece que Cathbad esté a punto de negarse, pero al final se pone lentamente en pie y va a un archivador situado incongruentemente en un rincón de la caravana. Abre un cajón con una llave y saca un papel. A Ruth le extraña que alguien que vive en una caravana llena de cazadores de sueños también tenga un archivador.

Nelson mira la letra, y durante un segundo su expresión se ensombrece. Viendo tensos los músculos de su mandíbula, Ruth se pregunta qué sucederá, pero lo único que hace el inspector es alisar el papel y decir con voz cordial e insulsa:

—Muchas gracias, señor Malone. Buenos días.

—Adiós —dice Ruth con voz débil.

Cathbad la ignora.

Ruth y Nelson hacen crujir la grava con sus pasos. En el muro del puerto aún están sentados los mismos pescadores. Ha empezado a subir la marea, que junto con su olor a sal, un poco mareante, trae una bandada de gaviotas que graznan desde las alturas.

—¿Qué —pregunta Nelson finalmente—, qué le ha parecido?

—Me parece increíble que trabaje en la universidad.

—¿Por qué, si está llena de gente rara?

Ruth no sabe si lo ha dicho en serio.

—Ya, pero es que... si Erik lo sabía, no me lo dijo.

Nelson la mira.

—¿Son amigos, usted y el tal Erik?

—Sí —contesta Ruth con tono algo desafiante.

—Vendrá pronto a Inglaterra, ¿no?

—La semana que viene.

—Tengo ganas de conocerlo.

Ruth sonríe.

—Él ha dicho lo mismo de usted.

Nelson gruñe con escepticismo. Casi han llegado a sus coches, que siguen en terreno seco, aunque el agua ya rodea algunos vehículos con menos suerte, aparcados más abajo.

—Les va a destrozar la suspensión —dice Nelson.

—¿Y la letra? —pregunta Ruth.

La respuesta de Nelson es darle el papel. Al parecer es un poema, titulado «Elogio de James Agar».

—¿Quién es James Agar? —pregunta.

—Un cabrón que mató a un policía.

—Ah.

Ruth empieza a entender que Cathbad haya elegido justo ese poema. Lo lee por encima. Es una letra extravagante, llena de curvas y volutas. No se parece en nada a la de las cartas sobre Lucy Downey.

—No es la misma —dice.

—Eso no quiere decir que sea inocente.

—¿O sea, que sospecha de él?

Nelson se para, con la mano en la puerta de su coche.

—No lo descarto —dice al cabo de un rato—. No es una persona de fiar. Estuvo en la zona en esas fechas y está al corriente de todo el rollo místico. Encima es inteligente y tiene algo que esconder. ¿Cómo se explica que el archivador estuviera cerrado con llave? Volveré con una orden judicial.

—¿Se la darán?

—Probablemente no. Tenía razón cuando ha dicho que no tengo pruebas contra él. Por eso digo que es inteligente.

El siguiente comentario lo hace Ruth sin saber muy bien por qué.

—Erik dice que tiene poderes mágicos.

Esta vez, Nelson se ríe en voz alta.

—¡Poderes mágicos! Lo que pueda tener de mágico ese tío se cura con una buena patada en el culo. —Sube al coche, pero se para antes de meter la llave en el contacto—. Aunque en algo ha acertado —añade—: soy Escorpio.

9

Al girar por New Road, Ruth reconoce el deportivo rojo aparcado delante de su casa. Shona explica a menudo que su coche es un sucedáneo de pene y que, al igual que este último, a menudo falla. No se han visto desde antes de las Navidades. Se pregunta de qué nuevos dramas tendrá que informarla. La verdad es que se lo pasa en grande con la vida amorosa de su amiga, pero como oyente, eso sí; no le gustaría vivirla, de la misma manera que no conduciría nunca un Mazda rojo. «Como si hubiera alguna probabilidad de lo uno o de lo otro», piensa al aparcar detrás del coche de su amiga, con matrícula FAB 1.

Shona está de pie, arrebujada en un abrigo de borrego, mirando la marisma. Sobre el mar se acumulan nubes negras, creando una atmósfera que no presagia nada bueno. Corren sombras por los humedales y las gaviotas vuelan tierra adentro, señal segura de que se avecina una tormenta.

—Ruth, por Dios —dice Shona—, no sé cómo puedes vivir aquí. A mí me da escalofríos.

—Pues a mí me gusta —dice Ruth con suavidad—. Me gusta poder mirar el horizonte sin que se interponga nada.

—No hay gente, ni tiendas, ni restaurantes italianos. —Shona se estremece—. A mí me sentaría fatal.

—Ya —conviene Ruth—. ¿Quieres algo de desayunar?

Al entrar en la casa los recibe *Sílex*, extático. Ruth va a la cocina y distribuye queso, paté y salami en un plato. Shona se sienta delante de la mesa, al pie de la ventana, y empieza a hablar.

—Voy a cortar con Liam, fijo. Dice que me quiere, pero es evidente que nunca dejará a Anne. Están a punto de operarla, y no puede hacer nada que le dé un disgusto. Seguro que solo es una liposucción. Con tal de no tener que decidirse, cualquier cosa vale. En Nochevieja fue un horror. Liam se me arrimaba todo el rato contra los armarios, diciéndome que me quería e intentando magrearme, pero al cabo de un rato había vuelto con Anne y le pasaba un brazo por la espalda, hablando de ampliar la casa. Encima Phil me preguntó mil veces si salía con alguien. Valiente gilipollas. Solo porque no quise acostarme con él. Y la insoportable de su mujer, diciéndome que tenía un aura malva. Qué jeta, la tía. ¡Si yo el malva lo odio! Me queda fatal con el pelo.

Se para a comer algo de pan, a la vez que sacude su pelo entre dorado y rojo, haciendo que refleje la luz tenue de la tarde. Ruth se pregunta cómo debe de ser la vida cuando se es tan guapa. Según Shona, un horror, pero también debe de ser emocionante. Imagínate que cualquier hombre al que conoces quiere acostarse contigo. Hace una lista rápida de los hombres de su vida: Phil, Erik, sus alumnos, Ed, el vecino de al lado, David y Harry Nelson. La verdad, no se imagina a ninguno babeando por ella de deseo. Es una idea absurda, que le produce una extraña desazón.

—¡Ruth!

—¿Qué?

—Te he preguntado qué hiciste en Nochevieja.

—Ah... Pues es que estaba resfriada, ya te lo dije, y decidí quedarme en casa, pero los vecinos hacían una fiesta, y tenían la música tan alta que al final cedí y me acerqué.

—¿En serio? ¿Y qué tal?

—Bastante aburrido. Mi vecino no paraba de hacerme preguntas pesadas sobre Arqueología.

—¿Alguien interesante, o eran todos casados de los que echan sermones?

—Sobre todo parejas. Había otro vecino, David, el guarda de los pájaros.

—Ah. —La idea de un hombre soltero anima a Shona, que sin darse cuenta se pasa los dedos por el pelo para que caiga más seductoramente por su cara—. ¿Y qué tal?

Ruth se lo piensa.

—Bien. Callado. Interesante, aunque un poco obsesionado con los pájaros.

—¿Edad?

—Diría que la mía. Sobre los cincuenta.

—¡Ruth, que aún no tienes ni cuarenta!

—Los cumplo en julio.

—Tendremos que montar una fiesta —dice vagamente Shona, mientras se chupa las puntas de los dedos, llenas de migas de queso—. ¿Y eso tan y tan misterioso que estabas haciendo para la Policía?

—¿Quién te lo ha contado?

—Phil.

—Bueno, tampoco es tan misterioso. Un policía me pidió que mirase unos huesos que había encontrado, pero no eran modernos; eran de la Edad del Hierro.

—¿Y por qué creía que podían ser modernos?

—Estaba buscando el cadáver de una niña desaparecida hace diez años.

Shona silba.

—Hace poco desapareció otra niña pequeña, ¿no?

Ruth asiente.

—Scarlet Henderson.

—¿En eso también estás metida?

Vacila otra vez. No sabe muy bien cuánto contarle a Shona. Con lo interesada que está siempre por todo, seguro que la hace explicar más de la cuenta. Nelson le ha dicho que el contenido de las cartas es confidencial («no quiero que caiga en manos de la prensa»), pero bueno, la experta en literatura es Shona...

—Un poco. Hay unas cartas...

Como no podía ser menos, la referencia a la palabra escrita hace que Shona se incline con curiosidad.

—¿Cartas?

—Sí, escritas después de la primera desaparición, y ahora también, después de lo de Scarlet Henderson. Al policía le parece que podrían estar relacionadas.

¿Ya ha hablado demasiado?

—¿Y qué pone en las cartas?

—Creo que no te lo puedo decir —contesta Ruth, incómoda por la mirada ultravioleta de interés de Shona, que la observa especulativamente, como si se preguntase cuánta información le puede sonsacar.

Como en un cambio brusco de opinión, Shona se echa el pelo hacia atrás y mira por la ventana. El cielo se ha teñido de un morado siniestro.

—¿Cómo se llama el policía?

—Nelson, Harry Nelson.

Se gira y clava en Ruth una mirada penetrante.

—¿Estás segura?

—Sí. ¿Por qué?

—No, por nada. —Vuelve a mirar por la ventana—. Es que me suena haber oído algo relacionado con él. Algo sobre brutalidad policial, me parece. ¿Has visto qué cielo? ¡Madre mía! Mejor me voy antes de que diluvie.

Diez minutos después de que se marche Shona estalla la tormenta. La lluvia y el granizo se arrojan contra las ventanas hasta darle a Ruth la sensación de sufrir un asedio. Sopla viento del mar, con un ruido como si tronase. Ruth tiene la impresión de que la casa se mueve como un barco zarandeado por el oleaje. Está acostumbrada a las tormentas, claro, pero nunca dejan de desconcertarla. Se dice que la casa lleva más de cien años en pie, y que hará falta algo más que una tormenta de invierno para derribarla, pero el viento aúlla y gime de tal modo que parece llevarle la contraria, y las ventanas tiemblan por sus acometidas.

Corre las cortinas y apaga las luces, decidida a trabajar un poco. Así se olvidará de la tormenta.

En vez de clicar en Clases 07, ve que su dedo se detiene sobre el tentador logo de colores de Google. Tras unos segundos de lucha interior, se rinde y teclea «Harry Nelson». Aparecen en pantalla multitud de Nelsons, entre ellos un campeón de ajedrez estadounidense y un profesor de física. También aparece Harry Nilsson, el cantante de «Without You». Ruth la tararea mientras observa los resultados. Aquí está: el inspector Harry Nelson, que en 1990 recibió una medalla al valor. Otra vez Harry Nelson (última fila, segundo por la izquierda), en un equipo de rugby de la Policía. Tiene otra idea y clica en Friends Reunited, un vicio culpable de sus madrugadas. Sí, aquí está: Henry (Harry) Nelson en una escuela secundaria católica de Blackpool. ¿Qué dice de sí mismo? Su contribución es de lo más escueta: «Casado con Michelle, dos hijas. Vivo en Norfolk (Dios se apiade de mí)».

Ruth piensa. De la Policía, ni palabra. ¿Será que Nelson cree que sus antiguas amistades de Blackpool lo despreciarán por haberse hecho policía? También es interesante que se refiera a su esposa por su nombre, pero no a sus hijas. Tal vez sea por miedo a los pedófilos de internet. Seguro que sabe más que la mayoría sobre el lado oscuro de la naturaleza humana. Aun así, alguna importancia tendrá que lo primero que mencione sea su matrimonio con Michelle, como si fuera el gran logro de su vida. Tal vez lo sea. Ruth se acuerda de cuando los vio, antes de Navidad. El atractivo de Michelle era indudable: buen trofeo, sin duda, para un hombre que no se cuida mucho, que no da la imagen de ser socio de ningún gimnasio, ni de cortarse el pelo por más de cinco libras. Por otra parte, Michelle parecía... A Ruth le cuesta definirlo. Parecía una mujer que sabe lo que vale, como si fuera consciente del valor de su belleza y de cómo utilizarla en su provecho. Se acuerda de cómo se reía, mirando a Nelson y tomándolo del brazo como si lo engatusara. Parecía, en resumidas cuentas, el tipo de mujer por el que Ruth siente una honda antipatía.

¿Qué más? Pues que a Nelson no le gusta mucho Norfolk. Ruth ya se había dado cuenta por sus comentarios sobre «este condado dejado de la mano de Dios». De la mano de Dios. El cual, por cierto, merece también un comentario, a diferencia de la Policía. «Dios se apiade de mí.» Está dicho con ironía, se da cuenta, pero no deja de ser cierto que Nelson tiene algo en común con el misterioso autor de las cartas: también le gusta mencionar a Dios.

Vuelve a la primera referencia, la de la medalla al valor. Abre la página y ve a un Nelson mucho más joven, menos curtido y receloso. Tiene un certificado en la mano, y se le ve cohibido. Ruth lee:

El agente Harry Nelson ha recibido la Medalla al Valor de la Policía por su papel en los disturbios ocasionados en Manchester por las protestas contra el *poll tax*. Tras degenerar rápidamente en actos de violencia, estos disturbios culminaron con la muerte de un agente, Stephen Naylor. Poniendo su propia vida en riesgo, el agente Nelson se adentró entre los manifestantes para llevarse al agente Naylor, que murió más tarde a consecuencia de las heridas. De este asesinato fue acusado un varón de veinticuatro años, James Agar.

James Agar. Al ver el nombre, Ruth activa su motor de búsqueda interior hasta que le viene a la memoria: el poema de Cathbad, «Elogio de James Agar». Ahora se explica la mueca de Nelson al leerlo. Y el ahínco que puso Cathbad en elegir esa muestra de su caligrafía. Manchester. Debía de ser la época en que Cathbad estudiaba en la universidad. Quizá participase en los disturbios, como tantos estudiantes. Ruth recuerda episodios similares cuando ella estudiaba en Londres, disturbios a los que asistía desde una ventana del University College, simpatizando con la causa, pero sin sumarse a ella por prudencia. Siendo Cathbad como era, seguro que no había tenido las mismas reservas. Al final condenaron a James Agar. Se pregunta quién aportó las pruebas.

Teclea «James Agar» y, como era de prever, encuentra un sinfín de páginas en homenaje al susodicho, «falsamente acusado por la Policía del asesinato del agente Stephen Naylor». En el juicio de Agar hubo un testigo clave: el agente Harry Nelson.

Vuelve a abrir los apuntes de sus clases. En las marismas sigue aullando el viento. *Sílex* cruza corriendo la gatera, totalmente empapado, y se sienta en el sofá con cara de mártir. De *Chispa* no hay ni rastro. Seguro que se ha escondido en algún sitio, porque odia la lluvia.

Ruth añade algunas notas sin sustancia sobre la erosión del suelo, y justo cuando se dispone a hacerse un bocadillo, para compensar (¿compensar qué?), suena el teléfono. Se lanza sobre él como si le fuera la vida.

—¡Ruth! ¿Qué tal?

Es Peter.

Después de la ruptura, Peter no escatimó esfuerzos para mantener el contacto. Vivía y trabajaba en Londres, pero llamaba mucho por teléfono y vino a verla un par de veces; ocasiones en las que, invariablemente, acababan juntos en la cama, y Ruth se encontraba tan a gusto que llegó a la conclusión de que no podía ser nada bueno. «Si estamos separados —dijo—, tenemos que seguir estándolo. No sirve de nada seguir en este plan, entre otras cosas porque nos impedirá encontrar a otra persona.» A Peter le dolió muchísimo. «Pero es que yo con quien quiero estar es contigo —dijo—. ¿No te das cuenta de que si no podemos estar lejos el uno del otro solo puede significar que estamos destinados a estar juntos?» Ruth, sin embargo, se mantuvo en sus trece, y al final Peter salió para Londres como un energúmeno, dejando un reguero de promesas de amor eterno. A los seis meses estaba casado con otra.

En los cinco años transcurridos desde entonces, Ruth había tenido muy pocas noticias de él: una felicitación de Navidad y una copia de un artículo que había escrito. Sabía que Peter y Victoria, su mujer, habían tenido un hijo, Daniel, que ahora debía de andar por los cuatro años. Después del nacimiento del bebé (a quien mandó un peluche), no supo nada más hasta el mensaje de texto de Nochevieja. «Feliz Año Nuevo besos Peter». Nada más. Aun así, había sentido que el corazón se le encogía durante un segundo.

—Peter. Hola.

—Menudo flash, ¿eh?

—No te digo que no.

Un breve silencio. Ruth intenta imaginarse a Peter hablando por teléfono. ¿La llama del trabajo? ¿Desde casa? Se imagina a Victoria, a quien no conoce, sentada a su lado con Daniel sobre las rodillas. «¿Qué está haciendo papá?» «Shh, cariño, está llamando a su exnovia.»

—Bueno. —Muy cordial—. ¿Cómo te va la vida, Ruth?

—Bien, bien. ¿Y tú?

—También. Mucho trabajo.

Peter da clases de Historia en el University College de Londres, donde Ruth estudió su primera licenciatura. Lo visualiza: imágenes de plátanos polvorientos, de bicicletas encadenadas a barandas, de autobuses londinenses y de turistas perdidos por la zona de Gordon Square.

—¿Sigues en la UCL?

—Sí. ¿Y tú?

—En Norfolk Norte, como siempre. Desenterrando huesos y discutiendo con Phil.

Peter se ríe.

—Phil. Ya me acuerdo. ¿Le siguen gustando tanto los aparatitos de Geofísica?

—No creo que tarde mucho en mutar en una máquina.

Otra risa, aunque esta vez se corta de manera un poco brusca.

—Oye, Ruth, es que... el curso que viene tengo un período sabático...

—¿Tú también?

Le ha salido sin poder evitarlo.

—¿Por qué lo dices?

—No, por nada... Es que Erik también va a tomarse uno. Vendrá la semana que viene.

—¡Erik! ¡Ni más ni menos que el viejo vikingo! ¿Seguís en contacto, pues?

—Sí.

Un poco a la defensiva.

—Bueno, la cuestión es que... estoy escribiendo un libro sobre Nelson.

—¿Sobre quién?

Una pausa confusa.

—Horatio Nelson. El almirante Nelson. Te acuerdas de que mi trabajo de posgrado iba sobre las guerras napoleónicas, ¿no?

—Ah... sí...

El otro Nelson de su vida ha hecho que se olvide pasajeramente del más famoso de todos los Nelson. También era de Norfolk, claro. Hay un montón de pubs bautizados en su honor.

—Pues tengo pensado ir a Burnham Thorpe, donde nació. Alquilaré una casa por la zona, y se me había ocurrido hacerte una visita.

A Ruth se le pasan varias cosas por la cabeza. «A Burnham Thorpe ya debes de haber ido alguna vez y no me has hecho ninguna "visita". ¿Ahora por qué es diferente? ¿Vendrá tu mujer? ¿Solo es para investigar? ¿Por qué me llamas después de tanto tiempo?»

—Sería genial —es lo que dice en voz alta.

—Me alegro. —El tono de Peter es de alivio—. También tengo ganas de volver a ver la marisma. Cómo me acuerdo de aquel verano... El *henge* descubierto entre el barro, los *hippies* que se pasaban el día haciéndonos conjuros, los cuentos de fantasmas que nos explicaba el bueno de Erik al lado de la hoguera... ¿Te acuerdas de cuando estuve a punto de ahogarme?

—Sí.

Peter sufre un ataque de nostalgia. Ruth conoce los síntomas. Será mejor que no se preste al juego, porque se dejaría arrastrar y se ahogaría en las arenas movedizas del pasado.

Él suspira.

—Bueno, ya te llamaré. Seguramente la semana que viene, o la otra. ¿Estarás?

—Sí, estaré.

—Genial. Pues nada, adiós.

—Adiós.

Ruth deja el teléfono en su sitio, pensativa. No sabe por qué Peter viene a verla; solo sabe que parece que el pasado esté convergiendo sobre ella. Primero Erik, luego Cathbad y ahora Peter. En un abrir y cerrar de ojos habrá retrocedido diez años en el tiempo y estará caminando por la playa de la mano de Peter, con el pelo quince centímetros más largo y la cintura diez centímetros más estrecha. Sacude la cabeza. El pasado está muerto. Como arqueóloga lo sabe mejor que casi nadie. Aunque también conoce su poder de seducción.

La lluvia sigue azotando las ventanas. Se levanta y acaricia a *Sílex*, que se ha estirado en el sofá con los ojos cerrados, haciendo ver que ella no está. Será mejor que vaya a ver si *Chispa* está fuera, maullando para entrar; aunque tenga una gatera, prefiere que le abran la puerta. Ruth se la abre.

No ve nada por culpa de la lluvia que le cae en la cara. Se pasa la manga por los ojos, escupiendo agua. Entonces es cuando lo ve. *Chispa* está en la entrada, pero no maúlla, ni emite ningún otro sonido. Está tumbada de espaldas, con el cuello cortado.

10

Por una vez, Nelson conduce despacio. Aún llueve con fuerza, con lo que las estrechas carreteras se convierten en zanjas traicioneras, pero él no suele ser un conductor de los que se preocupan por la meteorología. Si se entretiene es porque viene de ver a los padres de Scarlet, y le parece que necesita tiempo para reponerse antes de volver a la comisaría. A Delilah y Alan, los padres, ha tenido que decirles que no solo no ha habido avances en la investigación, sino que la Policía quiere ir al jardín de la familia con perros rastreadores. «En este tipo de casos suelen ser los padres.» Fue lo que le dijo a Ruth, y aunque su intención quizá fuera escandalizarla, su experiencia le ha demostrado que en muchos casos es verdad. Una de sus primeras investigaciones fue sobre la desaparición de un niño en Lytham. Centenares de horas de búsqueda, una madre joven, muy elocuente y conmovedora en la rueda de prensa, y de repente Nelson, que entonces era un simple y joven agente, y había entrado en la casa para hacer una llamada de rutina, notó un olor extraño en el aseo de la planta baja. Entonces pidió refuerzos, pero, antes de que llegaran, ya había encontrado el pequeño cadáver dentro de la cisterna. «Me pone de los nervios —dijo la madre, como si no se arrepintiera de nada—. Es un diablillo.» En presente. Nelson aún se indigna. Su labor en la investigación le granjeó elogios, pero aún recuerda las semanas y meses de insomnio que siguieron, las arcadas que le provocaba el recuerdo del olor y la imagen del cuerpo abotargado por el agua.

No descarta nada, pero en el fondo no sospecha de los padres de Scarlet. Alan estaba de viaje, y Delilah... Delilah es una *hippy* entrada en años que va descalza y con faldas de flecos. Lo irrita sobremanera, pero no se la imagina asesinando a nadie, la verdad. «Aunque nunca des nada por supuesto», se dice. «Nunca des nada por supuesto —decía siempre con énfasis su primer superior, Derek Fielding—. Es la manera de perder tu puesto. ¿Lo pillas?» Sí, lo pillaba, pero no pensaba darle a Fielding la satisfacción de reírse. Probablemente fuera la razón de que hubiera tardado tanto en ascenderlo, el muy capullo, a pesar de los elogios. De todas formas, es una buena máxima. No dar nada por supuesto, ni sobre la gente, ni sobre sus circunstancias. Delilah Anderson podría haber matado a su hija. Estaba en el lugar adecuado, y probablemente tuviera los medios necesarios a su alcance. Tardó tres horas en denunciar la desaparición de Scarlet. «Creía que estaban jugando al escondite», dijo llorando. A Nelson no es que le parezca bien (¿qué tipo de madre hay que ser para no darte cuenta de que tu hija de cuatro años lleva ausente tres horas?), pero en líneas generales lo atribuye a la dejadez con que cumple su papel de padres la gente como los Henderson. De lo que no cabe duda es de la angustia que sintió Delilah al darse cuenta finalmente de que Scarlet ya no estaba; una angustia que hoy todavía le duraba, mientras lloraba aferrada a una vieja foto de la niña, desgarradoramente contenta en el sillín de una bicicleta rosa con ruedines. Lo del jardín no lo ha asimilado. Se ha limitado a abrazar con fuerza a Nelson, suplicándole que encontrara a su bebé. Nelson reduce la velocidad casi hasta la de un peatón, mientras los limpiaparabrisas libran un pulso con el agua. A veces odia su trabajo. ¡Qué bien le iría fumar, por Dios! Pero solo es enero. Un poco temprano para incumplir su resolución del nuevo año.

Cuando suena el teléfono, está a punto de no contestar; no por motivos de seguridad —los móviles con manos libres le parecen hechos para pusilánimes—, sino porque hoy no tiene tiempo para nada más. Al final sí que se pone, y lo que oye es un sonido poco menos que inhumano, una especie de llanto desgarrado. Ruth Galloway. Por Dios bendito.

—¿Ruth? ¿Qué pasa?

—Está muerta —se lamenta ella.

Esta vez sí que frena, y está a punto de caerse en una zanja por culpa del derrape.

—¿Quién?

—*Chispa*. —Una pausa larga para tragar saliva—. Mi gata.

Nelson cuenta hasta diez.

—¿Me llama para contarme que se ha muerto un gato?

—Alguien le ha cortado el cuello.

—¿Qué?

—Que le han cortado el cuello y la han dejado delante de mi puerta.

—Voy para allá.

Da media vuelta, haciendo chirriar al máximo las ruedas, y regresa hacia la marisma. El gato muerto de Ruth podría ser un mensaje del secuestrador, o del autor de las cartas, o de ambos. Parece exactamente el tipo de acto retorcido que cometería el autor de las cartas. «Nunca des nada por supuesto», se dice mientras adelanta a un camión, que casi lo deja sin visibilidad al salpicarlo. Aunque cortarle el cuello a un animal... Decididamente, hay que estar mal de la cabeza. Quizá pueda recoger un poco de ADN. Tendrá que ser delicado («delicado», repite mentalmente: la palabra tiene un sonido líquido, que le hace desconfiar y pensar en un lector de *The Guardian*), porque Ruth parece muy afectada. Qué curioso. No habría dicho que fuera el tipo de mujer con animales domésticos.

Cuando llega a la marisma, la oscuridad es total. Ha amainado la lluvia, pero no el viento, que casi le arranca la puerta del coche de la mano. Siente su fuerza huracanada en la base de la espalda, como algo que lo empuja mientras va por el camino. A quién se le ocurre vivir en este sitio... Él tiene una casa moderna de cuatro dormitorios en las afueras de King's Lynn, donde es todo muy civilizado, con badenes, luces de seguridad y garajes dobles. Casi no parece ni que estés en Norfolk. La casita de Ruth es poco más que un cuchitril, y está tan aislada, al borde de la nada, sin otra compañía que la de los observadores de aves... ¿Por qué narices vive aquí? Seguro que tendrá un sueldo digno en la universidad.

Ruth le abre enseguida la puerta, como si lo esperase.

—Gracias por venir —dice, sorbiéndose la nariz.

La puerta da directamente a una sala de estar, donde a ojos de Nelson impera un desorden absoluto. Todo está lleno de libros y papeles. En la mesa hay una taza de café medio vacía junto a restos de comida: migas de pan y huesos de aceituna. A partir de un momento ya no se fija en nada, porque en el sofá yace lo que solo puede ser el cadáver mutilado de un gato pequeño. Ruth lo ha cubierto con una manta peluda de color rosa, cosa que por alguna razón le provoca a Nelson un ligero nudo en la garganta. La aparta.

—¿Lo ha tocado? El cadáver, digo.

—La. Es hembra.

—¿La ha tocado —repite Nelson con paciencia.

—Solo para ponerla en el sofá, y la he... acariciado un poco.

Ruth se gira. Nelson tiende un brazo, como si quisiera darle unas palmadas en el hombro, pero ella se aleja sonándose la nariz. Cuando vuelve ha recuperado la serenidad.

—¿Cree que ha sido él? —pregunta—. ¿El asesino?

—Aún no tenemos a ningún asesino —contesta Nelson precavidamente.

Ruth se encoge de hombros, como si no tuviera importancia.

—¿Quién puede hacer algo así?

—Alguien que no está muy bien de la cabeza, eso está claro —dice él, inclinándose hacia el cadáver de *Chispa*. Luego se incorpora—. ¿Alguien sabe que está participando en la investigación?

—No.

—¿Está segura?

—Lo sabe Phil, mi jefe —dice Ruth lentamente—, y quizá alguien más en la universidad. Mi vecina de al lado me vio el día que vino a buscarme un coche de la Policía.

Nelson se coloca de espaldas a *Chispa*, antes de agacharse y volver a tapar su pequeño cadáver con la manta rosa, como si se hubiera acordado en el último momento. Luego toca el brazo de Ruth y adopta un tono de una sorprendente suavidad.

—Vamos a sentarnos.

Ruth lo hace en un sillón desvencijado, desviando la vista hacia la ventana, que tiene las cortinas cerradas. Fuera todavía ruge el viento, haciendo vibrar los cristales. Nelson se sienta al borde del sofá.

—Ruth —dice—, sabemos que anda suelto un hombre peligroso. Es posible que haya asesinado a dos niñas y que sea la persona que le ha hecho esto a su gata. En todo caso, tenga cuidado. Por alguna razón, alguien quiere asustarla, y me parece lícito presuponer que existe alguna relación con el caso.

—¿Tendrá que llevarse a *Chispa*? —pregunta Ruth, que sigue sin mirarlo.

—Sí —contesta Nelson, procurando ser sincero, pero sin excesiva dureza—. Tenemos que hacerle pruebas de huellas dactilares y de ADN.

—O sea —dice Ruth con voz aguda y dura—, que en el fondo esto es un adelanto.

—Ruth —dice Nelson—, míreme.

Ruth lo hace. Tiene la cara hinchada por el llanto.

—Siento lo de su gata. Siento lo de *Chispa*. Yo tuve un pastor alemán que se llamaba *Max*, y lo tenía en un pedestal. Mi mujer decía que a veces sentía celos. Cuando lo atropellaron me desquicié. Quise acusar al conductor de conducción temeraria, aunque en el fondo no había sido culpa suya. Esto, sin embargo, es una investigación sobre un posible asesinato, y aunque me duela decirlo, su gato es una pista valiosa. Usted quiere averiguar qué le ha pasado a Scarlet, ¿no?

—Sí, claro —dice ella.

—Le prometo, Ruth, que cuando hayan acabado en el laboratorio le traeré otra vez a *Chispa* y la ayudaré a enterrarla. Hasta le pondré una vela en la iglesia. ¿Trato hecho?

Ruth logra sonreír con los ojos llorosos.

—Trato hecho.

Nelson recoge el cadáver de *Chispa*, que tapa cuidosamente con la manta. De camino a la puerta se gira.

—Ah, Ruth, y asegúrese de que esta noche todas las puertas estén cerradas con llave.

Al quedarse sola, Ruth se sienta en el sofá, en la otra punta de donde ha quedado una ligera mancha de sangre en el chintz descolorido. Mirando los restos de su comida con Shona, se pregunta con aturdimiento cuánto tiempo ha pasado desde que estaban sentadas a la mesa, hablando sobre hombres. Parecen días, pero en realidad solo han pasado horas. Desde entonces ha averiguado que en el pasado de Nelson hay un secreto, ha hablado con su antiguo novio y ha visto brutalmente asesinada a su adorada gata. Se ríe con un punto de histerismo. ¿Qué otras cosas le deparará la noche? ¿Que salga su madre del armario, anunciando que es lesbiana? ¿Que David, el guarda de los pájaros, le pida matrimonio? Va a la cocina, resuelta a encontrar algo de vino. *Sílex*, que la ha estado observando desde lejos, se acerca y se restriega contra sus piernas. Ruth lo levanta y llora contra su pelaje anaranjado.

—*Sílex* —dice—, ¿qué vamos a hacer sin ella?

Sílex ronronea esperanzado. Ruth se ha olvidado de darle de comer.

Mientras se sirve una copa de pinot grigio, mira la mesa donde sigue abierto su portátil, junto a la ventana. Al pulsar una tecla aparecen sus apuntes para la siguiente clase. Retrocede por el historial hasta llegar a la página de los Nelson: el campeón de ajedrez estadounidense, el profesor de física, Harry Nilsson y Henry (Harry) Nelson, de la Policía de Norfolk. Admite vagamente que Nelson ha intentado ser amable con lo de *Chispa*. Seguro que en parte estaba entusiasmado por la posible pista, pero ha intentado ser consciente de lo que sentía Ruth. Lo más probable es que la menosprecie por tomarse tan a pecho la muerte de un gato, pero a Ruth no le importa. *Chispa* era su mascota, su compañera, su amiga; sí, amiga, se repite desafiante. Al pensar en la gatita negra, tan dulce y autosuficiente, se le llena la cara de lágrimas. ¿Quién podría querer matar a *Chispa*?

Es entonces cuando asimila por primera vez las palabras de Nelson: «Asegúrese de que esta noche todas las puertas estén cerradas con llave». La persona que ha matado a *Chispa* podría ser la misma que mató a Scarlet y Lucy. Es posible que el asesino haya estado delante de la puerta de Ruth. Que la haya escuchado a través de la ventana, con el cuchillo afilado. Ha matado a *Chispa*. Todo el cuerpo de Ruth se estremece al comprender que la gata muerta es un mensaje dirigido a ella: «La próxima vez podrías ser tú».

De repente lo oye: un ruido junto a la ventana. Una pausa, una tos disimulada, y luego un sonido inconfundible de pisadas que se acercan. Presta atención, mientras su corazón palpita con latidos tan fuertes e irregulares que teme estar al borde de un infarto. Grita de miedo al oír que llaman a la puerta. Ha venido. El ser nocturno. La bestia. El terror. Piensa en *La pata de mono* y en el innombrable horror que aguarda al otro lado de la puerta. Tiembla tanto que se le cae la copa de vino. Vuelven a llamar: un sonido espantoso que augura lo peor al resonar por la pequeña vivienda. ¿Qué puede hacer? ¿Llamar a Nelson? El teléfono está en la otra punta de la habitación, al lado del sofá, y de repente se le antoja imposible moverse. ¿Será el final? ¿Estará a punto de morir en su casita mientras fuera aúlla el viento?

—¡Ruth! —dice alguien en voz alta—. ¿Estás en casa?

Gracias a Dios, en quien no cree. Es Erik.

Se lanza hacia la puerta entre risas y lágrimas. Desde la puerta le sonríe Erik Anderssen, con un impermeable negro y una botella de whisky.

—Hola, Ruthie —dice—. ¿Una copita?

11

—Los paisajes inundados —dice Erik, propagando los ecos de su acento musical por la hierba aplastada por el viento— tienen una magia propia y muy particular. Un ejemplo sería Dunwich, la ciudad engullida por el mar, cuyas campanas aún se oyen bajo el agua; o el bosque inundado de esta playa, cuyos árboles siguen enterrados bajo nuestros pies. Dentro de nosotros hay algo muy profundo que teme lo enterrado, lo que no podemos ver.

Ruth y Erik caminan por la playa, pisando los cientos de conchas de navaja que ha traído la marea. La lluvia de ayer ha dejado paso a un precioso día de invierno, frío y despejado. Parece que los horrores de la noche anterior queden muy lejos. Parece imposible que *Chispa* haya muerto, y que la propia Ruth esté en peligro; y sin embargo, es verdad, piensa mientras sigue a Erik con fatiga. Ha pasado.

Ayer se arrojó en brazos de Erik, llorando tanto que casi no podía mantener la coherencia. Recuerda que él estuvo muy amable, que la hizo sentarse y le preparó un café con un chorro de whisky. Ruth le contó lo de *Chispa*. Él dijo que cuando recuperasen el cadáver tendrían que hacerle un funeral vikingo, en una pira que bogase mar adentro. Ruth, que quería enterrar a *Chispa* en su jardín, al pie del manzano, no dijo nada, pero fue consciente de que Erik le estaba haciendo un grandísimo elogio a la gata al considerar que su alma era merecedora de un honor tan grande. Recuerda que su madre le decía que los animales no tenían alma. Otro reproche que hacerle a Dios.

Como no quería pasar la noche sola, Erik se quedó a dormir en el sofá, con sus largas piernas encogidas en el saco de dormir de Ruth, sin quejarse de que lo despertase *Sílex* a las cinco trayendo un ratón muerto. Ruth piensa que se ha portado como un amigo de los de verdad. A pesar de los pesares, es maravilloso volver a verlo, y recorrer de nuevo la marisma junto a él.

Después del desayuno, Erik ha propuesto ir a ver el sitio donde estaba el *henge*, y Ruth no se ha hecho de rogar. Siente la necesidad de estar al aire libre, lejos de su casa, de los rincones oscuros donde espera ver aparecer en cualquier momento la cara de *Chispa*. No, mejor salir y dar un buen paseo por la inmensidad de la playa, bajo un alto cielo azul. Ya no se acordaba de que las distancias fueran tan grandes con marea baja: kilómetros de arena en los que brillan secretas ensenadas, y en los que muy de vez en cuando se destaca contra el horizonte un trozo negro de madera. Pese a la apariencia de algo vasto e indiferenciado, Erik sabe con exactitud adónde se dirige. Va en cabeza, dando largos pasos con la vista pegada al horizonte. Ruth, que se ha puesto sus indispensables botas de agua, lo sigue como puede.

El viento nocturno ha dibujado formas extrañas y crestas en la arena, que en la proximidad del mar se va alisando, listada con conchas de ostra vacías y cangrejos muertos. Hay pequeños arroyos que corren para unirse al mar, y de vez en cuando grandes láminas de agua que reflejan el azul del cielo. Ruth chapotea por una de estas pozas, recordando el verano en que excavaron el *henge*, y la sensación de ir descalza por la arena. Está a punto de volver sentir el escozor del agua y el agudo dolor de ir pisando conchas de almeja. Ese día acabó con los pies cubiertos de pequeños cortes.

—¿Sigues creyendo que no deberíamos haber movido el *henge*? —pregunta.

Erik levanta la cara hacia el sol, con los ojos cerrados.

—Sí —dice—. Era su sitio. Marcaba una frontera. Eso deberíamos haberlo respetado.

—Las fronteras eran importantes para la gente de la Prehistoria, ¿no?

—Mucho. —Erik salva con delicadeza un riachuelo de aguas rápidas. Él no lleva botas de agua—. Por eso las marcaban con túmulos, santuarios y ofrendas a los antepasados.

—¿Crees que mi cadáver de la Edad del Hierro marca alguna frontera?

Durante el desayuno, Ruth le ha dado más detalles sobre su descubrimiento: le ha hablado de la niña de cabeza rapada y brazos y piernas recubiertos de ramas enroscadas, de las torques y las monedas, y de la intrigante ubicación del cadáver.

Erik titubea, y responde con su voz profesional, mesurada y tranquila.

—Sí. En el paisaje antiguo, a veces las fronteras se marcaban con enterramientos aislados. Acuérdate de los cadáveres de Jutlandia, por ejemplo.

Ruth piensa en los descubrimientos de Jutlandia: unos ataúdes de madera que aparecieron bajo el agua, y que contenían cuerpos de la Edad del Bronce, entre ellos el de una mujer joven. De lo que más se acuerda es de la ropa, un conjunto de una sorprendente actualidad, compuesto por una minifalda trenzada y un top de los que dejan el ombligo al aire.

—¿Y qué dice el de los aparatitos? —pregunta Erik.

—Ah, no, él dice que es casualidad, que no hay ninguna relación entre el cadáver de la Edad del Hierro y el *henge*.

Erik resopla por la nariz.

—¡Que sea arqueólogo alguien así! ¿No entiende que si era una zona sagrada para los habitantes del Neolítico y de la Edad del Bronce, también lo era para los de la Edad del Hierro? ¿Que el paisaje tiene importancia de por sí? Esto es una zona de transición entre la tierra y el agua. ¿Cómo no iba a ser especial?

—Pues para nosotros no es tan especial.

—¿No? Pues es una reserva natural, patrimonio del Estado. ¿No es la manera que tenemos de decir que es sagrada?

Ruth piensa en el National Trust, y en las mujeres sensatas con abrigo a cuadros que venden recuerdos a la entrada de los castillos. No es su idea de lo sagrado. Luego piensa en David, en cómo habló de las aves migratorias, y se da cuenta de que él sí piensa que es un sitio especial.

Erik frena bruscamente, muy atento a la arena, que de pronto es más oscura y cenagosa. Dibuja una línea con su elegante zapato. Debajo, la arena es de un color azul muy sorprendente.

—Materia quemada —dice—. Raíces de árboles antiguos. Nos acercamos.

Al mirar hacia atrás, Ruth ve que a la izquierda hay un grupo de árboles, y en la distancia el campanario de una iglesia. Recuerda perfectamente el panorama: están muy cerca del círculo del *henge*. Sin embargo, bajo el sol del invierno la arena es de color gris, y no delata nada. «Lo que entra en las arenas allí se queda para siempre.»

Se acuerda del aspecto que tenía el *henge* hace diez años, en verano: un anillo de siniestros postes de madera retorcida, un poco fantasmagórico, como si acabara de salir del mar. Se acuerda de que Erik se puso de rodillas delante de los postes, casi como si rezara. También recuerda la primera vez que ella penetró en el círculo, sintiendo un escalofrío en todo el cuerpo.

—Es aquí —dice él.

No se ve nada, solo un círculo de arena más oscura que presenta un poco de relieve, pero Erik actúa como si hubiera entrado en una iglesia. Se queda completamente quieto, con los ojos cerrados. Luego toca la arena como si diera buena suerte.

—Suelo sagrado —dice.

—Es lo que diría Cathbad.

—¡Cathbad! ¿Lo has visto?

—Sí. Erik...

—¿Qué?

—¿Por qué no me dijiste que lo conocías bastante, y que había sido alumno tuyo?

Erik se la queda mirando sin hablar. Ruth no sabe interpretar su mirada fría y azul. ¿Culpabilidad? ¿Diversión? ¿Rabia?

—¿Tiene alguna importancia?

—¡Pues claro! —estalla—. Es sospechoso en la investigación de un asesinato.

—¿Ah, sí?

Ruth titubea. Sabe que Nelson sospecha de Cathbad, y que no se fía de él, pero ¿basta para convertirlo en sospechoso? Probablemente.

—No lo sé —responde en voz alta—. La Policía cree que esconde algo.

—¡La Policía! ¿Qué sabrán esos? Ignorantes. Bárbaros. ¿Te acuerdas de cuando dispersaron a los manifestantes que se habían concentrado aquí? ¿Te acuerdas de la violencia innecesaria que aplicaron?

—Sí.

Las fuerzas del orden no habían reparado en medios a la hora de disolver la manifestación, para gran disgusto de Erik y de los otros arqueólogos, que habían interpuesto una denuncia que fue ignorada por la Policía.

—¿Fuiste tú el que convenció a Cathbad de que se manifestase? —pregunta Ruth.

Erik sonríe.

—No, los paganos de la zona ya estaban indignados. Hay muchos paganos en Norfolk, no sé si lo sabes. Digamos que lo animé un poco.

—¿También le conseguiste el trabajo en la universidad?

—Le di una carta de recomendación.

—¿Por qué no me dijiste que trabajaba en el campus?

—Porque no me lo preguntaste.

Ruth da media vuelta y se aleja, pisando con fuerza la arena mojada. Erik le da alcance y le pasa un brazo por los hombros.

—No te enfades, Ruth. ¿No te he dicho siempre que lo importante no son las respuestas, sino las preguntas?

Ruth se queda mirando su cara, curtida y familiar. Está más viejo, con el pelo más blanco y patas de gallo, pero sigue siendo el mismo. Los ojos azules de Erik brillan al sonreír. A su pesar, Ruth le devuelve la sonrisa.

—Venga —dice él–, vamos a ver si encontramos la calzada que me dijiste.

Caminan tierra adentro por las dunas. En los humedales hay dos aves zancudas que se están alimentando. Ruth piensa en la descripción que hizo David de la marisma como una estación de servicio natural. A su paso, las aves levantan la cabeza. Luego siguen escarbando como desesperadas. Una garza las observa desde lejos, apoyada en una sola pata.

Ruth lleva el mapa de David, con las marcas de los postes enterrados. Lo abre en silencio y se lo pasa a Erik, que emite una especie de siseo de satisfacción.

—Bueno... Ya lo tenemos.

Examina el mapa mucho tiempo, sin hablar. Ruth lo mira con admiración. No hay nadie que lea los mapas o los paisajes como Erik. Para él, colinas, arroyos y pueblos son indicadores que apuntan directamente hacia el pasado. Se acuerda de lo que le dijo el primer día de su asignatura de posgrado:

—Si quisieras hacer un mapa de tu sala de estar para los arqueólogos del futuro, ¿qué sería lo más importante?

—Pues... asegurarme de haber inventariado todos los objetos.

Una risa.

—No, no. Los inventarios están muy bien, pero no nos dicen cómo vivía la gente, ni a qué daban importancia, ni qué adoraban. No, lo más importante sería la orientación. Cómo están colocados los sillones. Así los arqueólogos del futuro podrían saber que el objeto más importante del hogar del siglo XXI era el rectángulo grande y gris del rincón.

Erik levanta la vista del mapa, olisquea el aire y sonríe.

—Creo que es por aquí.

Siguen a buen paso. Ahora el viento, que aplana la hierba recia contra el suelo, sopla a sus espaldas. Dejan atrás los juncales de marea, de aguas poco profundas, pero oscuras y misteriosas. Los sobrevuela un ave de graznido ronco y enfadado.

—Aquí.

Erik se para y se agacha. Ruth se pone en cuclillas a su lado. En el suelo de turba que se extiende entre los juncos y la

123

marisma hay un poste semienterrado, que sobresale unos diez centímetros del suelo.

—Roble fosilizado —dice Erik.

Ruth lo mira más de cerca. Es una madera oscura, casi negra, con pequeños agujeros distribuidos por la superficie, como los que hacen las carcomas.

—Moluscos —dice lacónicamente Erik—. Se van comiendo la madera.

—¿De cuándo es? —pregunta Ruth.

—No estoy seguro, pero parece antiguo, en todo caso.

—¿Tanto como el *henge*?

—No creo.

Ruth acerca una mano al poste. El tacto es suave, como de tofe negro. Tiene que vencer la tentación de clavar una uña.

—Venga —dice Erik—, vamos a buscar el siguiente.

El próximo poste queda a unos dos metros, y cuesta más de distinguir porque está casi sumergido. Erik se pasea entre los dos.

—Increíble. La tierra entre los postes está completamente seca, a pesar de que hay marismas a ambos lados. Debe de ser una lengua de grava. Parece mentira que no se haya movido en tantos años.

Ruth percibe su entusiasmo.

—¿O sea, que podría ser un camino que atraviesa la marisma?

—Sí, un cruce. Marcar un cruce en terreno sagrado era igual de importante que marcar una frontera. Si te equivocabas, aunque solo fuera por un paso, te morías y te ibas derecho al infierno. Si te ceñías al camino, te llevaba al paraíso.

Erik sonríe. Ruth, en cambio, se estremece al recordar las cartas. «Mira el cielo, las estrellas y los cruces. Mira lo que se perfila contra el cielo. La encontrarás donde se juntan la tierra y el cielo.» ¿El autor de las cartas conocía el camino? Hablaba de calzadas y de cursus. ¿Se llevó a Lucy a este paisaje desolado?

En total encuentran doce postes, que los llevan de regreso al aparcamiento y a donde Ruth encontró el cadáver de la Edad del Hierro. Erik hace fotos y toma notas. Parece completamente absorto. Ruth se sorprende inquieta y abstraída. Con Nelson era ella la experta. Ahora se siente relegada a la posición de alumna.

—¿Cómo fecharás la madera? —pregunta.

—Se lo pediré a Bob Bullmore.

Es uno de los miembros del departamento de Ruth, un antropólogo forense con experiencia, experto en la descomposición de la flora y la fauna. A Ruth le cae bien. Es buena idea involucrarlo, aunque una vez más tiene la sensación de que la dejan al margen. Tiene ganas de gritar: «Lo he descubierto yo. Sin mí no habrías venido».

—¿A Phil se lo decimos? —es lo que pregunta finalmente.

—Todavía no.

—Bob podría contárselo.

—Si se lo pido yo, no se lo contará.

—¿Crees que hemos encontrado un vínculo entre mi cadáver de la Edad del Hierro y el *henge*?

Erik fija en ella una mirada interrogante.

—¿«Tu» cadáver de la Edad del Hierro?

—Lo encontré yo —responde ella con tono desafiante.

—En esta vida no somos dueños de nada —dice Erik.

—Hablas como Cathbad.

Durante un momento, Erik la observa atentamente, como un profesor a un nuevo alumno.

—Ven, y así lo conoces.

—¿A quién?

—A Cathbad. Ven, y así lo conoces de verdad.

—¿Ahora?

—Sí, tenía pensado hacerle una visita.

Ruth vacila. Su lado de detective aficionada tiene ganas de volver a ver a Cathbad y formarse una idea de él sin que le nuble el juicio la presencia escéptica de Nelson; por otra parte, sigue un poco enfadada con Erik por no haberle dicho que fue su tutor. Se debate en una zona equidistante entre la curiosidad y el rencor.

Mientras se lo piensa y Erik la observa con curiosidad, oye su móvil, que suena extrañamente a siglo XXI.

–Perdona.

Se gira.

–¿Ruth? Soy Nelson.

–Ah, hola...

–¿Está ocupada? ¿Puede venir a Spenwell? ¿Ahora mismo?

–¿Por qué?

–Estoy en la casa de Scarlet Henderson. Hemos encontrado huesos humanos en el jardín.

12

Spenwell es tan pequeño que a duras penas merece el nombre de pueblo: una calle de casas, una cabina telefónica y una tienda que solo abre dos horas por las tardes. La familia de Scarlet vive en una casa grande y moderna, con una sola planta, de un ladrillo marrón cuya fealdad palían solo en parte las enredaderas. Ruth aparca detrás del Mercedes de Nelson y de dos furgonetas de la Policía. Entre el escaso vecindario no ha pasado desapercibida la presencia policial. Un grupo de niños mira con los ojos muy abiertos desde la otra acera, y por toda la calle aparecen rostros en las ventanas. Sus expresiones son difíciles de interpretar: curiosidad, miedo, alborozo...

Se acerca a la casa, momento en que aparece Nelson por un lateral. El jardín de delante ha sido reducido a barro por las botas de la Policía. Alguien ha puesto planchas, cabe suponer que para una carretilla.

—Ruth —la saluda—. ¿Qué, cómo va la mañana?

Ruth se siente un poco cohibida. Hoy es de nuevo la profesional, la experta, y no quiere que le recuerden que anoche lloraba por un gato muerto.

—Mejor —dice—. Al irse usted vino Erik. Sabe, ¿no? Mi extutor.

Nelson la mira con algo de extrañeza, pero lo único que dice es:

—Me alegro.

—¿Dónde están los huesos? —pregunta ella, con ganas de volver a un registro profesional.

—Detrás. Los han encontrado los perros.

El jardín trasero es alargado, y está lleno de sofás viejos, bicis rotas y un juego de trepar montado a medias, parece que con madera reaprovechada. La Policía Científica se agrupa con sus monos blancos en torno a un agujero grande. Los perros rastreadores estiran las correas y menean la cola con desesperación. A Ruth le choca darse cuenta de que también están los Henderson, el padre y la madre de Scarlet, en la puerta trasera, callados. La madre es bastante joven, guapa, de tez blanca, con melena oscura y cierto aire de acabar de salir de un orfanato. Lleva una falda de terciopelo morado, y, a pesar del frío, va descalza. El padre es mayor, delgado; tiene un poco de cara de rata, y los ojos húmedos. Tres de sus hijos se divierten en el juego de trepar del jardín, como si no fuera con ellos.

—Esta es la doctora Ruth Galloway —le dice Nelson a uno de los hombres con mono—. Es experta en huesos enterrados.

«Como un perro», piensa Ruth mirando el agujero, que parece recorrer la línea divisoria entre el jardín de los Henderson y el de la casa de al lado. Más cerca de la casa hay una valla de madera, pero al final del jardín solo hay piedras y cascotes. «Una frontera», piensa. Oye mentalmente a Erik: «Marcaba una frontera. Eso deberíamos haberlo respetado».

—¿Aquí había un muro? —pregunta.

Se dirigía al técnico con mono que tenía más cerca, pero parece que también la ha oído el padre de Scarlet, porque se aproxima.

—Había un muro viejo de sílex. Las piedras me las llevé hará unos cinco años para construir un horno.

«Si antes había un muro —piensa Ruth—, es que los huesos no pueden ser recientes.» Es consciente de que no quiere que sean los de Scarlet. No quiere que los padres sean los asesinos. Quiere que Scarlet esté viva.

Los del mono blanco se apartan. Ruth se acerca con su kit de excavación en la mochila, se arrodilla junto al agujero, saca la paleta pequeña y va apartando tierra de los bordes, suavemente. La excavación es limpia. Ve las marcas de las palas. La tierra está dispuesta en capas ordenadas, como una terrina: primero un fino estrato de mantillo, luego el típico suelo turboso de la zona y a continuación una capa de sílex. Al fondo de todo, más o menos a un metro, ve el blanco amarillento de los huesos.

—¿Han movido algo? —pregunta.

La respuesta se la da el del mono blanco.

—No. Es lo que nos ha pedido el inspector Nelson.

—Mejor.

Ruth se pone los guantes para sacar un hueso y exponerlo a la luz, consciente de que a sus espaldas se cortan las respiraciones.

Nelson se inclina para hablarle al oído. Ruth nota olor a cigarrillos y *aftershave*.

—¿Son humanos?

—Sí, creo que sí, pero...

—Pero ¿qué?

—No los enterraron.

Nelson se pone en cuclillas a su lado.

—¿Qué quiere decir?

—Un enterramiento es una alteración. Altera las capas. Estaría todo revuelto. Mire. —Hace gestos para referirse a las paredes del agujero—. Esto es el nivel de sepultura. Debajo de todas estas capas. Pusieron los huesos en el suelo, y con el paso de los siglos han quedado cubiertos por la tierra.

—¿De los siglos?

—Creo que son de la Edad del Hierro. Como los otros.

—¿Por qué?

—Aquí hay restos de cerámica, y parecen de la Edad del Hierro.

Nelson la mira un momento antes de incorporarse y hablar con los de la Policía Científica, que no se han alejado.

—Vale, chicos, se acabó la juerga.

—¿Qué pasa, jefe? —pregunta uno.

¡«Jefe»! Ruth no da crédito a sus oídos.

—La buena noticia es que es un cadáver. La mala es que lleva muerto unos dos mil años. Venga, vámonos de aquí.

Una hora después, Ruth ya ha mandado los huesos en bolsas al laboratorio de la universidad, para su datación. Aun así, está segura de que son de la Edad del Hierro. Pero ¿qué significa? Al no haber estado enterrado en turba, el cadáver no se ha conservado, y solo quedan los huesos. ¿Podrían guardar alguna relación con el otro cadáver, el del límite de la marisma? ¿También existe alguna relación entre los huesos, el cadáver, la calzada y el *henge*? Su cabeza es un volcán. Aun así, intenta concentrarse en beber la infusión y hablar con los padres de Scarlet, Delilah y Alan, como le han pedido ellos que los llame.

No sabe muy bien cómo ha acabado aquí, en la caótica cocina de los Henderson, sentada en un precario taburete y con una taza de cerámica en la mano; solo sabe que Nelson parecía muy interesado en aceptar la invitación.

—Nos encantaría —ha dicho—. Muchas gracias, señora Henderson.

—Delilah —la ha corregido ella sin fuerzas.

Total, que están en la cocina de los Henderson, oyendo hablar a Alan Henderson sobre rabdomancia, y quejarse en su trona a la pequeña de la familia (Ocean).

—Echa de menos a Scarlet —dice Delilah con una resignación que a Ruth le cuesta soportar.

—No me extraña —masculla Ruth—. ¿Cuántos años tiene... mm... Ocean?

—Dos. Scarlet, cuatro, Euan y Tobias, siete, y Maddie, dieciséis.

—Pareces demasiado joven para tener una hija de dieciséis años.

Delilah sonríe, y se le ilumina fugazmente el rostro pálido debajo de un flequillo muy tupido.

—La tuve a los dieciséis. No de Alan, claro.

Ruth mira un momento a Alan, que le está echando a Nelson un sermón sobre las líneas ley. Justo entonces el inspector levanta la vista y la sorprende mirándolos.

—¿Tú tienes hijos? —le pregunta Delilah a Ruth.

—No.

—De lo que tengo miedo —dice bruscamente, con una voz aguda y forzada— es de que algún día alguien me pregunte cuántos hijos tengo, y en vez de cinco diga cuatro. Porque entonces sabré que se ha acabado, que está muerta. —Ha empezado a llorar, pero en silencio, con lágrimas que se deslizan por sus mejillas.

Ruth no sabe qué decir.

—Lo siento —es lo único que se le ocurre.

Delilah no le hace caso.

—Es tan pequeña, tan indefensa... Tiene la muñeca tan fina, que aún le cabe la pulsera de bautismo. ¿Quién podría querer hacerle daño?

Ruth piensa en *Chispa*, que también era pequeña e indefensa, pero que aun así ha sido brutalmente asesinada. Intenta imaginarse su dolor multiplicado por mil.

—No lo sé, Delilah —contesta con voz ronca—, pero lo que te prometo es que el inspector Nelson hará todo lo que pueda.

—Es buena persona —dice Delilah, pasándose una mano por los ojos—. Desprende un aura muy intensa. Seguro que tiene un buen espíritu guía.

—Seguro.

Ruth es consciente de que Nelson la mira. Alan se ha callado un momento, y le tiemblan las manos mientras se lía un cigarrillo. Delilah le da una tortita de arroz a Ocean, que la tira al suelo.

Irrumpen dos niños morenos, que para sorpresa de Ruth se acercan directamente a Nelson.

—¡Harry! ¿Has traído tus esposas?

—¿Puedo probármelas?

—Me toca a mí.

Nelson se saca unas esposas del bolsillo y se las pone en las manos a uno de los niños. A Ruth le da cierta aprensión ver cómo sobresalen sus muñecas huesudas de los aros de metal, pero no cabe duda de que los niños están disfrutando de lo lindo.

—¡Me toca! ¡Déjame!

—Solo las he llevado un segundo. Menos de un segundo.

Al girarse otra vez hacia Delilah, la petrifica ver que está dando el pecho a Ocean. Aunque Ruth haya firmado muchas peticiones a favor del derecho de las mujeres a amamantar en público, en la práctica lo encuentra profundamente turbador. Sobre todo porque Ocean parece lo bastante mayor como para ir sola a la tienda de la esquina y comprarse una bolsa de patatas fritas.

Al tratar de mirar hacia otro lado, se fija en que encima de la mesa de la cocina hay un tablón de corcho cubierto con papeles de todos los colores: invitaciones a fiestas, ofertas especiales arrancadas, dibujos infantiles, fotos... Ve una de Scarlet con un bebé en brazos (Ocean), y otra de los gemelos con un trofeo de fútbol. Luego ve otra foto. Es una instantánea descolorida de Delilah y Alan al lado de un menhir, probablemente en Stonehenge, a no ser que se trate de Avebury. Sin embargo, lo que le llama la atención no es el menhir, sino la otra persona que aparece en la foto. Aunque lleve vaqueros, una camiseta y el pelo con una longitud normal, no cabe duda de que es Cathbad.

13

—¿Seguro que era él?

—Seguro. Llevaba el pelo corto y ropa normal, pero era él, sin ninguna duda.

—¡Qué cabrón! Ya sabía yo que algo escondía.

—Podría ser algo de lo más inocente.

—¿Pues entonces por qué no me lo comentó al hablar conmigo? Hizo como si no le sonara de nada el apellido Henderson.

Ruth y Nelson están en un pub cerca del puerto, almorzando a deshoras. A Ruth le ha sorprendido que Nelson le propusiera ir a comer, entre otras cosas porque al salir de casa de los Henderson ya eran las tres, pero parece que en ninguna parte se niegan a servir a un policía, con su placa y todo; en conclusión, que ahora están sentados en un bar casi vacío con vistas a los muelles. Hay marea alta. Al otro lado del cristal se deslizan en silencio los cisnes, a los que la luz menguante del atardecer da un toque extrañamente siniestro.

Ruth, a quien le da algo de vergüenza tener tanta hambre, ataca su plato de pan, queso y encurtidos. Nelson come salchichas con puré como si repostara combustible, sin fijarse en lo que entra por su boca. Ha insistido en pagar él. Ruth bebe Coca-Cola Light —no sea que la pillen al volante habiendo bebido—, mientras que Nelson ha optado por la modalidad con azúcares.

—Mi mujer siempre me agobia con que tengo que beber refrescos *light* –comenta–. Dice que tengo sobrepeso.

—No me diga –responde irónica Ruth, que ya se había fijado en que nunca se ve a nadie delgado tomándose una Coca–Cola Light.

Nelson se pasa unos minutos masticando pensativo.

—¿Cuánto tiempo diría que tiene, la foto?

—No se lo sabría decir. El pelo de Cathbad sale oscuro, y ahora lo tiene bastante gris.

—¿Más de diez años? ¿De antes de que usted lo conociera?

—Puede ser. Hace diez años llevaba el pelo largo, pero entre medias se lo podría haber cortado. Delilah estaba muy joven.

—Ahora se viste como una adolescente.

—Es muy guapa.

Nelson gruñe, pero sin decir nada.

—Según ella, usted tiene un aura muy intensa –comenta Ruth con picardía.

Nelson forma la palabra «chorrada» con los labios, pero sin pronunciarla en voz alta.

—¿Y Alan, qué le ha parecido? –pregunta–. Como pareja desentonan un poco, ¿no? Siendo ella tan guapa...

Ruth piensa en Alan Henderson, con su cara afilada de roedor y sus ojos inquietos. Es verdad que no es el marido que cabría esperar para Delilah, que a pesar de su angustia no deja de irradiar una especie de exotismo. Claro que con cuatro hijos en común, es de suponer que el matrimonio funciona.

—La hija mayor, Maddie, no es de él –dice Ruth–. Quizá Delilah se casara de rebote.

—¿Y cómo narices se ha enterado de eso?

—Me lo ha contado ella.

Nelson sonríe.

—Ya me figuraba que con usted hablaría.

—¿Por eso se ha invitado a tomar el té?

—Yo no he sido. Se han ofrecido ellos.

—Y usted ha aceptado. En nombre de los dos.

Nelson sonríe, burlón.

—Lo siento. Es que he pensado que podía convenirnos tender puentes. Después de toda la mañana cavando en su jardín, con todos los vecinos al acecho... Deben de haberse sentido sospechosos, y he pensado que podrían agradecer una conversación amable. También se me ha ocurrido que quizá Delilah se sinceraría con usted.

—¿Sincerarse? ¿Respecto a qué?

—Ah, no sé... —dice Nelson, con una despreocupación que parece estudiada—. Le sorprendería saber lo que acaba siendo útil a veces.

Ruth se pregunta si Delilah le ha explicado algo «útil». Lo que le ha parecido, más que nada, es de una tristeza insoportable.

—Ha sido horrible verlos sufrir tanto sin poder ayudarles —dice finalmente.

Nelson asiente, contenido.

—Sí, es horrible —dice—. Es cuando más odio mi trabajo.

—Daba tanta pena que Delilah se refiriera siempre a Scarlet en presente, cuando no sabemos si está viva o muerta...

Nelson vuelve a asentir.

—Es la pesadilla de cualquier padre, lo peor de lo peor. Cuando tienes hijos, de repente el mundo te da un miedo atroz. De golpe todo se convierte en una amenaza terrorífica, hasta el último palo, piedra, coche o animal... ¡Qué digo, hasta la última persona! Te das cuenta de que serías capaz de cualquier cosa con tal de que no les pase nada: robar, mentir, matar... Todo lo que se le ocurra. Lo que pasa es que a veces no puedes hacer nada. Es lo más duro.

Hace una pausa y se toma un trago de Coca-Cola, tal vez por la vergüenza de haber hablado tanto. Ruth lo mira con algo cercano a la sorpresa. Le había parecido que entendía los sentimientos de Delilah Henderson al haber perdido a una niña tan bonita como Scarlet, pero la idea de que Nelson sienta lo mismo por las dos adolescentes malhumoradas con quienes lo vio en el centro comercial le parece casi increíble. Sin embargo, viendo con qué cara se ha quedado mirando el vaso, se lo cree.

Ya en su casa, mientras intenta preparar sin convicción su primera clase de la semana entrante, Ruth piensa en los hijos. «¿Tú tienes hijos?», le ha preguntado Delilah, dejando implícito que si no los tienes, no lo entenderás. Nelson sí lo ha entendido. Aunque sea un policía del norte, un reaccionario, tiene hijos, lo cual le da acceso al sanctasanctórum. Él entiende el terrible poder del amor de padre.

Ruth no tiene hijos, ni ha estado embarazada. Ahora que se acerca a los cuarenta y ve posible que nunca los tenga, le parece un gran desperdicio. Toda la maquinaria que trabaja en su interior, haciéndola sangrar cada mes, poniéndola de mal humor, hinchada, desesperada por el chocolate... Tantas tuberías internas, tantas cañerías gorgoteando para nada. Al menos Shona ha estado embarazada dos veces —y ha tenido dos abortos que la han hecho llorar—, y sabe que todo funciona correctamente. Ruth no tiene ni el menor indicio de que pueda quedarse embarazada. Es posible que no, y que hayan sido en vano tantos años de angustia por los contraceptivos. Se acuerda de que una vez a Peter y a ella se les rompió el condón, y en el calor y el sudor del momento decidieron continuar. Recuerda que por la mañana se despertó pensando «puede que ahora sí, que me haya quedado embarazada». Rememora el poder del mero hecho de pensarlo, y de cómo acentuaba el relieve de las cosas. Saber que llevas algo dentro en secreto... ¿Cómo vas a seguir siendo la misma? Pero no, no estaba embarazada. Ni probablemente vaya a estarlo nunca.

Peter tiene un hijo. Los sentimientos que ha descrito Nelson, él los conocerá. ¿Estaría dispuesto a matar por su hijo? Erik tiene tres, todos adultos. Ruth se acuerda de que una vez le oyó decir que el regalo más grande que le puedes hacer a un hijo es dejarlo en libertad. Libres está claro que lo son, sus hijos, repartidos por Londres, Nueva York y Tokio, pero ¿son libres Erik y Magda? A partir del momento en que tienes un hijo, ¿puedes volver a ser el mismo de antes?

Se levanta para prepararse un té. Se siente inquieta, incómoda. Le ha dicho a Erik que no le importa quedarse sola, pero no puede evitar pensar en *Chispa* y en su brutal y horrible muerte. El hombre de la Edad del Hierro dejaba cuerpos muertos como mensajes a los dioses. ¿El asesino de *Chispa* ha dejado su cadáver como un mensaje a Ruth? ¿El cuerpo de la gata también marca una frontera? «Si te acercas más, te mato, como he matado a Scarlet y a Lucy.» Siente un escalofrío.

Sílex se escurre por la gatera. Ruth lo levanta y le hace mimos. El gato soporta el abrazo sin apartar del suelo una mirada esperanzada. «Un sucedáneo de hijo», piensa Ruth. Bueno, al menos tiene uno.

Deja de trabajar para ponerse cómoda delante de la tele. Dan *Have I Got News For You*, pero no logra dejarse llevar por el ingenio de Ian Hislop, ni por la inteligencia surrealista de Paul Merton. Piensa constantemente en los padres de Scarlet Henderson, que la esperan en su desordenada casa familiar; en Delilah, anhelando tener en brazos a su hija una vez más, y deseando tal vez que vuelva a su interior, donde al menos no corría peligro.

Al tocarse la cara se da cuenta de que está llorando.

*A*hora, por las noches, hay un ruido nuevo. *Se repite una y otra vez: tres gritos seguidos, muy tenues y con mucho eco. El que más dura, y el que más miedo da, es el tercero, siempre. A los otros ruidos de la noche ya está acostumbrada: olisqueos, susurros, el viento, que tiene voz propia, un rugido de rabia... A veces es como si el viento fuera a entrar bramando a través de la trampilla, y a llevársela con su aliento frío y furioso. Se imagina arrebatada y lanzada por el cielo, surcando las nubes y mirando las casas y a la gente desde arriba. Lo curioso es que sabe exactamente qué verá. Hay una casita blanca, cuadrada, con un columpio en el jardín trasero. En el columpio a veces hay una niña que se ríe al mecerse por los aires. Si cierra los ojos todavía ve la casa, y se le hace difícil creer que no haya flotado a lomos de las nubes, contemplando desde arriba a la niña, el columpio y las pulcras hileras de flores de colores.*

Una vez vio una cara en la ventana. Una cara de monstruo, de un gris blanquecino, con franjas negras a ambos lados. Se quedó muy quieta, esperando que el monstruo la viera y se la tragase, pero no, lo que hizo fue husmear los barrotes con su hocico negro y húmedo, parecido a unos zapatos que tuvo una vez ella, los mejores. Luego se fue, con un estruendo horrible de cristales. Desde entonces no lo ha vuelto a ver.

A veces el nuevo ruido se oye muy cerca. Pasa en noches muy oscuras y muy frías. La despierta, y ella se queda tiritando, arrebujada en su manta. Se oye una, dos, tres veces. Sin saber por qué, piensa que quizá la llame. Una vez le responde: «¡Estoy aquí! ¡Dejadme salir!», y lo que más miedo da de todo es el sonido de su propia voz.

138

14

Por la mañana, Nelson viene a devolverle el cadáver de *Chispa*. Está en la puerta con la caja de cartón, cuyo aspecto no presagia nada bueno, como un vendedor con miedo a no ser bien recibido.

Ruth, que aún no ha tomado su primer café y tiene cara de sueño, lo mira con los ojos entornados.

—Se lo había prometido —dice él, señalando la caja.

—Ah, sí, gracias. Pase, que haré un poco de café.

—Se lo agradecería un montón.

Deja la caja en el suelo, con cuidado, al lado del sofá. Ambos evitan mirarla. Ruth se entretiene con el café. Nelson se queda de pie en la sala de estar, frunciendo un poco el ceño mientras lo mira todo. Ruth recuerda su primer encuentro, en el pasillo de la universidad, y la impresión de que Nelson era demasiado grande para el despacho. En este caso es igual o más cierto. Con su pesado abrigo negro, Nelson hace que la casa parezca aún más pequeña de lo que es. Erik es alto, pero le pareció capaz de plegarse al espacio. En cambio, Nelson parece a punto de tirar algo al suelo sin querer, o de darse un golpe en la cabeza contra el techo.

—Cuántos libros —dice cuando Ruth vuelve, llevando una bandeja con café y galletas.

—Sí, es que me encanta leer.

Nelson gruñe.

—Mi mujer es de un club de lectura. Lo único que hacen es quejarse de sus maridos. De los puñeteros libros no hablan nunca.

—¿Cómo lo sabe?

—Las he escuchado cuando se reúnen en nuestra casa.

—Quizá hablen de los libros cuando no las escucha.

Nelson reacciona sonriendo un poco.

—¿Ha averiguado algo? —pregunta Ruth—. Sobre... *Chispa.*

Nelson se toma un trago de café e indica que no con la cabeza.

—Como muy pronto lo sabremos mañana. También he pedido que repitan las pruebas de las cartas. Estamos comparando las huellas dactilares y los resultados de ADN con nuestra base de datos de delincuentes conocidos.

Ruth se pregunta qué lo ha hecho ir por ese camino. A juzgar por su tono, el «delincuente conocido» en quien piensa Nelson es alguien muy concreto, pero Ruth no tiene tiempo de preguntárselo, porque el inspector deja la taza de café y mira su reloj.

—¿Tiene una pala? —pregunta bruscamente.

Ahora que ha llegado el momento, Ruth, curiosamente, se resiste a salir al jardín y enterrar a *Chispa*. Lo que le apetece es quedarse dentro, tomando café como si no hubiera pasado nada, pero sabe que no puede dar largas, así que va a buscar su abrigo y acompaña a Nelson al cobertizo de las herramientas.

El jardín es un rectángulo minúsculo de hierba azotada por el viento. Al instalarse en la casa, Ruth intentó plantar algo, pero no acertaba con las plantas, y parecía que nunca creciese nada que no fueran cardos y lavanda silvestre. Los domingueros de al lado tienen una terraza muy elegante, que en verano adornan con macetas de terracota, aunque hoy se ve tan vacía y abandonada como el jardín de Ruth. El de David aún está más descuidado, aunque contiene un enrevesado comedero para pájaros, con dispositivo antigatos y todo. (Mucho se teme Ruth que no funciona.)

Al final del jardín hay un manzano enano. Es donde le pide a Nelson que abra la tumba. Se le hace raro ver cavar a otra persona. Nelson lo hace fatal. Dobla la espalda en vez de las piernas, pero va deprisa. Al mirar el interior del agujero, Ruth se fija automáticamente en las capas: mantillo, arcilla aluvial y creta. *Sílex* los observa desde el manzano, agitando la cola. Nelson le da la caja a Ruth. Es de una ligereza que da lástima. Ruth tiene ganas de abrirla, pero sabe que no sería buena idea, así que se limita a dar un beso a la tapa de cartón.

—Adiós, *Chispa*.

Deposita la caja en la tumba.

Va en busca de otra pala y ayuda a Nelson a colmar el agujero. Durante unos minutos, lo único que se oye en el jardín son sus respiraciones, mientras depositan pesadas paletadas de tierra. Nelson se ha quitado la chaqueta y la ha colgado en el manzano. *Sílex* ha desaparecido.

Cuando el agujero está lleno, se miran. Ruth tiene la sensación de que ahora entiende que los entierros sean terapéuticos. Tierra a la tierra. Ha enterrado a *Chispa*, pero su gata estará siempre aquí, en el jardín, como parte integrante de su vida. Entonces se acuerda de las cartas sobre Lucy. «Lucy está muy por debajo del suelo, pero resurgirá.» Sacude la cabeza, intentando expulsar las palabras.

—¿Y la vela? —le pregunta a Nelson.

—Lo haré el domingo. Y un misterio del rosario.

—¿Solo un misterio?

—Un misterio y un Gloria al Señor, por si acaso.

Se miran por encima de la tumba recién cubierta, y sonríen. Ruth tiene la impresión de que debería decir algo, pero de alguna manera parece que el silencio se ajusta bien a un momento así. Se oye el graznido de unas ocas que pasan volando a gran altura. Empieza a lloviznar.

—Tengo que irme —dice Nelson, pero no se mueve.

Ruth lo mira, mientras se le moja un poco el pelo por la lluvia. Nelson sonríe: una extraña sonrisa de dulzura. Ruth abre

141

la boca para decir algo, pero el silencio lo rompe una voz que parece llegada de otro mundo, de otra vida.

—¡Ruth! ¿Qué haces aquí fuera?

Es Peter.

Cuando se va el coche de Nelson, que ha recuperado su hosca profesionalidad, Ruth prepara más café y se sienta a la mesa con Peter.

Piensa que tiene buen aspecto. Lleva el pelo, de un rubio anaranjado, más corto. Habrá perdido unos cinco kilos y está incluso moreno, cosa tan insólita (tiene la típica piel de pelirrojo) que la diferencia con el Peter de antes casi choca.

—Te veo bien —dice.

—Pues no lo estoy —responde Ruth con cajas destempladas, consciente de que no va maquillada, y de que se le ha encrespado el pelo por la lluvia.

Se quedan callados un momento.

—¿Quién me has dicho que era? —pregunta Peter.

—Es largo de contar —dice Ruth.

Peter sabe escuchar. Reacciona a la muerte de *Chispa* con satisfactoria estupefacción —Ruth se acuerda de que le gustaban mucho los gatos—, y a los cadáveres de la Edad del Hierro y la calzada, con la debida fascinación. Ruth le habla un poco sobre la investigación policial, pero no sobre las cartas. Él comenta que lo de Scarlet Henderson ya lo sabía por la prensa.

—Pobre niña. Qué horror para los padres. ¿En serio que la Policía cree que el asesino podría haber matado a *Chispa* como una especie de advertencia?

—Les parece una posibilidad.

—Caramba, Ruth. Qué vida más intensa llevas, ¿eh?

Ruth no contesta. Ha creído percibir un toque de envidia en el tono de Peter, por lo emocionante que parece que es su vida, y tiene ganas de decirle que lejos de sentirse emocionada, como se siente es sola y bastante asustada. Lo mira, mientras se pregunta hasta qué punto quiere sincerarse con él.

Se le hace raro volver a ver a Peter en la casa donde vivieron juntos durante un año. La compró ella pocos años después de la excavación del *henge*, sensible aún a la atracción de la marisma y a su extraña y desolada belleza. Por aquel entonces, Peter y ella ya habían vivido juntos dos años, y llegaron a plantearse una compra en común, pero Ruth se resistió, aunque en ese momento ni siquiera supiese muy bien por qué, y al final Peter cedió. La casita quedó toda en propiedad de Ruth. Recuerda que al marcharse Peter fue como si la casa ni siquiera se enterase. Quedaron unos cuantos huecos en las paredes y las estanterías, pero a grandes rasgos pareció que se cerrara satisfecha sobre Ruth. Por fin estaban solas.

—Echaba de menos este sitio —dice Peter, mirando por la ventana.

—¿Ah, sí?

—Sí, es que viviendo en Londres nunca ves el cielo. Aquí hay tanto cielo...

Ruth mira la plomiza vastedad de un cielo de tormenta, en el que se persiguen nubes bajas por encima de los humedales.

—Cielo hay mucho —reconoce—, pero poca cosa más.

—A mí me gusta —dice Peter—. Soy amante de la soledad.

—Yo también —dice Ruth.

Peter se ha quedado mirando la taza de café con tristeza.

—Pobre *Chispa* —dice—. Me acuerdo de cuando la trajimos. Era igual de pequeña que la ratita de goma que le habíamos comprado.

Ruth ya no puede más.

—Vamos a dar un paseo —dice—. Así te enseño la calzada.

Ha arreciado el viento. Tienen que bajar la cabeza para que no se les meta arena en los ojos. Ruth estaría encantada de caminar en silencio, pero parece que a Peter le apetece mucho hablar. Le explica cosas de su trabajo, que hace poco fue a esquiar (de ahí que esté moreno), y lo que piensa del gobierno, que hace diez años, durante aquel verano embriagador, acababa de formarse tras las elecciones. A Victoria y Daniel no los menciona ni una vez. Ruth le habla de su trabajo, su familia y de los cadáveres de la Edad del Hierro.

—¿Erik qué opina? —pregunta Peter.

Camina deprisa, con pasos largos por el suelo irregular. Ruth casi tiene que correr un poco para no quedarse rezagada.

—Que todo está relacionado.

—Ah, claro. —Peter imita un fuerte acento noruego—. La zona sagrada, el poder del paisaje, el umbral entre la vida y la muerte...

Ruth se ríe.

—Exacto. En cambio Phil piensa que todo es coincidencia, en espera del informe geofísico y de la datación por radiocarbono.

—¿Y tú, qué opinas?

Ruth no dice nada. Acaba de darse cuenta de que Erik no se lo ha preguntado ni una vez.

—Yo creo que están relacionados —dice finalmente—. El primer cadáver de la Edad del Hierro marca el principio de la marisma, y la calzada lleva casi en línea recta al *henge*, que marca el punto donde empieza la zona de marea. Sobre los huesos de Spenwell no lo tengo muy claro, pero algún tipo de frontera deben de marcar. Las fronteras son importantes. Piensa en lo fundamental que sigue siendo en nuestros días que las cosas no se muevan de su sitio; por algo se dice «mantener las distancias». Yo creo que la gente de la Prehistoria sabía mantenerlas.

—Tú siempre te has empeñado en tener tu propio espacio —dice Peter con cierta amargura.

Ruth se queda mirándolo.

—Esto no tiene nada que ver conmigo.

—¿No?

Han llegado al primer poste enterrado. Peter da unos golpecitos en la madera, pensativo.

—¿Tendréis que sacar los postes?

—Erik no quiere.

—Aún me acuerdo del follón que se armó cuando desenterramos el *henge*. Los druidas atándose a los postes, la Policía llevándoselos a rastras...

—Sí. —Ruth también se acuerda. Con mucha nitidez–. Lo que pasa es que... con la excavación averiguamos un montón de cosas sobre el *henge*, por ejemplo, el tipo de hacha que usaron para talar la madera. Hasta encontramos parte de la cuerda usada para transportarla.

—Cuerda de madreselva, ¿verdad?

—Tienes buena memoria.

—De ese verano lo recuerdo todo.

Viendo que Peter la observa atentamente, rehúye su mirada y contempla el mar, donde rompen las olas a lo lejos, blancas sobre gris. Lanza una piedra, que rebota tres veces.

Ruth se gira hacia Peter, que le enseña los dientes, flexionando el brazo.

—Siempre se te ha dado bien —dice Ruth.

—Es cosa de hombres.

Se quedan callados un momento, viendo aproximarse las olas a sus pies. Ruth piensa en lo inevitable que es la tentación de quedarse un poco más de la cuenta, de seguir al borde del agua hasta que te acaba salpicando. Y no siempre son las olas que te esperas, las grandes y espectaculares, las que se arrojan a la orilla; a veces son las furtivas, las que llegan de improviso y succionan la arena debajo de tus pies. A veces son esas las olas que te toman por sorpresa.

—Peter —dice finalmente—, ¿para qué has venido?

—Ya te lo dije: a investigar para mi libro.

Ruth sigue mirándolo. El viento levanta remolinos de arena que les alcanzan la cara, como si lloviera un polvo fino. Al frotarse los ojos, nota que el aire tiene gusto a sal. También Peter se quita la arena de los ojos. Cuando mira otra vez a Ruth, los tiene rojos.

—Victoria y yo nos hemos separado. Supongo que... tenía ganas de volver.

Ruth respira hondo, medio suspirando, y piensa que en el fondo lo veía venir.

—Lo siento —dice—. ¿Por qué no me lo habías dicho antes?

—No lo sé. —Peter habla con el viento de cara, y se le entiende con dificultad—. Supongo que quería que volviera a ser todo como antes.

Unos minutos después, dan media vuelta y vuelven a la casa.

Les pilla la lluvia a medio camino, una lluvia incisiva, horizontal, que es como si les aguijoneuse la cara. Ruth, que va con la cabeza gacha, no se da cuenta de que se han desviado a la derecha, hacia el norte, hasta que ve el observatorio. Este no lo había visto nunca, aunque lo recuerda por el mapa. Está en una lengua de grava, casi en la marca de marea. Piensa que para internarse tanto en las marismas hay que tener muchas ganas de observar pájaros.

—¡Ruth!

Cegada por la lluvia, levanta la vista y ve que en el observatorio está David, con una bolsa de plástico que parece llena de basura. Se acuerda de cuando Nelson le gritó a su subordinado que metiera en una bolsa los desperdicios de otro observatorio, el día que se conocieron.

—Hola —dice—. ¿Qué, limpiando?

—Sí. —David pone mala cara—. Nunca aprenderán. Está todo lleno de avisos, pero siguen dejándose la porquería en todas partes.

Ruth hace chasquear la lengua, comprensiva. Luego le presenta a Peter, que se acerca para darle la mano.

—David es el guarda de la reserva de aves —dice, aunque no explica quién es Peter.

—Debe de ser un trabajo interesante —dice este último.

—Mucho —contesta David, animándose de golpe—. Esto para los pájaros es una maravilla, sobre todo en invierno.

—Yo vine hace años para una excavación —dice Peter—, pero desde entonces lo he llevado siempre dentro. Hay tanta soledad, y tanta paz...

David los mira a ambos con curiosidad.

—Ruth —dice al cabo de un rato—, he visto un coche de la Policía delante de tu casa.

Sí. —Ruth suspira—. Es que estoy colaborando en una investigación, en la parte forense.

—A Ruth le han matado el gato —interviene Peter, disgustándola—. La Policía cree que puede ser importante.

David se muestra francamente estupefacto.

—¿Que han matado a tu gato? ¿Cómo?

Ruth mira a Peter con mala cara.

—Le cortaron el cuello —se limita a decir—. La Policía piensa que puede estar relacionado con la investigación.

—Dios mío. ¡Qué horror!

David hace ademán de tocarle el brazo a Ruth, pero no llega a establecer contacto.

—Pues sí, la verdad es que me llevé un disgusto. Le tenía... cariño.

—Pues claro. Te hacía compañía.

David lo dice como quien conoce la importancia de la compañía.

—Es verdad.

Se quedan un par de minutos debajo de la lluvia, sin saber qué hacer.

—Será mejor que volvamos —dice Ruth finalmente.

—Sí —contesta David, mirando el horizonte con los ojos entornados—. Está subiendo la marea.

—Una vez estuve a punto de ahogarme en las marismas —comenta Peter para dar conversación—. Me rodeó la marea.

—Es fácil —responde David—. Dicen que sube más deprisa que un caballo al galope.

—Pues venga, a galopar —dice Ruth, harta de ambos.

—Menudo personaje —observa Peter mientras se alejan—. ¿Lo conoces mucho?

—Pues no, no mucho; la verdad es que hasta hace pocos meses solo habíamos cruzado unas palabras. Por eso... —Ruth le lanza una mirada hostil—. No quiero que lo sepa todo de mi vida.

Él se ríe.

—Lo he dicho para ser amable. ¿Te acuerdas de lo que es, Ruth? ¿La amabilidad?

Ruth se dispone a replicar, pero en ese momento suena su teléfono. Por alguna razón ya sabe quién será: Nelson.

Es un mensaje de texto, corto y sin rodeos.

Han detenido a Malone. Huellas suyas en las cartas. HN.

15

—Tenemos que hacer algo –dice Erik–. A falta de sospechosos, la Policía pretende acusar injustamente a Cathbad. No podemos permitirlo.

–Por lo visto, en las cartas había huellas dactilares –responde con cautela Ruth.

–¡Sí, claro, huellas dactilares! ¿Qué te crees, que no pueden falsificar pruebas? ¿Los consideras incapaces de hacerlo?

Ruth no dice nada. Erik se levanta y, lleno de rabia, se empieza a pasear por el despacho. Están en la universidad. Ya ha empezado el cuatrimestre, y en diez minutos lo hará el horario de atención a los alumnos de Ruth, pero Erik, que lleva media hora despotricando contra la Policía, no da señales de querer marcharse.

–Además, ¿qué tienen que ver las cartas? No va a ser un asesino solo por haber escrito una carta. No hay nada que lo relacione con la niña, nada en absoluto.

Ruth se acuerda de la foto de la cocina de los Henderson. Ahora sabe que sí hay algo que relaciona a Cathbad con los Henderson, algo muy tangible. ¿Significa que Cathbad es un asesino? Había huellas dactilares suyas en las cartas. ¿Significa que es su autor? Piensa en las cartas. Cathbad sabe de mitología y de Arqueología, y tiene un interés fanático por la marisma. Hay que reconocer que como sospechoso es verosímil. Pero ¿por qué iba a hacerlo? ¿Es realmente capaz de matar a una niña,

149

y de burlarse de la Policía? ¿Y Lucy Downey? ¿Es posible que también la haya matado?

—No lo sé –dice–. Sé tan poco como tú.

No es del todo cierto. Después de recibir el mensaje de texto de Nelson, lo llamó por teléfono. El inspector tenía el móvil desconectado, pero la llamó más tarde, por la noche, cuando Peter ya no estaba y Ruth intentaba reanudar su trabajo.

Parecía entusiasmado, casi exultante.

—Ha resultado que teníamos archivadas sus huellas dactilares. Ya lo habían detenido un par de veces, por manifestaciones y ese tipo de cosas. Por eso he vuelto a probar. El positivo ha salido hace una hora. También tenemos un vínculo con Scarlet.

—¿Él admite algo?

—No. –Una risa seca–. Dice que es todo un montaje, que si la perfidia del estado policial y todo eso. Lo que no puede negar es que conoce a los Henderson: resulta que es el padre de la hija mayor.

—¿Qué?

—Lo que le digo. Conoció a Delilah Henderson cuando ella aún iba al colegio. Se enrollaron, y el resultado fue Madeleine. Parece que vivieron juntos una temporada, pero luego ella lo dejó por otro.

—¿Alan Henderson?

—No, ese vino luego. Otro. El caso es que Delilah cortó con Malone, y desde entonces no se han visto, según él. No tenía ni idea de que viviera cerca.

—Seguro que la ha visto por televisión, cuando desapareció Scarlet.

—No tiene tele. Se ve que las ondas son perjudiciales y contaminan la atmósfera. Tampoco tiene móvil, por la radiación. Está como una cabra.

—¿Usted cree que está loco?

—Ni por asomo. Ese es más listo y retorcido que un nido de serpientes.

—¿Cuánto tiempo pueden retenerlo?

—Veinticuatro horas, pero pediré una prórroga.

—¿Se lo dirá a la prensa?

—Si puedo evitarlo, no.

De todos modos, alguien tuvo que informar a la prensa, porque de noche, por la radio, en las noticias de las nueve, Ruth oyó que «ha sido detenido un vecino de la zona por la desaparición de la niña de cuatro años Scarlet Henderson». Nada más poner las noticias de la tele reconoció la cara de Nelson, seria e imponente. «Esta noche nos ha sido imposible obtener declaraciones del inspector jefe Harry Nelson —recitó el presentador—, que hasta ahora había tenido que admitir la falta de avances en el caso de la niña Scarlet Henderson.» Justo entonces, como para demostrarlo, se veía pasar a Nelson al lado de los reporteros, y subir rápidamente por los escalones de la comisaría. Ruth lo miró con una mezcla de fascinación y cierto orgullo involuntario por conocer el interior de la comisaría, y poder imaginarse a Nelson, en su estrecho y poco agraciado despacho, examinando las pruebas, pidiendo impaciente un café a gritos y volviendo a mirar el rostro risueño de Scarlet Henderson en la pared.

«Se cree que el detenido es Michael Malone, de cuarenta y dos años, técnico de laboratorio en la Universidad de Norfolk Norte.»

«Madre mía —pensó Ruth—. Saben su nombre. Ahora sí que se armará una gorda.»

Y se ha armado. Esta mañana han parado a Ruth en la entrada de la universidad y le han pedido su identificación. Al dejarla pasar, el policía le ha pedido que evite el ala de Química. Picada en su curiosidad, como era de prever, Ruth ha ido directamente al ala en cuestión, y se ha encontrado la puerta del Departamento de Química totalmente bloqueada por coches, remolques y hasta un váter portátil. Todo era una vorágine de equipos de televisión que enarbolaban sus enormes micrófonos. A todos los que entraban en el edificio los recibía una histérica avalancha de preguntas. «¿Conoce a Michael Malone? ¿Quién es? ¿Qué tipo de...?» Ruth ha oído hablar en francés y en italiano, y hasta le ha parecido identificar un acento americano. Se ha batido rápidamente en retirada, a la calma relativa del bloque de Arqueología.

Una hora después llegaba Erik, echando fuego por los ojos, con el pelo blanco al viento.

—¿Te has enterado? ¿Te has enterado?

—Sí.

—¿Y qué piensas hacer?

—¿Yo? ¿Qué quieres que haga?

—¿No eras amiga del policía ese, el neandertal?

—Bueno, no exactamente amiga...

Erik la ha mirado con suspicacia.

—Pues no es lo que me ha dicho Cathbad. Según él, os presentasteis juntos para hablar con él y estabais muy a gusto. Dice que se notaba que había química.

—Chorradas.

Sin darse cuenta, Ruth ha usado la palabra favorita de Nelson, aunque Erik no ha dado señales de haberla oído.

—Es evidente que el tal Nelson está usando a Cathbad como chivo expiatorio, y tú, Ruth... tú le has servido a Cathbad en bandeja.

Es tan injusto que a Ruth se le ha cortado la respiración.

—¡Pero qué dices! Te pregunté a ti si te acordabas de su nombre. Me lo diste tú.

—Y tú se lo diste a Nelson.

—Lo habría encontrado igualmente.

—¿Seguro? A mí me parece un incompetente de tomo y lomo. No, te ha utilizado a ti para que le entregaras a Cathbad. Te ha utilizado, Ruth.

—¿Y si es verdad que ha sido Cathbad? —ha replicado Ruth con rabia—. ¿No quieres que encuentren al asesino?

Erik ha sonreído como si le diera lástima.

—Ruth, Ruth... Te tiene bien pillada, ¿eh? Hasta piensas como un policía.

Una hora después, Ruth y Erik siguen dando vueltas con ira al mismo tema. Ruth está enfadada porque Erik la considere una presa fácil, una tonta a quien el cínico de Nelson ha utilizado para endosarle el crimen a Cathbad, pero en su fuero interno siente cierta culpabilidad. Lo de Cathbad se lo sugirió ella a Nelson. Fue ella quien lo puso sobre la pista del *henge* y de la excavación, la de hace diez años. Si no es Cathbad el culpable, la mala fama podría destrozarle la vida. Hasta podría ir a la cárcel por un crimen del que es inocente. Pero ¿y si es culpable?

—No sé qué está pasando —repite.

Los ojos azules de Erik la miran con frialdad.

—Pues averígualo, Ruthie.

Justo cuando Ruth cree que la situación no puede empeorar, Phil se asoma por la puerta.

—Os he oído sin querer. Es que habláis un poco alto. ¿Qué tal, Erik?

Tiende la mano. Erik tarda un segundo en estrechársela.

—Bien, aparte de que hayan detenido a una persona inocente.

—Ah, el pobre del Departamento de Química. ¿Lo conoces?

—Sí, fue alumno mío.

—¡No! —Phil abre mucho los ojos con interés—. ¿O sea, que es arqueólogo?

—Hizo un posgrado en Manchester.

—¿Y cómo ha acabado aquí?

Erik señala a Ruth, que está sentada al otro lado de su mesa como para protegerse.

—Pregúntaselo a Ruth, ella lo sabe.

—¿Tienes algo que ver con todo esto, Ruth?

—Ya sabías que estoy colaborando en la investigación.

—Creía que solo con los huesos.

Ruth se da cuenta de que es como la ve Phil, como alguien a quien solo le interesan los huesos, una especialización útil, pero en última instancia marginal. No responde al estereotipo de heroína, como Shona. No le toca ser protagonista.

—Ruth dio el nombre de Cathbad a la Policía —dice Erik con rencor.

Phil pone cara de perplejidad.

—¿Cathbad?

–Es como llama Erik a Michael Malone –contraataca Ruth–. Son viejos amigos.

Phil los mira a ambos, fascinado.

–¿En serio? –pregunta–. ¿Sois viejos amigos?

–Sí –dice Erik entre dientes–, y a mi viejo amigo pienso devolverle su buen nombre.

Sale del despacho hecho un basilisco, chocando en la puerta con el alumno de Ruth, un chino muy educado que se llama Tan, y a quien sorprende sobremanera verse como destinatario de una retahíla de invectivas en noruego.

–Te dejo trabajar, Ruth –dice Phil–. Más tarde me pondrás al día.

«No si puedo evitarlo», piensa Ruth antes de girarse hacia Tan.

–Lo siento mucho. Teníamos que hablar de tu tesina. ¿Me puedes recordar el tema?

–La descomposición –dice Tan.

Para volver a casa, Ruth tiene que escabullirse por segunda vez entre los reporteros. En las noticias no han dicho nada nuevo. «La Policía ha obtenido veinticuatro horas más para interrogar al sospechoso, que al parecer responde al nombre de Michael Malone y es un hombre de cuarenta y dos años, vecino de Blakeney.»

Apaga la radio. La detención de Cathbad todavía la incomoda. Aunque no lo considere un simple chivo expiatorio, como Erik, no deja de ser difícil ver en él a un asesino. Y sin embargo, entra en lo posible que sea el autor de las cartas. Erik no las ha leído, y no puede oír su voz, erudita, siniestra y burlona. «Yace donde se juntan la tierra y el cielo. Donde hunde sus raíces en la otra vida el gran árbol Yggdrasil. Incluso muertos seguimos en la vida. Se ha convertido en la ofrenda perfecta. Sangre sobre piedra. Escarlata sobre blanco.» Acordándose de Cathbad en su silla de mago, con los cazadores de sueños brillando a su alrededor, Ruth se puede imaginar que lo escribiera él. Pero ¿raptar y matar a una niña pequeña? ¿Cómo iba a hacerle algo así a Scarlet, si es el padre de su hermana? ¿Y a Delilah, de quien cabe suponer que en otros tiempos estuviera enamorado?

Y, retrocediendo muchos años, ¿qué decir de Lucy Downey? Ruth se imagina a Cathbad en la flor de la vida, con su capa morada al viento, exhortando a sus seguidores a no retroceder ante la Policía y los arqueólogos. Lo ve en el interior del círculo de madera, con los brazos en alto y el agua salada bañándole los pies, mientras el resto de los druidas huye a lugar seguro. En ese momento, Ruth pensó que si fuera posible detener la marea a base de pura convicción, seguro que el mar daría media vuelta. Cosa que no hizo, por supuesto: diez minutos más tarde, también Cathbad corría en busca de un terreno elevado, recogiéndose la capa mojada con la mano. ¿Puede ser realmente un asesino aquel hombre ridículo, imponente, apasionado? ¿Es posible que pocos meses antes de su desafío en el *henge* Cathbad raptase a Lucy Downey y la asesinase?

Llega a la marisma con marea baja. Las aves se acercan a comer, y en su plumaje blanco se reflejan los últimos rayos del sol. Viéndolas, se acuerda de David, y de cómo le cambió la cara al hablar de las aves migratorias. También de Peter, cuando dijo con tristeza que solo quería volver.

Volver. Cuando se conocieron, Ruth aún no había cumplido los treinta. Acababa de obtener un puesto de profesora en la Universidad de Norfolk Norte, y rebosaba energía y entusiasmo. Peter, historiador e investigador de la Universidad de East Anglia, se había enterado de la excavación por el boca a boca académico, así que una mañana se presentó sin más con su mochila y su esterilla, y preguntó si necesitaban ayuda. Se burlaron de él por urbanita, aunque en realidad fuera de Wiltshire y hubiera pasado cinco años en el interior de Australia; también se rieron del sombrero de paja con el que se protegía la piel pálida del sol, y de su falta de conocimiento del léxico arqueológico. Peter siempre decía «plastocino» en vez de Pleistoceno, y nunca se acordaba de qué venía antes, la Edad del Bronce o la del Hierro. A pesar de todo, obsesionado como estaba por el *henge*, lo cautivaban las historias de rituales y sacrificios que contaba Erik, y fue él quien encontró el primer tocón de roble, cuya base había quedado despejada de arena por una tormenta de verano. Excavando como loco alrededor de ese tocón fue como lo pilló la marea, y acabó siendo rescatado por Erik.

Ruth se acuerda de que también fue esa noche cuando se dio cuenta de que estaba enamorada de él. Se habían llevado bien desde el principio. En la excavación formaban un equipo, y se reían de las mismas cosas. La mujer de Erik, Magda, se dio cuenta, y parecía que a menudo se las ingeniase para que se quedaran los dos solos. Una vez, le leyó la palma a Ruth y le dijo que estaba a punto de entrar en su vida un hombre alto y pelirrojo. Un día en que Ruth se hizo un corte, Peter la ayudó a ponerse la tirita, y el contacto de su mano la hizo temblar. El día en que Peter se salvó in extremis del ahogamiento, Ruth, por la noche, lo miró y pensó: ahora o nunca. Hoy podría haberse ahogado. No podemos perder más el tiempo. Recuerda que sonrió por lo solemne, y a la vez alegre, de la idea. Peter levantó la vista, y sus miradas coincidieron. Entonces se levantó y le propuso ir a recoger perejil marino. Magda disuadió a los demás de acompañarlos. Ruth y Peter llegaron al borde del agua, en una oscuridad en la que susurraba el mar, y se abrazaron sonriendo.

Entrando en la casita, se pregunta si de verdad desea que Peter vuelva a su vida. Ha llamado dos veces desde el paseo del domingo, pero no se han vuelto a ver. Se aloja cerca. Podría llamarlo esa misma noche y proponerle que salgan a tomar una copa, pero sabe que no lo hará. No está segura de qué entiende Peter por «volver». ¿Significa volver con ella? Y en caso afirmativo, ¿es lo que quiere Ruth? Siendo ella quien, con tanto examen de conciencia, cortó la relación, ¿seguro que quiere que vuelvan a estar juntos? ¿Y por qué será que el nuevo Peter, ese Peter ligeramente amargado, le parece más atractivo que el de hace cinco años, que la tenía en un pedestal?

Dentro de la casa se oye el lúgubre tictac de un reloj, y el reclamo de las aves acuáticas sobre los humedales. Por lo demás, el silencio es absoluto. *Sílex*, claramente nervioso a causa de *Chispa*, baja del respaldo del sofá, sobresaltando a Ruth, que se da cuenta de que se trata de un silencio amenazante, como si la casa estuviese a la espera de algo. Al ir a la cocina para darle de comer a *Sílex*, sus pasos resuenan en el suelo de madera. La radio no la ayuda. La señal es tan mala que solo se oye un chisporroteo sordo, como si el locutor estuviera amordazado e intentara liberarse. Es tan desconcertante, que al final la apaga. Se hace un silencio aún más pesado que el de antes.

Después de hacerse un té, se sienta ante el ordenador con la intención de trabajar un poco, pero sigue teniendo a sus espaldas el silencio, que le eriza los pelos de la nuca. Se gira de golpe. *Sílex* ha vuelto a estirarse en el sofá, pero no duerme. Está alerta, vigilante, mirando el crepúsculo por la ventana. ¿Hay algo fuera? Sacando fuerzas de flaqueza, Ruth va a la puerta y la abre, haciendo mucho ruido. Nada. Solo las aves que dan vueltas y se llaman, volando tierra adentro. Oye el mar muy a lo lejos. Está cambiando la marea.

Cierra de un portazo, y en el último momento echa la cadena de seguridad. Luego corre las cortinas y se sienta a trabajar.

Pero no hay forma de no acordarse de las cartas sobre Lucy. Siempre las mismas frases: «Estás buscando a Lucy, pero no buscas donde tienes que buscar. [...] Busca en la tierra llana. Busca en los cursus y las calzadas».

Se frota los ojos. *Sílex* sube a la mesa y le restriega la cabeza por la mano. Ruth lo acaricia de modo maquinal. Es consciente de que hay algo que se le escapa. Es como si tuviera todos los indicios de una excavación, todos los fragmentos de cerámica y esquirlas de pedernal, todas las muestras de tierra, y no consiguiera juntarlos en una sola imagen. ¿Qué dijo Erik? «Lo más importante es la orientación.»

Saca su mapa del norte de Norfolk y dibuja una línea desde Spenwell, donde aparecieron los huesos del jardín de los Henderson, hasta los huesos del borde de la marisma. Contiene la

157

respiración. La línea, que cruza el pueblo de Spenwell y la autovía con mediana, es casi recta. Temblando un poco, la prolonga siguiendo el recorrido marcado por la calzada. Lleva adonde siempre ha pensado que llevaría: con la rectitud de una flecha, la línea apunta hacia el centro del círculo del *henge*. Hacia territorio sagrado.

Mira su página de apuntes. Debajo del encabezado «Cursus» ha escrito: «Se pueden ver como líneas que apuntan a lugares sagrados. Cursus más largo de Gran Bretaña = 10 km. Líneas de visión –indican dónde mirar».

La casa sigue a la espera. Fuera ya es de noche, y los pájaros han enmudecido. A Ruth le tiembla la mano al buscar el teléfono.

–¿Nelson? Creo que ya sé dónde está enterrada Scarlet.

16

Esperan la marea y salen cuando despunta el alba. De regreso del círculo del *henge*, con el cuerpo de Scarlet dentro de una bolsa con cremallera de la Policía, llevan a Ruth a su casa. Nelson se ha quedado en el aparcamiento donde encontraron los primeros huesos. Está esperando a que llegue una agente, para darles la noticia a los padres de Scarlet. Ruth no se brinda a acompañarlos. Sabe que es pura cobardía, pero ahora mismo preferiría entrar corriendo en el mar y ahogarse que tener delante a Delilah Henderson. Cabe suponer que Nelson sentirá lo mismo, pero en su caso es una obligación. No habla con Ruth, ni con los de la Policía Científica, que llegan puntuales con sus monos blancos. Se queda al margen, demasiado imponente para que alguien se atreva a acercarse.

De camino a su casa, Ruth le pide al conductor que pare para poder vomitar. Una vez allí, vomita por segunda vez mientras escucha las noticias por la radio. «Los policías que buscaban a Scarlet Henderson, de cuatro años, han encontrado un cadáver que podría ser el de la niña desaparecida. Fuentes de la Policía no han querido confirmar...» La niña desaparecida. ¿Cómo es posible que tan pocas palabras condensen todo el horrendo patetismo del pequeño brazo rodeado por la pulsera de plata? La niña pequeña que les arrebataron a sus seres queridos: asesinada, enterrada en la arena y cubierta por el mar. ¿Cuándo la enterraron?

¿Por la noche? ¿Si Ruth hubiera mirado habría visto luces, como fuegos fatuos capaces de llevarla hasta la niña muerta?

Llama a Phil para decirle que hoy no irá. Él no cabe en sí de la emoción, pero se acuerda de compadecerse de los padres de Scarlet.

–Pobre gente... No quiero ni pensarlo.

En cambio, Ruth sí que lo tiene que pensar. Es lo que hace todo el día. Diez minutos después la llama Peter. ¿Quiere que vaya? Ella dice que no, que está bien. No quiere verlo. No quiere ver a nadie.

A mediodía, la marisma es un hervidero de gente. Aunque vuelve a llover, Ruth ve pequeñas siluetas por la arena, y las luces de lanchas de la Policía que se adentran en el mar. Pasa una nueva multitud de periodistas, graznando como bandadas de pájaros en busca de comida. Ruth ve a David delante de su casa, con los prismáticos en la mano y una expresión de muy pocos amigos. Debe de sentarle fatal que invadan así la marisma. Los pájaros se han ido, asustados. Hay un cielo bajo, oscuro. Menos mal que Sammy y Ed han vuelto a Londres; así Ruth no tiene que aguantar su curiosidad ni su preocupación. Echa las cortinas. Menos mal, también, que la prensa aún no ha dado con ella.

La llama Erik por teléfono, conciliador y preocupado. A Ruth le gustaría no pensar que está igual de preocupado por el yacimiento que por el destino de Scarlet. La Policía ha empezado a cavar sin descanso justo en el centro del círculo del *henge*. Para Erik, como para David, a partir de ahora el yacimiento quedará contaminado para siempre. Pero, claro, no puede decirlo, así que cuelga después de un par de tópicos.

Pone las noticias y, a pesar de todo, se lleva una impresión al ver en la pantalla una imagen gris y lluviosa de la marisma. «En este sitio desolado –recita el presentador– es donde a primera hora de la mañana la Policía ha hecho el trágico descubrimiento...» Ni una palabra sobre Ruth. Gracias, Dios.

Suena el teléfono. Su madre. «Podrías haberte esforzado más, Dios.»

—¡Ruth! Está saliendo por la tele. El sitio ese tan horrible donde vives.

—Ya lo sé, mamá.

—Han encontrado a la pobre niña. Nuestro grupo de estudios bíblicos ha estado rezando por ella cada noche.

—Ya lo sé.

—Papá dice que ha visto tu casa por la tele.

—Me lo puedo creer.

—Qué horror, ¿verdad? Dice papá que compruebes que estén bien cerradas las ventanas y las puertas.

—Vale.

—Pobre niña, con lo bonita que era... ¿Has visto su foto en las noticias?

¿Qué hacer? ¿Contarle a su madre que el cadáver lo ha encontrado ella? ¿Que es quien ha desenterrado el bracito, milagrosamente conservado por la turba, y se ha fijado en la pulsera de plata, adornada con corazones entrelazados? ¿Le cuenta que mientras hablaba con Delilah Henderson en la cocina de su casa vio que llevaba una pulsera idéntica? ¿Que ha visto cómo sacaban el pequeño cadáver de su sepultura, y que el brazo colgaba como en un gesto de adiós? ¿Le explica a su madre que conoce al asesino, aunque no sepa su nombre? ¿Que oye su voz en sueños? ¿Le cuenta lo de *Chispa*, desangrada en la puerta de su casa a modo de amenaza o aviso?

No, no va a contarle nada de eso. Lo que hace es prometerle que cerrará las puertas con llave y que la llamará al día siguiente. Está tan cansada que no tiene fuerzas ni para discutir cuando su madre le expresa su esperanza de que la niña estuviera bautizada, y así pueda ir al cielo.

—¿Quién va a querer ir al cielo, con tantos cristianos? —ha sido la respuesta de Ruth.

Piensa en Alan y Delilah Henderson. ¿Ellos creen que volverán a ver a Scarlet, que se reunirán con ella en un lugar mejor? Espera que sí. Sinceramente.

La lluvia que sigue cayendo desbarata un poco los planes de los periodistas, que vuelven a trancas y barrancas por New

Road, haciendo, frustrados como están, poco uso de sus móviles. Ruth, que no ha comido nada en todo el día, se sirve una copa de vino y enciende la radio. «¿Qué nos dice la muerte de la pequeña Scarlet Henderson sobre nuestra sociedad...?» Vuelve a apagarla. No quiere oír hablar a gente que ni siquiera ha visto a Scarlet sobre las lecciones de la experiencia, o sobre la decadencia moral, o sobre por qué ya no es seguro que salgan los niños a jugar. Scarlet no estaba segura; a ella la raptaron de su propio jardín, mientras jugaba en un aparato de trepar improvisado con sus hermanos gemelos. Ninguno de los dos vio nada. Scarlet se esfumó de golpe. Delilah, que estaba dentro de la casa, bregando con la agitación de Ocean, ni siquiera se dio cuenta de que su hija no estaba hasta dos horas después, cuando la llamó para merendar. La hora exacta de la muerte de Scarlet tendrán que establecerla las pruebas forenses. Ruth reza por que fuera pronto, cuando aún estaba contenta por haber jugado con sus hermanos, antes de saber demasiado.

Fuera ya es de noche. Se sirve otra copa de vino. Suena el teléfono. Se pone, cansada. ¿Peter? ¿Erik? ¿Su madre?

—¿La doctora Ruth Galloway?

Una voz desconocida, algo agitada.

—Sí.

—Soy de *The Chronicle*. —El periódico local—. Me han dicho que participó en el descubrimiento del cadáver de Scarlet Henderson.

—No tengo nada que decir.

Cuelga de golpe, con las manos temblorosas. Inmediatamente después vuelve a sonar. Lo descuelga.

La brusca irrupción de *Sílex* por la gatera le da un susto de muerte. Le pone de comer, e intenta que se siente en su regazo, pero está demasiado inquieto y empieza a merodear por la sala con la cabeza baja y los bigotes temblando.

Son las nueve. Ruth, que no ha dormido desde las cuatro, está exhausta, pero demasiado exaltada para poder acostarse. Por alguna razón, tampoco puede leer ni ver la tele. Se limita a quedarse sentada en la oscuridad, viendo cómo *Sílex* da vueltas por la sala y oyendo el golpeteo de la lluvia en los cristales.

A las diez, un golpe brusco en la puerta hace que *Sílex* corra al piso de arriba. Ruth empieza a temblar de los pies a la cabeza, sin saber muy bien por qué. Enciende una luz y se acerca a la puerta lentamente. Aunque su faceta de arqueóloga racional le diga que probablemente solo sean Peter, Erik o Shona (que aún no la ha llamado, sorprendentemente), su lado irracional, predominante a lo largo del día, le advierte de que al otro lado de la puerta acecha algo terrorífico, algo horrible surgido del barro y de la arena. «Lo que entra en las arenas allí se queda para siempre.»

—¿Quién es? —pregunta en voz alta, intentando que su voz no tiemble.

—Yo, Nelson —responden.

Abre la puerta.

Nelson está hecho un desastre, con barba de dos días, los ojos rojos y la ropa empapada. Entra en la sala de estar sin decir nada y se sienta en el sofá. En ese momento, su presencia parece lo más normal del mundo.

—¿Le apetece beber algo? —pregunta Ruth—. ¿Té? ¿Café? ¿Vino?

—Un café, por favor.

Al volver con el café, se encuentra a Nelson inclinado en el sofá, con la cabeza apoyada en las manos. Le llama la atención ver tantas canas en su oscura mata de pelo. No es posible que haya envejecido tanto en pocos meses.

Le deja el café en la mesa de al lado.

—¿Ha sido muy tremendo? —pregunta con timidez.

Nelson gruñe, pasándose las manos por la cara.

—Horroroso —dice finalmente—. Delilah se ha... se ha venido abajo de golpe, como si le hubieran exprimido hasta la última gota de vida. Se ha quedado encogida en el suelo, llorando y llamando a Scarlet. No le ha hecho ningún efecto lo que le decíamos. ¿Cómo era posible? Su marido ha intentado abrazarla, pero lo ha rechazado. La agente, Judy, ha estado muy bien, pero ¿qué se le podía decir? Madre de Dios... No es la primera vez

163

que doy una mala noticia, pero como esta ninguna. Si me fuera mañana al infierno, no podría ser peor.

Se calla otra vez, mirando muy serio la taza de café. Ruth le pone una mano en el brazo, pero sin hablar. ¿Qué se puede decir?

—La verdad —dice finalmente el inspector— es que hasta ahora no me había dado cuenta de lo convencida que estaba de que Scarlet aún vivía. Creo que todos pensábamos que... habiendo pasado dos meses... tenía que estar muerta. Como en el caso de Lucy: vas perdiendo gradualmente la esperanza. Pero Delilah... Pobre mujer. Creía de verdad que un día su hijita volvería a entrar por la puerta. Al principio ha repetido varias veces: «No puede estar muerta, no puede estar muerta». He tenido que decirle: «Yo la he visto». Y luego... Luego he tenido que pedirles que identificaran el cadáver.

—¿Han ido los dos?

—Yo quería que solo fuera Alan, pero Delilah ha insistido en que también quería venir. Creo que hasta el momento de ver el cadáver aún tenía la esperanza de que no fuera Scarlet. Ha sido al verlo cuando se ha venido abajo.

—¿Saben desde cuándo... desde cuándo está muerta?

—No. Tendremos que esperar el informe forense. —Nelson suspira, frotándose los ojos. Luego adopta por primera vez su tono profesional de policía—. No parecía que llevara mucho tiempo muerta, ¿no?

—Es por la turba —dice Ruth—, que es un conservante natural.

Vuelven a callarse, enfrascados en sus respectivos pensamientos. Ruth piensa en la turba, que conservó los postes del *henge*, y que ahora ha custodiado un nuevo secreto. Si no hubieran encontrado nunca a Scarlet, ¿se habría quedado cientos o miles de años en el mismo sitio, como los cadáveres de la Edad del Hierro? ¿La habrían encontrado arqueólogos que la estudiarían por curiosidad académica, sin que llegara a conocerse nunca su verdadera historia?

—He recibido otra carta —dice Nelson, rompiendo el silencio.

—¿Qué?

Su respuesta es sacarse del bolsillo un papel arrugado.

—Es una copia —explica—. El original lo tiene el departamento forense.

Ruth se inclina y lee.

Nelson:

Buscas, pero no encuentras. Encuentras huesos cuando lo que esperas encontrar es carne. Toda carne es hierba. No es la primera vez que te lo digo. Empiezo a cansarme de tu necedad y de tu falta de visión. ¿Tendré que hacerte un mapa? ¿Tendré que trazarte una línea hasta Lucy y Scarlet?

Cuanto más cerca del hueso, más dulce es la carne. No te olvides de los huesos.

Con tristeza.

Ruth mira a Nelson.

—¿Cuándo la ha recibido?

—Hoy. Por correo. La echaron ayer.

—¿Cuando estaba Cathbad detenido, por lo tanto?

—Sí. —Nelson levanta la vista—. Aunque no quiere decir que no pueda haber concertado el envío.

—¿Cree que es lo que hizo?

—Puede ser. A menos que esta carta sea de otra persona.

—Tiene el mismo estilo que las otras —dice Ruth, examinando la hoja impresa—. La cita de la Biblia, el tono, la referencia a la visión... Hasta pone «no es la primera vez que te lo digo».

—Sí, a mí también me ha llamado la atención. Casi parece que se haya esforzado demasiado en vincular esta carta a las demás.

Ruth lee la parte donde pone «trazarte una línea hasta Lucy y Scarlet», y al acordarse de que anoche dibujó en el mapa el camino desde los huesos de Spenwell hasta los de las marismas, y luego hasta el *henge*, siente un escalofrío. Es como si el autor de la carta hubiera estado mirando por encima de su hombro, y la hubiera visto dibujar la línea que los ha conducido hasta Scarlet. Y hasta los huesos. «No te olvides de los huesos.» En esta carta se habla mucho de huesos. Los huesos son la especialidad de Ruth. ¿Le está transmitiendo algún mensaje el autor de la carta?

—«Cuanto más cerca del hueso, más dulce es la carne» —lee en voz alta—. Qué horror. Eso es como canibalismo.

—Es un proverbio —dice Nelson—. Lo he buscado.

—¿Aún cree que fue Cathbad?

Nelson suspira, pasándose las manos por el pelo hasta dejárselo como una cresta.

—No lo sé, pero no tengo bastante base para una acusación. No hay ADN, ni móvil, ni confesión. Hemos registrado hasta el último centímetro de su caravana, pero nada. Lo retendré hasta que llegue el informe forense. Como encuentre restos de ADN suyo en Scarlet, lo tendrá muy crudo.

Ruth mira a Nelson. Será por haberse despeinado, o por ir tan mal vestido, pero el caso es que parece más joven, casi vulnerable.

—Pero no cree que haya sido él, ¿verdad?

Nelson la mira.

—No —contesta.

—¿Entonces quién?

—No lo sé. —Vuelve a suspirar. Esta vez es casi un gemido—. Es lo horrible y vergonzoso: tantas horas de investigación, tanto tiempo de la Policía dedicado a esto, tantas búsquedas, tantos interrogatorios, y aún no tengo ni puñetera idea de quién mató a las dos niñas. No me extraña que los medios pidan a gritos mi cabeza.

—Esta noche me han llamado de *The Chronicle*.

—¡Qué cabrones! ¿Cómo la han encontrado? Con lo que me he esforzado en dejar su nombre al margen...

—Bueno, en algún momento se tenían que enterar.

«Pero ¿quién puede habérselo dicho? —se pregunta Ruth—. ¿Erik? ¿Shona? ¿Peter?»

—Van a amargarle la vida —la avisa Nelson—. ¿Tiene algún sitio adonde ir, para unos cuantos días?

—Podría instalarme en casa de mi amiga Shona.

En el momento de decirlo, Ruth ya teme las largas veladas hogareñas en que Shona tratará de sonsacarle información. Bueno, pues tendrá que trabajar la mayoría de las noches hasta tarde.

—Muy bien. Yo a mi mujer y a mis hijas las he mandado con mi madre. Solo hasta que pase lo peor.

—¿Y cuándo pasará lo peor?

—No lo sé.

Nelson vuelve a enfocar en ella sus ojos oscuros, llenos de inquietud. Ruth oye que fuera cae la lluvia y sopla el viento, pero es como si estuviesen muy lejos y en el mundo no quedara nada más que esta sala, este pequeño círculo de luz.

Nelson sigue mirándola.

—No quiero irme a casa —dice finalmente.

Ruth le cubre una mano con la suya.

—No hace falta —dice.

La despierta el silencio. Ya no llueve, ni hay viento. Es una noche silenciosa. Le parece oír un búho y el leve susurro de las olas en la lejanía.

La luz de la luna entra serena por las cortinas abiertas, iluminando la cama deshecha, la ropa tirada por el suelo y el cuerpo dormido del inspector jefe Harry Nelson, que respira pesadamente, con un brazo sobre los pechos de Ruth. Tras levantarle el brazo suavemente, Ruth va a ponerse un pijama. Le parece mentira haberse ido a la cama desnuda. En cierto modo, resulta aún más difícil de creer que el hecho de haberse acostado con Nelson; de haber puesto una mano sobre la de él, y luego, a los pocos segundos, haberse inclinado para unir sus labios. Se acuerda de que Nelson vaciló ligeramente, y de que se le cortó un poco la respiración antes de poner una mano en la nuca de Ruth y apretar. Se quedaron muy juntos, besándose con desesperación, con avidez, mientras la lluvia aporreaba las ventanas. Ruth se acuerda de su piel rugosa, de la sorprendente suavidad de sus labios y de la sensación de su cuerpo pegado al de ella.

¿Cómo puede ser? Si a duras penas conoce a Harry Nelson. Hace dos meses lo consideraba un policía tosco como cualquier otro. Lo único que sabe es que parece que esta noche compartieran algo que los separaba del resto del mundo. Vieron salir inerte de la arena el cadáver de Scarlet. En cierto modo, aunque solo fuera un poco, compartían el dolor de su familia. Habían leído las cartas. Sabían que en la oscuridad acechaba una malévola presencia. También conocían la existencia de Lucy Downey, y temían que el próximo descubrimiento fuera el de su cadáver. En ese momento parecía lo más normal del mundo que saber esas cosas los lanzara en brazos el uno del otro, y que borrasen el dolor con los consuelos del cuerpo. Aunque no vuelvan a hacerlo nunca, esta noche... esta noche era lo correcto.

Aun así, piensa Ruth mientras se pone su pijama más bonito (no piensa dejarle ver el gris con zapatillas incorporadas), más vale que se vaya pronto, porque ahora que la prensa la conoce, lo que menos les conviene es que los medios descubran al policía que lleva la investigación sobre Scarlet Henderson en la cama con la experta en huesos. Mira a Nelson. Dormido parece mucho más joven, con las pestañas oscuras desplegadas sobre las mejillas, y una expresión dulce en los labios, de costumbre tan severos. Ruth se estremece, pero no de frío.

—¿Nelson? —dice, sacudiéndolo.

Se despierta enseguida.

—¿Qué pasa?

—Más vale que te vayas.

Gime.

—¿Qué hora es?

—Casi las cuatro.

La mira un momento, como preguntándose quién es. Luego sonríe. Es la misma sonrisa, de una dulzura sorprendente, que Ruth solo ha visto una o dos veces.

—Buenos días, doctora Galloway.

—Buenos días, inspector Nelson —dice Ruth—. Mejor que te vayas vistiendo.

Cuando Nelson se agacha para recoger la ropa, Ruth ve que tiene un tatuaje en la parte superior del hombro, unas letras azules sobre algún tipo de escudo.

—¿Qué pone en el tatuaje? —pregunta.

—*Seasiders*. Es como llaman a los de mi equipo, el Blackpool. Me lo hice a los dieciséis. Michelle lo odia.

Ya está, ya la ha nombrado: de repente en la habitación está Michelle, la esposa perfecta, que ha flotado toda la noche entre los dos. Nelson se pone los pantalones como si no se diera cuenta de lo que acaba de decir. Quizá lo haga a menudo, piensa Ruth.

Vestido parece otra persona: un policía, un desconocido. Se acerca a Ruth, se sienta en la cama y la toma de la mano.

—Gracias —dice.

—¿Por qué?

—Por estar aquí.

—Es mi deber de ciudadana.

Sonríe, burlón.

—Te mereces una medalla.

Ruth ve que saca su móvil de debajo de la cama. Siente un extraño desapego, como si estuviera mirando la televisión, aunque la verdad es que este tipo de programas no le interesan. Prefiere los documentales.

—¿Irás a casa de tu amiga? —le pregunta Nelson, mientras mueve los hombros para acomodarse la chaqueta.

—Sí, creo que sí.

—Pues ve dándome noticias. Si te molestan los cabrones de la prensa, me avisas.

—Vale.

Al llegar a la puerta, se gira y sonríe.

—Adiós, doctora Galloway.

Y se va.

17

Como Ruth no puede volver a conciliar el sueño, se levanta y se ducha. Mientras ve resbalar el agua por su cuerpo, piensa en Nelson, y se pregunta si se está limpiando simbólicamente de él, borrando las manchas del contacto de su piel, su olor y su presencia. No cabe duda de que es lo que sus padres querrían que hiciera: bautizarse y renacer. Se le pasa por la cabeza una frase de su pasado de asidua de la iglesia: lavado con la sangre del cordero. Le da escalofríos. Suena demasiado al autor de las cartas, para su gusto. Se acuerda de la última, con sus referencias a los huesos y la carne. ¿Iban dirigidas a ella?

Tras secarse deprisa, va a su dormitorio, quita las sábanas (¿otra limpieza simbólica?) y se enfunda rápidamente unos pantalones y un suéter. Luego saca una bolsa y empieza a meter ropa. Seguirá el consejo de Nelson y se instalará unos días en casa de Shona. Ya la llamará desde la universidad.

Al meter en la bolsa su antiestético pijama gris, piensa en Nelson. ¿Se ha acostado con ella solo para borrar el horror de haber encontrado el cadáver de Scarlet? Por atracción seguro que no, y menos cuando en su casa lo espera Miss Ama de Casa Rubia 2008. ¿Y a ella? ¿Le gusta Nelson? La verdad es que sí. Ya lo encontró atractivo la primera vez, en el pasillo, donde parecía demasiado grande, demasiado adulto. Es el antídoto de los universitarios enclenques que la rodean, hombres como Phil, Peter e incluso Erik. Nelson nunca se sentaría a consultar obras de referencia cubiertas de polvo; él lo que prefiere es hacer cosas: recorrer las marismas, interrogar a sospechosos, conducir demasiado deprisa... ¿Acostarse con otras? Puede ser. Ruth intuye que no es la primera vez que le es infiel a la santa de Michelle. Su actitud de esta mañana, su manera de recoger la ropa con la precaución de no hacer promesas sobre próximos encuentros revelaba práctica. Sin embargo, esta noche también ha habido emoción, algo al borde de la timidez, y una ternura sorprendente. Ruth se acuerda de cómo la respiración de Nelson se cortó de golpe al recibir el primer beso, de cómo murmuró su nombre y de cómo la besó, primero suavemente y luego con mucha más vehemencia, casi con violencia, apretando su cuerpo contra el de ella.

«No le des más vueltas», se dice mientras baja el equipaje. Ha sido una excepción. No se repetirá. ¿Cómo iba a repetirse? Nelson está casado. No tienen casi nada en común. Ha sido un paréntesis de magia, obrado solo por las circunstancias del momento. A partir de ahora serán solo un policía y una testigo pericial, dos profesionales que trabajan juntos.

Sílex se le pega a los tobillos, ronroneando. Ruth no sabe qué hacer con él. A la casa de Shona no puede llevárselo. Lo desconcertaría el cambio, sobre todo cuando hace tan poco de la desaparición de *Chispa*. Tendrá que pedirle a David que le dé de comer. Se acuerda de que una vez su vecino le dijo que no le gustaban los gatos porque matan pájaros, pero seguro que por un par de días no le importará; además, ahora que han vuelto los domingueros a Londres, no hay nadie más a quien pedírselo.

Solo son las seis. Se prepara un café y unas tostadas (lo primero que come en veinticuatro horas; se va a plantar sin darse cuenta en una talla cuarenta y cuatro) y se sienta a la mesa para ver salir el sol. El cielo sigue oscuro, pero en el horizonte hay una línea tenue de color dorado. Ha empezado a bajar la marea. La marisma está cubierta por las brumas del amanecer. Ayer, a esta hora, Nelson y ella emprendían su camino por la arena.

A las siete va a ver a David. Está segura de que se levanta temprano para el coro del amanecer, o algo por el estilo. Ya se ha hecho de día; un día frío y despejado, con el cielo limpio por las lluvias de ayer. Hoy no habrá nada que detenga a los periodistas. Nelson tiene razón: tiene que irse.

David tarda mucho en abrir la puerta, pero por suerte lo hace totalmente vestido. Lleva ropa impermeable, y parece que ya haya estado fuera.

—Perdona que venga tan temprano —dice Ruth—. Es que tengo que irme un par de días. ¿Hay alguna posibilidad de que le des de comer a *Sílex*, mi gato?

David pone cara de extrañeza.

—¿*Sílex*? —repite.

—Mi gato. ¿Podrías entrar en mi casa y darle de comer un par de días? Te lo agradecería mucho.

Es como si hasta entonces David no la hubiera reconocido.

—Ruth —dice—. ¿Participaste de alguna manera en el espectáculo de ayer?

Espectáculo. No parece la mejor palabra para lo que sucedió ayer en la marisma. Fue un día lleno de sensaciones, pero en ningún caso figuró entre ellas la de irrealidad.

—Sí —es la escueta respuesta de Ruth—. Fui yo la que encontró el cadáver.

—¡Dios mío! —David parece sinceramente impresionado—. Qué horror. Ya comprendo que quieras irte.

—Ayer me buscaba la prensa. No quiero hacerme notar.

—La prensa. —David pone mala cara—. Son unas sabandijas. ¿Los viste ayer? Pisoteando los juncos, tirando basura y colillas por todas partes... ¿Crees que hoy volverán?

—Me temo que sí.

—Pues mejor que salga de patrulla.

David se ha quedado muy serio. Ruth piensa que tal vez sea hora de recordarle lo de *Sílex*, así que le tiende una llave.

—¿Lo del gato te parece bien, entonces? La comida la tiene en la cocina. Come cada día una lata pequeña y unas cuantas galletas. No dejes que te convenza de que le toca más, porque entonces ya no tendrá horarios. Tiene una gatera. Te dejaré mis datos de contacto en la mesa.

David acepta la llave.

—Comida. Gatera. Datos de contacto. Vale, perfecto.

Ruth confía en que se acuerde.

Hay poco tráfico. Llega a la universidad en tiempo récord. Los aparcamientos están vacíos. Parece que los periodistas son tan poco madrugadores como los profesores. Teclea el código de apertura de la puerta y se refugia en su despacho con un suspiro de alivio. Al menos podrá estar un rato sana y salva.

Al cabo de tres tazas de café y de varias páginas de apuntes para las clases, llaman a la puerta.

—Adelante —dice Ruth, suponiendo que es Phil en busca de su dosis cotidiana de emoción.

Pero no, es Shona. Le sorprende, porque casi nunca sale de la facultad de Bellas Artes.

—¡Ruth! —Shona se acerca para darle un abrazo—. Acabo de enterarme de lo de ayer. Al final encontraste el cadáver de la pobre niña. Parece mentira.

—¿Quién te lo ha contado? —le pregunta Ruth.

—Erik. Lo he visto en el aparcamiento.

«Ya se habrá enterado todo el campus», piensa Ruth, dándose cuenta de que ha sido una estupidez pensar que podía estar sana y salva en algún sitio, incluido su despacho.

—Sí, la encontré. Estaba enterrada en la turba, justo en el centro del círculo del *henge*.

—Dios mío.

Seguro que Shona es consciente de la importancia del emplazamiento y del terreno sagrado, porque estuvo hace diez años en la excavación.

—¿Erik sabe dónde la encontrasteis? —pregunta, sentándose.

—Sí. Creo que es lo que más le preocupa: que la Policía haga excavaciones en el yacimiento, que contamine el contexto.

A la propia Ruth le sorprende la amargura de su tono.

—¿Por qué siguen excavando?

—Bueno, es que piensan que es donde podría estar enterrada la otra niña, Lucy Downey.

—¿La que desapareció hace tanto tiempo?

173

—Hace diez años. Justo después de la excavación del *henge*.

—¿La Policía cree que las mató la misma persona?

Ruth mira a Shona. Su expresión es afable y preocupada, pero también se atisba en ella la curiosidad un poco vergonzante que tan bien sabe reconocer Ruth en sí misma.

—No lo sé. No sé qué cree la Policía.

—¿Acusarán al druida ese?

—¿Cathbad? Lo siento, Shona, pero es que no lo sé.

—Erik dice que es inocente.

—Ya —asiente Ruth, curiosa por saber cuánto le ha contado Erik.

—¿Y tú, qué crees? —persiste Shona.

—No lo sé —dice Ruth por lo que le parece la enésima vez—. Me cuesta imaginármelo como un asesino. Siempre me había parecido alguien inofensivo, defensor de la paz, la naturaleza y todas esas cosas, pero alguna prueba debe de tener la policía, porque si no, no podrían tenerlo detenido.

—El inspector ese, Nelson, parece de los duros, el cabrón.

Ruth piensa brevemente en Nelson. Ve su cara encima de la suya como si estuviera proyectada en tecnicolor en la pared de enfrente, y siente en la mejilla su barba de dos días.

—La verdad es que no lo conozco mucho —dice—. Oye, Shona, tengo que pedirte un favor. ¿Puedo quedarme unos días en tu casa? Es que la prensa se ha enterado de mi participación. Sospecho que vendrán a mi casa, y preferiría no estar.

—Pues claro —dice enseguida Shona—. Eres más que bienvenida. ¿Sabes qué? Que esta noche pedimos algo de cenar y nos tomamos unas botellitas. Nos montamos una fiesta en casa, sin pensar en nada, solo en relajarnos. ¿Qué te parece?

Sin saber muy bien por qué, Ruth no disfruta tanto como esperaba de la fiesta en casa. Para empezar, está agotada, y a las pocas copas de Pinot Grigio nota que se le empiezan a caer los párpados. Por otra parte, quizá sea la primera vez en su vida adulta que no tiene mucha hambre. Normalmente le encanta la comida a domicilio: las endebles bandejas de aluminio, todo bien aceitoso, que da gusto verlo, el plato sorpresa que nunca sabes si has pedido o no... Normalmente disfruta con todo, pero esta noche, después de unos pocos bocados de pato crujiente y aromático, aparta el plato. Empieza a marearle el olor de la salsa de soja.

—¿Qué te pasa? —le pregunta Shona con la boca llena—. Venga, al ataque, que hay de sobra.

—Lo siento —dice Ruth—, pero es que no tengo mucha hambre.

—Tienes que comer —le recrimina Shona como si fuera una colegiala anoréxica, no una casi cuarentona con sobrepeso—. Tómate otra copa, al menos. —Le echa más vino en la copa—. Venga, relájate.

Shona vive en un adosado a las afueras de King's Lynn. Queda cerca del centro, en un contexto muy urbano, el antídoto perfecto de la marisma. Al principio, Ruth se ha quedado en el exiguo jardincillo delantero, escuchando el tráfico y respirando el aroma penetrante de ajo y comino del restaurante hindú de comida a domicilio que hay al lado.

—Entra —le ha dicho Shona—. Si te quedas fuera demasiado tiempo, te pondrán el cepo. Con lo fatal que está aquí para aparcar...

Ha entrado, y se ha instalado en el cuarto de invitados (suelo pulido, madera de pino, sábanas de algodón egipcio y fotos enmarcadas de París y Nueva York). «Ahora puedo relajarme —se ha dicho—. Nadie sabe que estoy aquí. Puedo tranquilizarme, comer bien y tomarme un par de copas de vino. Mañana estaré como nueva.»

Pero no ha sido exactamente así. Se nota nerviosa, incómoda. No para de mirar el móvil, a pesar de que no espera llamadas. Tiene miedo de que David se olvide de dar de comer a *Sílex*. Echa de menos la casita, y la vista desolada y funesta de la marisma. Casi está mareada de cansancio, pero sabe que esta noche no podrá dormir. En cuanto cierre los ojos lo verá todo otra vez, como una película clasificada X que se reproduce en bucle: la caminata matutina por los humedales, el descubrimiento del cadáver de Scarlet, el bracito colgando, Nelson en su puerta, sin afeitar y con los ojos rojos, los movimientos de su cuerpo contra el suyo...

Todo se lo recuerda. La música ambiental que ha puesto Shona de fondo le recuerda la lluvia y los cantos de los pájaros, bruscamente enmudecidos. La luz suave de las velas le hace pensar en los fuegos fatuos, con su parpadeo traicionero que conduce hasta la muerte al caminante incauto. Al mirar las estanterías de Shona y ver a T. S. Eliot junto a Shakespeare, se acuerda de las cartas sobre Lucy Downey. «Nosotros que vivíamos estamos ahora muriendo.»

—¿Entonces qué? ¿Crees que lo hará? —pregunta Shona mientras le echa más vino en la copa.

—¿Qué?

Ruth ha perdido por completo el hilo de la conversación.

—Dejar a Anne. ¿Crees que Liam va a dejar a Anne?

«Ni en un millón de años», piensa. De la misma manera que Nelson nunca dejará a Michelle.

—Puede ser. No lo sé. ¿Estás segura de que quieres que la deje?

—No lo sé. Si me lo hubieras preguntado hace seis meses te habría dicho que sí, pero ahora... Si quieres que te diga la verdad, creo que me daría un miedo de muerte. Tiene algo de seguro, salir con un hombre casado.

—¿Ah, sí?

—Sí. Siempre piensas: «Si no fuera por su mujer, estaría conmigo». No tienes que enfrentarte a ninguna otra cosa que pueda ir mal en vuestra relación. Y siempre es emocionante. No tienes ocasión de aburrirte.

—¿Qué pasa, que ya lo habías hecho?

Que Ruth sepa, Liam es el primer amante casado de Shona, pero tal como habla parece una veterana en aventuras extraconyugales. «Como Nelson», piensa Ruth cínicamente.

De repente la expresión de Ruth se hace más cauta y reservada. Al llenarse la copa salpica de vino la alfombra trenzada tan moderna que tiene.

—Bueno, una o dos veces —dice, con una naturalidad que parece estudiada—. Antes de conocerte. Oye, Ruth, haz el favor de beber, que vas muy retrasada.

Ruth tenía razón en lo de no poder dormir. Intenta concentrarse en el libro protagonizado por el inspector Rebus, pero Rebus y su ayudante, Siobhan, se convierten, vergonzosa y explícitamente, en Nelson y ella. Hasta abre su portátil y empieza a trabajar, pero aunque no le haya seguido el ritmo a Shona, ha bebido demasiado para interesarse por los enterramientos del Mesolítico. «Tumbas, enterramientos, cadáveres, huesos», piensa con la cabeza embotada... ¿Por qué la Arqueología se ocupa tanto de la muerte?

Bebe un poco de agua, le da la vuelta a la almohada y cierra los ojos con determinación. Cien, noventa y nueve, noventa y ocho, noventa y siete... Cuántas minas de sílex hay en Norfolk, ojalá que David se acuerde de *Sílex*, ojalá que *Sílex* no mate ningún pájaro raro de las marismas... El cadáver de *Chispa* en su precario ataúd de cartón... El brazo de Scarlet colgando por debajo de la lona... Noventa y seis, noventa y cinco... «Nosotros que vivíamos estamos ahora muriendo...» Noventa y cuatro, noventa y tres... Nunca dejará a su mujer... ¿Por qué ha vuelto Peter? ¿Por qué Shona no se olvida de Liam? ¿Cathbad sigue enamorado de Delilah? ¿Por qué están alineados los cadáveres de la Edad del Hierro? ¿Por qué apuntaba hacia Scarlet la línea...? Noventa y dos, noventa y uno...

El sonido de su móvil es un alivio. Lo alcanza, agradecida. Un mensaje de texto. La pequeña pantalla verde brilla en medio de la oscuridad. Número desconocido.

«Sé dónde estás.»

El cielo está lleno de ruidos. Golpes sordos, crujidos, como pájaros muy grandes que ululan y se llaman. Sabe que es de día porque la ventana está cerrada. No ve nada. Solo oye los ruidos. Está asustada, y se encoge debajo de la manta en un rincón de la sala.

Pasa mucho tiempo sin que él venga. Está hambrienta, y más asustada que nunca. Se acaba el agua. Busca a oscuras el trozo de pan que cree recordar que se le cayó hace pocos días. Se pregunta si morirá si él no viene a darle de comer. Quizá esté muerto.

Lleva mucho tiempo sin venir. A ella se le seca la boca, y el cubo del rincón empieza a oler.

Se mueve muy despacio por la habitación, buscando el pan. Ve luces en los lados de la trampilla, y tiene ganas de llamar en voz alta, pero le da miedo. Las paredes de piedra están húmedas, mohosas, y al tocarlas las nota muy lisas. Ahora llega más arriba, casi hasta las partes secas del final, donde las piedras se deshacen como migas de pan. ¿Por qué llega más arriba? ¿Se está haciendo mayor? Él dice que sí. Demasiado, dice. ¿Qué significa? ¿Demasiado para qué?

Estira los brazos al máximo y mueve una de las piedras. Para su sorpresa se desprende a la primera, haciéndola caer hacia atrás. Se sienta en el suelo y desliza el pulgar por el borde. Está afilado. Se hace un corte y se lame la sangre. Sabe como el vaso de metal del que bebe, pero también a sal, y tiene un gusto extraño, fuerte. Lame hasta que ya no queda ni rastro.

Lleva la piedra al rincón de la habitación donde en vez de suelo duro hay tierra. Hace un agujero, y luego, con mucho cuidado, deposita la piedra en su interior y la cubre con tierra. Luego la pisotea hasta que vuelve a estar lisa. Es la única que sabe que hay algo enterrado.

Es la primera vez que tiene un secreto. Sabe bien.

18

A las dos de la mañana, finalmente, Ruth se duerme por puro agotamiento. Se ha pasado varias horas sentada, escuchando los latidos de su corazón y mirando el mensaje de texto. Pocas palabras, pero escalofriantes. ¿Quién puede habérselo mandado? ¿Será Él, el autor de las cartas, el asesino? ¿Quién sabe dónde está? ¿Quién sabe su número de móvil? ¿Tiene que...? Se le contrae el estómago como si estuviera a punto de vomitar. ¿Tiene que ser alguien conocido?

Sabe que tiene que hacer una llamada a Nelson, pero por alguna razón no quiere telefonearlo en mitad de la noche. Lo de ayer lo ha confundido todo. No quiere que Nelson piense que lo acosa. Se pregunta con severidad qué es más importante, que te asesinen en tu propia cama o que un hombre se haga ideas falsas sobre ti. Ahora mismo, está tan cansada que la opción de la muerte casi parece que tenga su atractivo: quedarse dormida y no volver a despertarse.

Cuando se despierta, al otro lado de la ventana resplandece una luz amarilla, la luz de un día normal, y al lado de su cama está Shona con una taza de té.

—Has dormido bien —dice alegremente—. Son más de las nueve.

Ruth da unos sorbitos al té, agradecida. Hacía siglos que no le traían té a la cama. Ahora que es de día, y que está sentada en el cuarto de invitados de Shona, luminoso y espartano pero decorado con buen gusto, ya no se siente destinada a una muerte violenta. Como se siente, de hecho, es con ganas de pelea. Se levanta, se ducha y se pone su ropa más seria e intransigente (traje negro, camisa blanca y pendientes amenazantes). Luego baja, dispuesta a meter caña.

Sentada en su coche y a punto de salir para el trabajo, oye el tono de llamada de su móvil. A pesar de los pendientes que dan miedo, reacciona con el más absoluto pavor, jadeando y con las palmas sudorosas.

—Hola, Ruth, soy Nelson.

—Ah, Nelson. Hola.

Por algún motivo, el corazón le late con la misma fuerza.

—Solo quería informarte de que mañana soltaremos a Malone.

—¿En serio? ¿Y por qué?

—Hemos recibido el informe forense y no hay ningún rastro de su ADN en Scarlet. Total, que solo vamos a acusarlo de haber escrito las cartas. Comparecerá mañana en el juzgado, y supongo que lo dejarán en libertad bajo fianza.

—¿Sigue siendo sospechoso?

Nelson se ríe sin ganas.

—Bueno, es el único que tenemos, pero no hay nada que lo relacione con el asesinato. No hay ninguna razón para que siga detenido.

—¿Qué hará?

—Pues mira, como no puede alejarse de la zona, sospecho que será discreto. Hasta es posible que le pongan protección policial, por el interés de los medios y todo eso.

El tono de Nelson es tan despectivo que Ruth no puede aguantarse una sonrisa.

—¿Qué ha salido en la... en la autopsia?

—La muerte fue por asfixia. Se ve que le metieron algo en la boca, y que ese algo la ahogó. Le ataron las manos con algún tipo de planta trenzada.

—¿Algún tipo de... planta?

—Sí, parece madreselva, y... esto te gustará: muérdago.

Ruth piensa en las cartas, y en las referencias al muérdago que contienen. ¿Significa que su autor fue el asesino? ¿Que fue Cathbad, a pesar de todo? Luego piensa en las cuerdas con las que fijaron las maderas del *henge*. Cuerda de madreselva, como recordaba Peter.

—El cadáver llevaba unas seis semanas bajo tierra —dice Nelson mientras tanto—. No se puede determinar muy bien, a causa de la turba. No hay señales de abuso sexual.

—Algo es algo —dice Ruth, vacilante.

—Sí —contesta Nelson con tono de amargura—. Algo es algo. Y podremos dejar que la familia disponga del cadáver para enterrarlo. Para ellos será muy importante.

Suspira. Ruth se lo imagina ceñudo, delante de su mesa, mirando informes, elaborando listas y esforzándose por no mirar la foto de Scarlet Henderson.

—En fin... —La voz de Nelson sufre un cambio de marcha más bien brusco—. ¿Tú cómo estás? Espero que no hayas recibido más llamadas de la prensa.

—No, pero esta noche me han mandado un mensaje muy raro.

Ruth le explica lo del mensaje de texto. Se imagina a Nelson con los ojos en blanco. «¿Cuántos problemas más va a darme esta mujer?»

—Ahora le pido a alguien que lo investigue —dice él—. Dame el número.

Ruth se lo da.

—¿Podéis rastrear un número de móvil?

—Sí. Los móviles tienen un número único que envían cada vez que hacen una llamada. Es como si se registrasen en su base local. Teniendo el número, no nos será difícil rastrear la llamada. Claro que si es listo ya se habrá deshecho del teléfono.

—¿Tú crees que ha sido... él?

—A saber. En todo caso, tenemos que ponerte alguna protección. ¿Cuánto tiempo vas a estar en casa de tu amiga?

—No lo sé.

Al decirlo, Ruth se siente asaltada por la nostalgia de su casa; de su cama, de su gato y de su panorama de las fúnebres marismas.

—Mandaré a unos cuantos hombres para que vigilen la casa de tu amiga y tengan la tuya controlada. Tú procura no preocuparte demasiado. No creo que salga a campo abierto. Es demasiado inteligente.

—¿Ah, sí?

—En todo caso, lo ha sido conmigo, ¿no?

—Seguro que lo pillas —dice Ruth con una convicción que no siente.

—Ojalá la prensa pensara lo mismo. Cuídate, cariño.

¿«Cariño»?, piensa Ruth al colgar.

En la universidad, la primera persona a quien ve es Peter. Está esperando en la puerta de su despacho. Ruth se acuerda sin querer de cuando vio a Nelson en el mismo sitio, tan severo e inflexible en comparación con Phil y su actitud conciliadora. A diferencia de Nelson, que ese día hizo gala de todo el aplomo de un profesional que entra en una sala llena de aficionados, Peter parece nervioso, y se pega contrito a la pared cada vez que pasa un alumno (lo cual no ocurre con mucha frecuencia, porque aún es temprano).

—¡Ruth!

Va a su encuentro para saludarla.

—Peter. ¿Qué haces aquí?

—Quería verte.

Ruth suspira para sus adentros. Esta mañana, lo que menos falta le hace es que Peter le hable de su vida conyugal y quiera revivir la excavación del *henge*.

—Pues será mejor que pases —le dice, más bien brusca.

Una vez en el despacho, Peter se abalanza sobre el tope de puerta en forma de gato.

—Me acuerdo de que esto te lo compré yo. Alucino con que aún lo tengas.

—Es útil —contesta Ruth, lacónica.

No piensa decirle que lo ha guardado por motivos sentimentales, porque no sería verdad. Bueno, no del todo.

Peter se deja caer en la silla para las visitas.

—Muy chulo, este despacho —dice, mirando a Indiana Jones.

Hace diez años, Ruth no era tan importante como para tener despacho propio.

—Un poco pequeño —dice ella.

—Pues deberías ver el mío en la UCL. Tengo que compartirlo con un archivista que tiene un problema de higiene personal. Solo me toca la mesa los lunes y los martes.

Ruth se ríe y reconoce, a su pesar, que Peter siempre ha sabido hacerle reír.

También Peter sonríe, y vuelve a ser fugazmente el de los viejos tiempos, pero luego recupera la gravedad.

—Qué horror, lo de la marisma —dice—. Que encontraras tú el cadáver de la niña.

—Sí.

—¿Cómo supiste dónde estaba?

Ruth levanta bruscamente la cabeza. Parece una pregunta un poco rara. ¿Cómo puede saber que no fue la Policía la que descubrió la ubicación?

—Fue una corazonada —dice finalmente—. Estaba mirando el mapa cuando vi que había una línea que partía del cadáver de Spenwell y, pasando por el mío de la Edad del Hierro, continuaba hasta el *henge*. ¿Sabes los postes que te enseñé, los de la calzada? Pues parecía que marcasen la ruta. Pensé en los cursus, caminos subterráneos que parece que señalen elementos importantes del paisaje. Y de repente me di cuenta de que la calzada era un cursus.

—¿Y llevaba hasta el cadáver?

—Sí.

—Pero ¿me estás diciendo que fue a posta? ¿Que la enterró alguien que estaba al corriente de las calzadas y de los cursos, o como se llamen?

—Cursus. No lo sé. La Policía no descarta que el asesino tenga conocimientos de Arqueología.

—¿En serio?

Durante unos segundos, Peter no dice nada. Se nota que está pensando. Luego levanta la cabeza.

—Ah, que no me olvide: la semana que viene Erik ha organizado una excavación para averiguar más cosas de la calzada.

—¿Lo ha autorizado la Policía?

—Parece que sí. Habló con tu amigo, Nelson, y él le dijo que vale, pero a condición de que no entren en el círculo del *henge*. Obviamente, cualquier cosa que encuentren tendrán que enseñársela a la Policía.

Erik ha hablado con Nelson, que teóricamente le era tan antipático, y de quien desconfiaba. Nelson ha autorizado la excavación. El pensamiento de Ruth fluctúa entre contradicciones, lealtades y recuerdos.

—¿Cuándo has visto a Erik? —pregunta finalmente.

—Ayer. Comimos juntos.

—¿Ah, sí?

Ruth se lo intenta imaginar. Peter siempre le ha caído bien a Erik, que parecía ver con buenos ojos su relación con Ruth, pero no acaba de imaginárselos comiendo pizza juntos, tan contentos.

—¿Adónde fuisteis?

—A un sitio de sushi que conocía él.

O sea, que de pizza nada.

—¿Te dijo algo sobre Cathbad? ¿Sobre Michael Malone?

—Solo que la Policía se ha equivocado de hombre. Me pareció que se lo tomaba muy a pecho. Estuvo hablando de estado policial y todas esas cosas... Ya lo conoces, es un *hippy* de la vieja escuela.

Aun así no ha tenido reparos en pedir permiso a Nelson para una excavación, piensa Ruth. La Arqueología es siempre lo primero, siempre.

—Están a punto de soltar a Cathbad —dice—. Probablemente salga hoy en las noticias.

Bueno, tampoco es que Nelson le haya pedido que no lo divulgue.

185

—¿En serio? —dice Peter con interés—. ¿Lo soltarán sin cargos?

—No sé. Cargos puede que haya.

—Venga, Ruth, que se nota que lo sabes todo.

—Pues no —replica Ruth, más irritada de la cuenta.

—Perdona. —Peter pone cara de arrepentimiento. No le cuadra—. Oye, por cierto, ¿cómo está Shona? —pregunta alegremente.

—Muy bien. Sigue como siempre, pegando el rollo de que dejará a los hombres y se meterá a monja.

—¿Esta vez quién es?

—Un profesor. Casado.

—¿Le ha prometido que se separará de su mujer?

—Por supuesto.

Peter suspira.

—Ay, pobre Shona... —Tal vez esté pensando en su propio matrimonio, porque parece que se encorve en la silla. Se diría que hasta el pelo le brilla menos que antes—. Yo siempre había pensado que se casaría y tendría diez hijos, que saldría a relucir su educación católica.

Ruth piensa en los dos abortos de Shona: la declaración de independencia previa, como desafío, y el posterior mar de lágrimas.

—No —dice—, de hijos nada.

—Pobre Shona —vuelve a decir Peter, hundiéndose más en la silla.

Hará falta un cohete para que se mueva.

—Peter —dice Ruth, encendiendo la mecha—, ¿querías algo? Es que tendría que ponerme a trabajar.

Él pone cara de dolido.

—No, solo quería saber cómo estabas. Y preguntarte si te apetece salir esta noche a tomar una copa.

Ruth piensa en otra fiesta en casa de Shona: pinot grigio, Liam, comida a domicilio y mensajes de texto misteriosos.

—Vale —dice—. Por mí encantada.

Van a un restaurante de King's Lynn, cerca del pub donde Ruth almorzó con Nelson. La diferencia es que este sitio tiene pretensiones: carta en minúsculas, suelos de madera clara, platos cuadrados e hileras de velas encendidas.

—¿De qué conoces este sitio? —pregunta Ruth mientras da caza a una vieira solitaria rodeada por varios metros cuadrados de porcelana—. Está muy bien —se apresura a añadir.

—Me lo ha recomendado Phil.

Cuadra perfectamente.

Aún es temprano, y solo hay otras dos parejas cenando, una de treinta y tantos que salta a la vista que cuenta los minutos que faltan para poder irse a la cama y otra madura que no se dirige la palabra en toda la velada.

—Ya podrían buscarse un hotel, la verdad —murmura Ruth cuando la mujer de treinta y tantos se pone a lamer vino en los dedos del hombre.

—Seguro que están casados, pero con otros.

—¿Por qué lo dices?

—Si fueran un matrimonio no estarían hablando, y menos practicando juegos sexuales con los dedos —dice Peter en voz baja—. Fíjate en ese par de carcamales. Cincuenta años de dicha conyugal, y ni una palabra que decirse.

Ruth tiene ganas de preguntarle si su matrimonio era así, pero luego piensa: «Tú no digas nada, que así lo dirá él». A Peter nunca se le han dado bien los silencios.

En efecto: suspira y se toma un buen trago de vino tinto a precio exagerado.

—Como Victoria y yo. Hemos ido... distanciándonos. Ya sé que parece un tópico, pero es la verdad. Nos hemos ido quedando sin nada que decirnos. Una mañana, al despertarnos, nos dimos cuenta de que aparte de Daniel no teníamos nada en común. Bueno, sigue habiendo cariño, y hemos quedado tan amigos, pero la chispa, eso tan imprescindible, ya no está.

«Pero si es lo que nos pasó a nosotros», tiene ganas de decir Ruth. Aún se acuerda de la sensación de haber mirado a Peter —inteligente, bondadoso y guapo— y haber pensado: «¿Ya está?

¿No hay nada más? ¿Es con lo que tengo que conformarme, con un buen hombre que a veces me toca y no me doy ni cuenta?».

Peter, sin embargo, ha vuelto a ponerse las gafas con cristales de color rosa.

—Tú y yo teníamos mucho en común —dice nostálgico—: la Arqueología, la Historia, los libros... Victoria no es ninguna intelectual. Lo único serio que lee es la revista *Hello*.

—Te veo muy condescendiente —dice Ruth.

—Cuidado, no me entiendas mal, ¿eh? —se apresura a decir Peter—. Victoria es maravillosa, una mujer muy afectuosa y entregada. —(Se ha puesto más gorda, piensa Ruth)—. Le tengo mucho afecto, y los dos nos desvivimos por Daniel, pero ya no es un matrimonio. Somos más bien como compañeros de piso que comparten el cuidado del hijo y las tareas del hogar, y solo hablan de cuál de los dos irá a buscar a Daniel el día siguiente, o de cuándo vendrá el repartidor del Tesco.

—¿Y de qué esperabas hablar? ¿De arquitectura del Renacimiento? ¿De los poemas de juventud de Robert Browning?

Peter sonríe, burlón.

—Algo así. Bueno, nosotros sí que hablábamos, ¿no? ¿Te acuerdas de las noches junto a la hoguera, discutiendo de si el hombre del Neolítico era cazador-recolector o granjero? Tú decías que cazar lo hacían las mujeres, y para demostrarlo intentaste asaltar a aquella oveja.

—Y acabé en el suelo, con mierda de oveja en la cara —dice Ruth con sarcasmo. Luego se inclina. Le parece muy importante dejárselo bien claro a Peter—. Mira, Peter, la excavación del *henge* fue hace diez años. Lo pasado, pasado está. Ahora somos personas diferentes. Tuvimos una relación, y estuvo muy bien, pero pasó. No se puede volver al pasado.

—¿No? —pregunta Peter, mirándola muy fijamente.

A la luz de las velas, sus ojos parecen muy oscuros, casi negros.

—No —dice Ruth con suavidad.

Peter se la queda mirando uno o dos minutos sin hablar. Luego sonríe, con una sonrisa diferente, más dulce y mucho más triste.

—Bueno, pues nada, a emborracharnos —dice mientras llena la copa de Ruth.

Ruth no se emborracha, pero al subir al coche es muy probable que supere un poco el límite.

—Conduce con cuidado —dice Peter, yendo hacia un Alfa Romeo que parece nuevo.

¿La crisis de la madurez?

—Vale.

Ruth se alegra de no tener que sortear las curvas traicioneras de New Road, rodeada a ambos lados por la oscuridad del humedal. A casa de Shona se llega en pocos minutos. No debería tener ningún problema. Va despacio, siguiendo a otros coches más resolutos. Por la radio están hablando sobre Gordon Brown. «Quiere que vuelva a ser todo como antes.» Como todos, ¿no?, piensa al girar a la izquierda, por la calle de Shona. Pese a la dureza de sus palabras, comprende muy bien a Peter y su nostalgia del pasado. Tiene algo de tentador, la idea de volver con él, aceptando que no aparecerá el misterioso hombre perfecto, y que Peter es lo mejor que encontrará, probablemente mucho más de lo que se merece. ¿Qué se lo impide? ¿Las figuras borrosas de Victoria y Daniel? ¿Nelson? Sabe que de la noche con Nelson nunca saldrá nada, pero es que imaginarse en la cama con Peter se le antoja reconfortante y familiar, pero en ningún caso emocionante.

Encuentra un hueco junto al restaurante hindú y empieza a caminar hacia la casa de Shona. Mira sus mensajes de texto, por inercia. Solo hay uno:

«Sé dónde estás.»

19

El funeral de Scarlet Henderson se celebra un viernes por la tarde, gris y lluvioso. Ruth se acuerda sin querer de un verso de un himno folk: «Bailé un viernes en el que se puso el cielo negro». Está claro que hoy el cielo llora por Scarlet. Llueve sin descanso toda la mañana.

—Da mala suerte enterrar a alguien un viernes —dice Shona, mirando cómo corre el agua por la calle desde la ventana de su sala de estar.

—¡Pero bueno, por Dios! —estalla Ruth—. ¿Desde cuándo puede dar buena suerte un funeral?

Ha hecho mal en gritar. Shona solo pretende ayudar, hasta el punto de que se ha ofrecido a acompañarla al entierro, aunque Ruth ha contestado que es mejor que vaya sola. De alguna manera, siente que se lo debe a Scarlet, la niña pequeña a quien solo ha conocido muerta. También se lo debe a Delilah y Owen. ¿Y a Nelson? Es posible. Hace días que no hablan. La puesta en libertad de Cathbad ha salido en todos los noticiarios, junto con las declaraciones de Nelson anunciando impasible que siguen nuevas pistas. Ruth sospecha que es mentira, como la mayoría de lo que sale en la prensa, al parecer.

En la iglesia, una construcción moderna y cuadrada en las afueras de Spenwell, no cabe un alfiler. Ruth encuentra sitio al fondo, embutida en el extremo de un banco. Distingue a Nelson con dificultad en las primeras filas. Lleva un traje gris, y mira hacia delante. Lo rodean otras siluetas corpulentas, policías, supone Ruth. Entre los agentes hay una mujer. Ruth ve que busca un pañuelo de papel en su bolso, y se pregunta si es Judy, la policía que ayudó a dar la noticia a los padres de Scarlet.

La aparición del pequeño ataúd, la conmoción de Delilah y Alan al acompañarlo, los crisantemos que dibujan el nombre de Scarlet, los hermanos, amedrentados, con los ojos muy abiertos y ropa negra, las voces agudas que cantan «All Things Bright and Beautiful»... Parece pensado hasta el último detalle para que se le parta a uno el alma. Ruth siente lágrimas en el fondo de los ojos, que le escuecen, pero no se permite derramarlas. ¿Qué derecho tiene ella a llorar por Scarlet?

El pastor, un hombre de aspecto nervioso con sotana blanca, hace unos comentarios anodinos sobre los ángeles, la inocencia y la mano derecha de Dios. Luego, para sorpresa de Ruth, es Nelson quien sube a leer unas palabras. Lee muy mal, embarullándose y sin alzar la vista.

—«Yo soy la resurrección —dice el Señor—. El que cree en mí, aunque muera, vivirá; y todo el que vive y cree en mí, no morirá jamás.»

Ruth, incómoda, se acuerda de las cartas. Al autor de las misivas sobre Lucy Downey le encantaría esto, porque no falta ninguno de sus elementos favoritos: la vida, la muerte, la certeza de la otra vida y, por encima de todo, una reconfortante pátina de misticismo. ¿Fue Cathbad el autor de las cartas? Y en caso afirmativo, ¿por qué las escribió? ¿Para frustrar a la Policía? Ruth sabe de la antipatía que siente Cathbad por ella —y por los arqueólogos, dicho sea de paso—, pero ¿es motivo suficiente? ¿Dónde está Cathbad hoy? ¿Querría haber venido a consolar a su antiguo amor, y a su hija, la mayor de Delilah, que ahora llora en silencio, con el rostro escondido en el pelo de su madre?

Por fin se acaba. El pequeño ataúd blanco pasa tan cerca que Ruth casi podría tocarlo. Vuelve a ver la imagen del brazo colgando, y casi se imagina que lo ve sobresalir del ataúd, pidiéndole ayuda. Cierra los ojos, y la visión se borra. Están tocando el himno final. La gente se levanta.

Fuera ya no llueve. El aire es frío y húmedo. Se llevan el ataúd en coche para incinerarlo en privado. La familia de Scarlet va detrás. El resto de los asistentes parece relajarse de manera visible: hablan, se ponen los abrigos, y hay alguno que enciende un cigarrillo.

Ruth ve que está al lado de la policía, una mujer con pecas en la cara y los ojos hinchados de llorar.

Se presenta. Al saber quién es, la cara de la policía se ilumina.

—Ah, ya la conozco. El jefe me habló de usted. Soy Judy Johnson, de la Policía de Norfolk.

—Es la que...

Ruth deja la frase a medias, sin saber si debe continuar.

—La que dio la noticia, sí. Es que tengo formación específica, y les gusta que vaya una mujer, sobre todo si hay un hijo de por medio.

—Nelson... El inspector Nelson me dijo que lo hizo usted muy bien.

—Muy amable de parte del inspector, pero no sé yo si puede tener alguna utilidad.

Se quedan calladas, mirando la hilera de coches de la funeraria aparcados en la calle. Nelson, que no mira a su alrededor, está subiendo a uno de ellos.

—¿Ve a esos de allá? —Judy señala a una pareja de pelo gris, que se aleja despacio de la iglesia—. Son los padres de Lucy Downey. ¿Está al corriente del caso de Lucy?

—Sí, algo he oído. ¿De qué conocen a los Henderson?

—Cuando desapareció Scarlet, la señora Downey se puso en contacto con Delilah Henderson para ofrecerle su apoyo. Son muy agradables. En cierto modo, lo empeora.

Mientras Ruth los observa, la agradable pareja pasa al lado de los coches abrillantados por la lluvia. A ella, la madre de Lucy Downey, se la ve mayor, canosa y con los hombros encorvados. Su marido es más robusto, y le pasa un brazo por la espalda como si estuviera acostumbrado a protegerla. ¿Cómo les habrá sentado venir a este funeral sin haber podido despedirse de su propia hija? ¿Siguen pensando, en algún recoveco de su corazón, que Lucy está viva?

—¿La acerco a su casa? —pregunta Judy.

Ruth la mira, pensando en el viaje de vuelta a la casa de Shona; piensa en la solicitud de su amiga, un poco teñida de curiosidad, y en la noche en el cuarto de invitados, con su decoración de buen gusto.

—No, gracias —dice—, ya tengo coche. Me voy directa a casa.

Es lo que hace, volver directamente a New Road. Sabe que tendrá que pasar por casa de Shona para recoger su ropa, pero ahora mismo lo único que le apetece es irse a casa. Bajo el cielo encapotado, las marismas se ven grises e inhóspitas. Aun así, siente una alegría inexplicable por volver. Aparca donde siempre, al lado de la valla rota, y entra llamando a *Sílex* en voz alta, muy contenta. Debía de esperarla, porque sale corriendo de la cocina con aspecto desgreñado y castigado. Ruth lo levanta y aspira el delicioso olor a aire libre de su pelaje.

Está todo tal como lo dejó. Se aprecia a simple vista que David ha recogido el correo y lo ha apilado ordenadamente. Visto lo bien que parece estar *Sílex*, también se habrá acordado de darle de comer. La botella vacía de vino blanco continúa en la mesa, junto a la taza de café abandonada de Nelson. Los cojines del sofá están en el suelo. Ruth se sonroja al recogerlos y ahuecarlos con un par de golpes.

El correo es bastante aburrido: facturas, notificaciones de retraso de la biblioteca, un *flyer* de un teatro de la zona donde fue a ver una obra hace seis años, peticiones de ONG y una postal de un amigo de Nueva York. Lo deja casi todo sin abrir. Luego va a la cocina para hacerse un té. *Sílex* sube de un salto a la encimera y maúlla con fuerza. Debe de haber adquirido malas costumbres. Ruth lo deja otra vez en el suelo, pero el gato vuelve a saltar enseguida.

—¿A qué estás jugando, gato tonto?

—Los gatos no son tontos —dice una voz a sus espaldas—. Tienen poderes místicos muy desarrollados.

Ruth da un respingo y se gira. Desde la puerta de la cocina le sonríe tranquilamente un hombre con una capa manchada de barro, unos vaqueros y una chaqueta militar.

Cathbad.

Ruth se echa para atrás.

—¿Cómo ha entrado? —pregunta.

—Aprovechando que venía el hombre que le daba de comer al gato. No me vio. ¿No sabías que tengo el don de la invisibilidad? Ya hacía un tiempo que tenía la casa vigilada. Sabía que volverías. No puedes resistirte a este sitio, ¿eh?

Son palabras tan perturbadoras, y en tantos sentidos, que al principio Ruth mira a Cathbad sin poder moverse. Ha estado vigilando su casa. Y dice bien: Ruth no se puede resistir a la marisma. ¿Qué otras cosas sabe?

—¿Qué haces aquí? —pregunta finalmente Ruth, intentando que su voz no tiemble.

—Quería hablar contigo. ¿Tienes alguna infusión de hierbas? —Cathbad señala la taza—. La cafeína es un veneno.

—No pienso prepararte ninguna infusión. —Ruth se oye a sí misma levantando la voz—. Lo que quiero es que te vayas de mi casa.

—Es normal que estés molesta —dice amablemente Cathbad—. ¿Vienes del funeral? Pobre niña. Pobre alma sin evolucionar. Yo estaba aquí, transmitiéndole a Delilah pensamientos positivos.

—Seguro que te estará muy agradecida.

—No te enfades, Ruth —dice Cathbad con una sonrisa que sorprende por su dulzura—. En el fondo no tenemos por qué estar peleados. Erik dice que eras una persona con buen corazón.

—Qué amable.

—Dice que entiendes la marisma, y el *henge*. No fue culpa tuya que los bárbaros lo destruyeran. Aún me acuerdo de haberte visto ese verano de la mano de tu novio. ¿A que lo viviste como una etapa mágica?

Ruth baja la vista.

—Sí —reconoce.

—Yo también. Fue la primera vez que sentí una auténtica fusión con la naturaleza. Saber que ese círculo lo habían hecho nuestros ancestros por algún motivo... Sentir que después de tantos siglos aún quedaba magia, y poder experimentarla, aunque solo fuera un poco, antes de que desapareciera para siempre...

A Ruth le vuelve a la memoria algo que siempre la ha molestado de los druidas, y que entonces también la molestó: su sensación de que el *henge* les pertenecía solo a ellos, de que eran los únicos herederos de sus creadores. En su momento tuvo ganas de decirles que todos descendíamos de ellos, y que nos pertenecía a todos. Por otra parte, sigue sin tener ni idea de qué hace Cathbad en su casa.

—¿Qué querías? —le pregunta.

—Hablar contigo —responde Cathbad por segunda vez antes de levantar del suelo a *Sílex*, que para indignación de Ruth ronronea con fuerza—. Este gato es muy sabio —anuncia Cathbad—. Un alma antigua.

—Pues tampoco es que sea muy inteligente —dice Ruth—. Lo era más mi otra gata.

—Ah, sí. Siento lo que le pasó.

—¿Cómo lo sabes? —pregunta Ruth—. ¿Cómo sabes lo de mi otra gata?

—Me lo dijo Erik. ¿Por qué? ¿Qué te creías, que fui yo?

Ruth no sabe qué pensar. ¿Está encerrada en la cocina con un asesino de gatos, o lo que es peor, de niños? Mira a Cathbad, que sigue con *Sílex* en brazos. Su expresión es franca y un poco dolida. No parece un asesino. Claro que... ¿qué aspecto tiene un asesino?

—No sé qué pensar —dice—. La Policía te acusa de haber escrito las cartas.

Cathbad pone inmediatamente mala cara.

—¡La Policía! El cabrón de Nelson me la tiene jurada. Lo denunciaré por detención indebida.

—Pero ¿las escribiste o no?

Sonríe, y deja a *Sílex* suavemente en el suelo.

—Creo que ya sabes que no —dice—. Al haberlas leído...

—¿Cómo...?

—Nelson no es tan listo como se cree. Se delató él mismo, con todo ese rollo de los términos arqueológicos. Solo podía habérselo explicado una persona. Sois muy amigos, ¿no? Está claro que hay energía entre los dos.

Ruth no dice nada. Aunque Cathbad no tenga poderes mágicos, como sostiene Erik, es innegable que a veces da en el blanco.

—Te conozco, Ruth —dice él con toda naturalidad, mientras se aúpa en la encimera—. Hace años vi cómo te enamorabas de aquel pelirrojo. Sé cómo te pones al enamorarte. De Erik también te enamoraste, ¿no?

—¡Pues claro que no!

—Te digo yo que sí. Me supo mal, porque con su mujer y su novia en la excavación no tenías ninguna oportunidad.

—¿Novia? ¿A qué te refieres?

—A esa chica tan guapa, la de la melena. Parece un cuadro del Renacimiento, *La primavera*, o como se llame. Da clases en la universidad. Me acuerdo de que se puso de nuestra parte y participó en las manifestaciones. Bueno, hasta que la cosa empezó a ponerse seria.

—¿Shona? —susurra Ruth—. No es verdad.

—¿No? —Cathbad la observa ladeando la cabeza, mientras Ruth se apresura a cribar sus recuerdos.

Shona y Erik se cayeron bien desde el principio. Erik la llamaba «la Dama de Shalott», por el retrato de Waterhouse. Se le aparece, con la claridad de un *flashback* cinematográfico, una imagen de Shona trenzándole a Erik la coleta mientras dice: «Como un caballo, un caballo de tiro vikingo», y le pone suavemente la mano en la mejilla.

Cathbad sonríe, satisfecho.

—Necesito que limpies mi reputación, Ruth —dice.

—Creía que la Policía no te iba a acusar de nada.

—No, de los asesinatos no, pero si no encuentran nunca al asesino, siempre seré yo, ¿no te das cuenta? Todo el mundo seguirá pensando que fui yo el que mató a las dos niñas.

—¿Y es verdad? —tiene el gran atrevimiento de preguntar Ruth.

Cathbad no le quita la vista de encima ni un momento.

—No —dice—. Y quiero que averigües quién fue.

Ha vuelto. Al verlo entrar por la trampilla, no sabe si está contento o disgustado. Ella lo que tiene es hambre. Se echa sobre la comida que le trae –patatas chips, sándwiches y una manzana–, llenándose la boca sin tiempo ni de masticar.

—Despacio –dice él–, que te sentará mal.

Ella no contesta. Casi nunca le dice nada. Se guarda las palabras para cuando está sola, que a fin de cuentas es casi siempre; entonces puede conversar con las voces amables de su cabeza, las que le dicen que siempre hay una luz al final del túnel.

Él le da de beber en una botella rara, de color naranja. Tiene un sabor extraño, pero se lo traga. Se pregunta fugazmente si será un veneno, como la manzana que le dio la bruja malvada a Blancanieves, pero tiene tanta sed que no le importa.

—Siento no haber podido venir antes –dice él.

Ella lo ignora y sigue masticando lo que queda de manzana, incluidos las pepitas y el corazón.

—Lo siento –repite él.

Se lo oye decir a menudo, aunque no acaba de saber qué significa. «Sentir» es una palabra de hace mucho tiempo, como «cariño», y «buenas noches». *¿Ahora qué significa? No está segura. Lo que sabe, en cualquier caso, es que si la dice él no puede ser una buena palabra. No es un hombre bueno. Ahora está segura. Al principio no sabía qué pensar, porque le traía de comer y de beber, y por la noche una manta, y a veces le hablaba, y ella creía que eran cosas buenas, pero* ahora piensa que la tiene encerrada, y eso bueno no es. A fin de cuentas, si él puede cruzar la trampilla y salir al cielo, ¿por qué ella no puede? Ahora que es más alta, ha intentado saltar hasta la trampilla y la ventana con barrotes, pero nunca lo consigue. Tal vez si sigue creciendo y creciendo, y llega a ser tan alta como... ¿Qué se dice? Ah, sí, como un árbol. Entonces meterá sus ramas por el agujero, y seguirá subiendo y subiendo hasta que oiga el canto de los pájaros.

Al quedarse sola, desentierra la piedra afilada y se pasa el borde por la mejilla.

20

Ruth despierta de unos sueños muy confusos al oír que aporrean la puerta. Baja a trompicones, aturdida de sueño, y al abrir se encuentra a Erik con ropa militar y un impermeable amarillo chillón.

—Buenos días, buenos días —dice él alegremente, como un guía turístico pasado de revoluciones—. ¿Por casualidad tendrías una taza de café?

Ruth se apoya en el marco de la puerta. ¿Quién de los dos está loco?

—Erik —dice sin fuerzas—, ¿qué haces aquí?

Él la mira con incredulidad.

—La excavación —dice—. Empieza hoy.

Claro. La excavación de Erik. La que autorizó Nelson. La que pretende dar respuesta al enigma del cadáver de la Edad del Hierro y de la calzada sumergida. Y averiguar si la marisma guarda algún otro secreto.

—No sabía que era hoy —contesta entrando en casa.

Erik la sigue, frotándose las manos. Ya debe de llevar horas despierto. Ruth recuerda que una de sus costumbres durante las excavaciones era ver salir el sol el primer día y ponerse el último.

—Sí —dice él tranquilamente—. Nelson dijo que tendría que ser después del funeral, y tengo entendido que fue ayer.

—Sí, yo estuve.

–¿Ah, sí? –Erik la mira, sorprendido–. ¿Por qué fuiste?

–No lo sé –dice Ruth mientras pone agua a hervir–. Me sentía partícipe, de alguna manera.

–Pues no lo eres –responde escuetamente Erik, quitándose el impermeable–. Va siendo hora de que te dejes de tonterías detectivescas y te centres en la Arqueología. Es lo que se te da bien, muy bien. Por algo eres una de mis mejores alumnas.

Ruth, que se había encrespado de indignación al oír sus primeras palabras, se ablanda un poco con las últimas. Aun así, no está dispuesta a dejar que Erik se salga con la suya.

–Es que los arqueólogos son detectives –dice–. Tú siempre lo has dicho.

Erik se encoge de hombros, como si careciera de importancia.

–Es diferente, Ruthie. Seguro que lo entiendes. Ya has aportado tus conocimientos de profesional, y la Policía se ha beneficiado de ellos. Déjalo así. No hace falta obsesionarse.

–No estoy obsesionada.

–¿No?

La sonrisa de Erik, irritante y cómplice, recuerda a la de Cathbad. ¿Habrán estado hablando de ella?

–No –se limita a contestar Ruth mientras le da la espalda para servir el café.

También pone pan en la tostadora. Ni loca iría a una excavación con el estómago vacío.

–Está muerta, la pobre niña –dice Erik suavemente, con un acento que hace que parezca una nana–. Ya está enterrada. Ya descansa en paz. Déjalo así.

Ruth lo mira. Está sentado junto a la ventana, y le sonríe. Su pelo blanco brilla con el sol. Respira benevolencia por todos sus poros.

–Voy a vestirme –dice Ruth–. Te dejo aquí el café.

Cuando Ruth llega a la excavación, se la encuentra bastante avanzada. Han marcado tres zanjas con cuerdas y estacas: una al

201

lado del primer cadáver de la Edad del Hierro y las otras dos en el recorrido de la calzada. Un grupo de arqueólogos y voluntarios está retirando suavemente la turba en cubos de tres centímetros de lado. El objetivo es reponer la hierba y la tierra al final de la excavación.

Ruth recuerda de la excavación del *henge* que cavar en este suelo pantanoso presenta bastante complejidad. La zanja más distante queda al otro lado de la marca de marea, y se llenará de agua cada noche, lo cual implicará tener que reabrirla diariamente desde cero. Por otra parte, la marea puede tomarte por sorpresa. Se acuerda de que Erik siempre tenía a alguien en el «turno de guardia de mareas». A veces el agua sube lentamente, deslizándose en silencio por el paisaje llano, y otras la tierra se convierte en agua sin que hayas tenido tiempo ni de respirar. Estas mareas relámpago pueden aislarte de la tierra firme en un abrir y cerrar de ojos.

Hasta las zanjas más cercanas a la parte seca tienen sus problemas. Aunque Erik haya levantado un mapa de la zona, siempre existe la posibilidad de que la topografía cambie de la noche a la mañana. No hay nada seguro. Y cuando los arqueólogos no pueden fiarse de las coordenadas, tienden a ponerse nerviosos.

Se lo encuentra inclinado sobre la más apartada de las tres zanjas. Es una fosa estrecha y reforzada con sacos de arena, por la naturaleza cambiante del suelo. Dentro hay dos hombres de pie, que lo miran inquietos. Ruth reconoce a uno: es Bob Bullmore, el antropólogo forense.

Ruth se arrodilla junto a Erik, que está examinando uno de los postes.

—¿Vas a sacarlo? —le pregunta.

Responde que no con la cabeza.

—No, quiero dejarlo en su sitio, pero me preocupa que si cavamos demasiado hondo lo aflojen las olas.

—¿No necesitas ver la base?

—Si puede ser, sí. Pero mira esta madera: parece serrada por el medio.

Ruth mira el poste. La madera más blanda la ha mermado el constante vaivén de las mareas. Lo que queda es el centro duro, desigual y algo amenazador.

–Parece la misma que usaron para los postes del *henge* –dice.

Erik la mira.

–Sí, es verdad. Tendremos que ver qué dice la dendrocronología.

La datación de árboles, o dendrocronología (palabra que a Peter siempre se le ha trabado de manera cómica) puede ser de una exactitud pasmosa. Cada árbol forma anualmente un anillo de crecimiento; en años húmedos son más, y en años secos, menos. Mirando un gráfico que recoja las pautas de crecimiento, los arqueólogos pueden seguir las fluctuaciones con las que ha crecido la madera. Combinando este proceso con la datación mediante radiocarbono, es posible averiguar el año y la temporada exactos en que fue talado un árbol.

Ruth va a echar una mano en la zanja donde fue descubierto el cadáver de la Edad del Hierro. Aún le despierta una especie de compañerismo esa niña a la que alimentaron con muérdago y dejaron morir atada al suelo. Le ve alguna relación con Lucy y Scarlet. No se puede quitar de la cabeza la idea de que resolviendo el enigma de la niña de la Edad del Hierro, podría esclarecer un poco más las muertes de las otras dos.

Por encima de todo, sin embargo, está el placer de volver a excavar. Como el día en que ayudó a Nelson a tapar la tumba de *Chispa*, es un alivio olvidarse de los desengaños amorosos, del miedo y de la exaltación mediante un trabajo físico sin complicaciones. Empieza a trabajar con la paleta, acompasada gradualmente a un ritmo, e ignorando las punzadas en la espalda se concentra en desplazar la tierra en limpios cortes transversales. Después de la lluvia de ayer, el suelo está húmedo y pegajoso.

Anoche Cathbad acabó por irse, no sin haberle arrancado la promesa de que lo ayudaría a restablecer su buen nombre. Ruth habría prometido prácticamente cualquier cosa con tal de no verlo en su casa, porque le daba repelús con su capa de mago y su sonrisa cómplice. Aun así, mientras cava, no puede evitar que sus palabras se repitan como un bucle en su cabeza.

«Me supo mal, porque con su mujer y su novia en la excavación no tenías ninguna oportunidad.»

¿Será verdad que entre Erik y Shona hubo algo durante la excavación del *henge*? Shona es guapísima, y Ruth sabe que no hay ningún hombre inmune a la belleza (basta ver a Nelson con Michelle). Sin embargo, Erik ya tiene una mujer muy guapa, con la que además, según parece, comparte intereses e inquietudes. Ruth piensa en Magda, que siempre le ha caído bien, y a quien siempre ha admirado. Casi ha sido una segunda madre, con la diferencia de que no le dice en tono amenazante que reza por ella, ni le compra una cabra de Oxfam para Navidad. Sus ojos azules como el mar, su pelo rubio ceniza, su exuberancia enfundada en jerséis de pescador y vaqueros desteñidos, su brillo de joyas nórdicas en el cuello y las muñecas... Ruth recuerda que una vez leyó una descripción de la diosa Freya, la protectora de los cazadores y los músicos, con su collar sagrado y su poder de persuasión, y pensó: «Es Magda». Cuesta poco imaginarse a Magda, joven y a la vez intemporal, con la rueca sagrada de la vida entre sus manos, dispensando la vida y la muerte. ¿Cómo podría haberse arriesgado Erik a perder todo eso por una aventura con Shona?

Mientras trabaja con la paleta y el tamiz, se pregunta si estará celosa. No sexualmente. Siempre ha sabido que nunca podría despertar el interés de Erik, pero sí había pensado que la veía como alguien especial. ¿No le escribió en la portadilla de *La arena trémula*: «Para Ruth, mi alumna favorita»? Y ahora resulta que no, que no era su favorita. Clava la paleta en el suelo con un ensañamiento innecesario, provocando un corrimiento de tierra en miniatura, y ganándose una mirada escandalizada de la chica con rastas que tiene al lado.

—¡Ruth!

Levanta la vista con muchas ganas de que la distraigan del molesto runrún de sus ideas, y desde dentro de la zanja ve, de abajo a arriba, a la persona que acaba de llegar: botas de caminar, pantalones impermeables y chaqueta color barro. David.

Él se arrodilla al borde de la zanja.

—¿Qué está pasando? —pregunta.

Ruth se aparta de los ojos un mechón de pelo empapado en sudor.

—Es una excavación arqueológica —dice—. Estamos excavando el enterramiento de la Edad del Hierro y la calzada.

—¿La calzada?

—Sí, los postes que me enseñaste. Creemos que es una calzada de la Edad del Bronce, una especie de camino que podría llevar hasta el *henge*.

Ruth baja la vista con la esperanza de que David no se dé cuenta de que ha sido ella quien ha explicado la existencia de los postes a los arqueólogos.

David, sin embargo, tiene otras cosas en las que pensar.

—Pues procurad no acercaros al observatorio, el que queda más lejos, porque es donde ha hecho su nido un búho chico de una especie muy poco común.

Lo del búho chico suena a invento, pero Ruth se da cuenta de que David está sinceramente preocupado.

—Dudo mucho que nos acerquemos al observatorio —dice para tranquilizarlo—. Las zanjas van hacia el sur.

David se levanta. Aún parece inquieto.

—Por cierto —dice Ruth antes de que se aleje—, gracias por cuidar a *Sílex*.

Habría querido comprarle una caja de bombones, o algún otro detalle. De repente, a él le transforma la cara una sonrisa.

—No hay de qué —dice—. Ha sido un placer.

Está mirando hacia el aparcamiento. Al querer saber qué mira, Ruth ve que al lado del cartel de la reserva de aves acaba de pararse un Mercedes sucio que le resulta conocido. Sin darse cuenta, se limpia el barro de las manos en los pantalones, e intenta arreglarse el pelo.

—Hola, Ruth.

Está harta de mirar a la gente desde abajo, así que sale de la zanja.

—Hola.

—Menudo circo, ¿eh? —dice Nelson, dedicando una mirada de reproche a los arqueólogos que se apelotonan en el yacimiento.

La chica de las rastas elige ese momento para entonar una canción folk con voz aguda. Nelson tuerce el gesto.

—Está todo muy organizado —dice Ruth—. Además, la excavación la autorizaste tú.

—Bueno, sí, cualquier ayuda es bienvenida.

—¿Has encontrado algo en el círculo del *henge*?

—Nada de nada.

Nelson se queda en silencio, mirando el mar por encima de las trincheras delimitadas con estacas y de la tierra pulcramente amontonada. Ruth está segura de que piensa en la mañana en que encontraron el cadáver de Scarlet.

—Ayer te vi —dice Nelson—, en el funeral.

—Ya —contesta ella.

—Estuvo bien que vinieras.

—Quería estar.

Nelson parece estar a punto de añadir algo, pero justo entonces se oye un sonsonete familiar.

—Ah, comisario...

Es Erik.

Que Ruth sepa, es un ascenso, pero Nelson no lo corrige. Saluda a Erik con bastante cordialidad, y después de unas palabras con Ruth, se alejan los dos juntos, hablando sin parar. Ruth siente una irritación injustificada.

A la hora de comer está cansada y harta. Justo cuando se plantea escaparse a su casa para tomar un buen té y darse un baño caliente, le tapan los ojos dos manos esbeltas.

—¡Adivina quién soy!

Se suelta. Ha reconocido el perfume. Shona.

Shona se deja caer a su lado en la hierba.

—¿Qué? —pregunta sonriendo—. ¿Habéis encontrado algo interesante?

Está impresionante, como siempre, a pesar (o a causa) de no haberse esforzado. Se ha recogido la melena con una especie de moño, y lleva unos vaqueros con los que sus piernas parecen limpiapipas, junto con una chaqueta acolchada de color plateado que no hace sino resaltar su delgadez. «Yo con eso parecería un edredón ambulante», piensa Ruth.

—Solo algunas monedas —dice—. No gran cosa.

—¿Dónde está Erik? —pregunta Shona, dándole a Ruth una impresión de naturalidad afectada.

—Hablando con Nelson.

—¿En serio? —Shona la mira con las cejas arqueadas—. Creía que no se podían ni ver.

—Yo también, pero ahora parecen la mar de colegas.

—Hombres —dice Shona alegremente mientras se arropa un poco más con la chaqueta—. Hace un frío de narices. ¿Cuánto vas a quedarte?

—Me estaba planteando volver a casa para tomarme una taza de té.

—¿Pues a qué esperamos?

21

Durante el camino de regreso a casa, Ruth se debate con su conciencia. La verdad es que Shona ha sido muy amable al dejar que durmiera en su casa sin avisarla con tiempo. Ruth ni siquiera le ha dado las gracias como Dios manda. Lo único que dejó ayer, al esfumarse, fue un mensaje corto en el contestador. Tiene pendiente recoger sus cosas. Shona siempre ha sido una buena amiga, desde hace años. Cuando Ruth rompió con Peter, fue Shona quien le hizo de paño de lágrimas, además de proveerla de varias cubas de vino blanco. Han pasado juntas un sinfín de veladas, riéndose, hablando y llorando. Hasta fueron juntas de viaje por Italia, Grecia y Turquía. ¿Y ahora dejará que se interpongan en su amistad los rumores vengativos de Cathbad?

—Siento haberme ido así —dice finalmente—. No sé por qué, pero después del funeral solo me apetecía estar en mi casa.

Es adonde acaban de llegar, a su casa. Ruth le abre la puerta a Shona.

—No pasa nada —dice esta última—. Lo entiendo perfectamente. ¿Fue muy horrible el funeral?

—Sí —contesta Ruth mientras pone agua a calentar—. Fue tremendo. Los padres estaban destrozados. Y aquel ataúd tan pequeño... Era todo demasiado angustioso.

—Me lo imagino —dice Shona, sentándose y quitándose la chaqueta plateada—. No puede haber nada peor que la muerte de un hijo.

Es lo que dice todo el mundo, piensa Ruth, quizá porque es verdad. Se hace difícil concebir algo peor que enterrar a tu hijo, una inversión completa del orden natural. Piensa fugazmente en los padres de Lucy Downey, alejándose del funeral tomados del brazo. ¿Es aún peor? ¿Perder a una hija sin poder despedirse de ella?

Prepara té y unos bocadillos, y se sientan las dos sin decir nada, a gusto con su compañía. Fuera ha empezado a llover, lo cual refuerza la decisión de Ruth de no volver al yacimiento.

—Ayer vi a Cathbad —dice finalmente.

—¿A quién?

—Michael Malone. Sabes, ¿no? Al que interrogaron por el asesinato de Scarlet.

—¡Madre de Dios! ¿Y dónde lo viste?

—Aquí. Vino a hablar conmigo.

—Joder, Ruth... —Shona se estremece—. A mí me habría dado pánico.

—¿Por qué? —pregunta Ruth, a pesar de que esta noche ha dormido con un cuchillo de cocina al lado de la cama—. No lo habían acusado del asesinato.

—Ya lo sé, pero bueno... ¿Qué quería?

—Me ha pedido que limpie su reputación.

—Qué cara más dura.

—Supongo —dice Ruth, que en el fondo se sintió halagada.

—¿Y cómo es el tal Cathbad?

Mira a Shona.

—¿No te acuerdas? Pues él de ti sí.

—¿Qué?

Shona se ha quitado las horquillas y se ha soltado el pelo. Mira a Ruth con cara de perplejidad.

—¿No lo recuerdas de la excavación del *henge*? Era el líder de los druidas. Iba siempre con una capa larga, morada. Él se acuerda de que simpatizabas con ellos y de que te sumaste a las manifestaciones.

Shona sonríe.

—Cathbad... Ahora me acuerdo. Ah, pues yo lo recuerdo muy amable.

—Erik dice que tiene poderes mágicos.

Shona se ríe en voz alta.

—Ay, este Erik...

—Cathbad dice que tú y Erik os enrollasteis.

—¿Qué?

—Cathbad. Que dice que tú y Erik os enrollasteis en la excavación del *henge*, hace diez años.

—¡Cathbad! ¿Y ese qué sabe?

—¿Es verdad?

En vez de contestar, Shona se hace un nudo muy fuerte con el pelo y vuelve a ponerse las horquillas, cuyos pequeños dientes se le clavan con ferocidad en el cráneo. No mira a Ruth, pero la respuesta ha quedado clara.

—¿Cómo pudiste, Shona? —pregunta Ruth—. ¿Y Magda?

Le choca la virulencia con que Shona se revuelve contra ella.

—¿Y a ti de repente por qué te preocupa tanto Magda? Te pones a juzgarme sin saber nada de nada. ¿Y tú y Peter? ¿No sabes que ahora está casado?

—Peter y yo no estamos... —balbucea Ruth—. Solo somos amigos —añade con muy poca convicción, aunque en su fuero interno sabe que Shona está en lo cierto: es una hipócrita. ¿Le importó algo Michelle cuando invitó a su cama a Nelson?

—¿Ah, sí? —replica Shona con desprecio—. Te crees tan perfecta, Ruth, tan por encima de los sentimientos humanos, como el amor, el odio y la soledad... Pues no es tan simple. Yo estaba enamorada de Erik —añade con un tono algo distinto.

—¿En serio?

Shona vuelve a saltar.

—¡Pues sí, joder! Ya sabes cómo era. Nunca había conocido a nadie igual. Me pareció tan sabio y carismático que habría sido capaz de cualquier cosa por él. Cuando me dijo que estaba enamorado de mí, fue el momento más maravilloso de mi vida.

—¿Te dijo que estaba enamorado de ti?

—¡Sí! ¿Te sorprende? ¿Qué te creías, que su matrimonio con Magda era perfecto? Pero Ruth, por Dios, si se pasan la vida siéndose infieles... ¿Qué pasa, que no sabes que Magda, en Suecia, tiene un yogurín?

—No me lo creo.

—¡Pero qué inocente eres, Ruth! Magda tiene un amante de veinte años que se llama Lars. Le arregla la sauna y luego se mete con ella en la cama. Y es uno de tantos. A cambio, Erik hace lo que le da la gana.

Para quitarse de la cabeza la imagen de Magda con su amante y chico para todo de veinte años, Ruth se gira hacia la ventana. La marisma casi ha desaparecido bajo una lluvia oblicua y gris.

—¿Qué te creías, que yo era la primera? —pregunta Shona amargamente—. Toda Inglaterra está llena de alumnas de posgrado que pueden decir que se han acostado con el gran Erik Anderssen. Casi es una parte esencial del currículum.

«Pues del mío no —piensa Ruth—. A mí Erik me trató como a una amiga, una colega, una alumna prometedora. Nunca me dijo una sola palabra que pudiera interpretarse como una invitación sexual.»

—Si sabías cómo era —pregunta finalmente—, ¿por qué te acostaste con él?

Shona suspira. Parece que se haya vaciado de rabia bruscamente, quedándose tan fláccida como la chaqueta plateada que ha dejado tirada en el suelo.

—¿Pues por qué va a ser? Porque creía que en mi caso era distinto. Pensaba lo mismo que todas las otras tontas del bote: que a mí me quería de verdad. Me dijo que nunca había sentido nada igual, que dejaría a Magda, que nos casaríamos y tendríamos hijos...

Se muerde el labio en silencio.

En ese momento, Ruth se acuerda del primer aborto de Shona, a los pocos meses de la excavación del *henge*.

—El bebé... —empieza a decir.

—Era de Erik —acaba Shona con voz cansada—. Sí. Creo que fue cuando me di cuenta de que no lo decía en serio. Cuando le dije que estaba embarazada, lo único que hizo fue enfadarse y empezar a presionarme para que abortase. Y yo que pensaba que estaría contento...

Ruth no dice nada. Se acuerda de cuando Erik habló de sus hijos mayores: «Hay que dejarlos en libertad». Pues a este no quiso dejarlo en libertad. Como fervorosa partidaria del derecho a decidir de las mujeres, Ruth no condena a Shona por haber abortado, pero sí a Erik por mentiroso, hipócrita y...

—Pobre Ruth —dice Shona, mirándola con una sonrisa extraña, desapasionada—. Para ti es peor. Lo has admirado siempre tanto...

—Sí —dice Ruth con voz ronca—. Es verdad.

—No deja de ser un gran arqueólogo —dice Shona—. Hemos quedado como amigos. Y con Magda también —añade con un amago de risa—. Supongo que es su manera de ser.

—Supongo —dice Ruth forzadamente.

Shona se levanta y recoge su chaqueta plateada. Al llegar a la puerta se gira.

—No nos lo reproches demasiado a ninguno de los dos, Ruth —dice.

Una vez sola, Ruth se sienta a la mesa, y le extraña mucho darse cuenta de que está temblando. ¿Qué tiene de sorprendente descubrir que dos adultos tuvieron una aventura? Erik estaba casado, sí, pero son cosas que pasan. Demasiado bien lo sabe. ¿Por qué se siente tan decepcionada, tan enfadada y traicionada?

Supone que debe de ser cierto que ha estado enamorada de Erik todos estos años. Se acuerda de cuando lo conoció, durante sus estudios de posgrado en Southampton: la sensación de que le desmontaba el pensamiento, lo mezclaba y lo recomponía, dándole otra forma. Erik cambió su manera de verlo todo: la Arqueología, el paisaje, la naturaleza, el arte y las relaciones humanas. Se acuerda de que le decía: «El deseo humano es vivir, engañar a la muerte y vivir eternamente. Se mantiene igual en todas las épocas. Por eso construimos monumentos a la muerte, para que pervivan cuando estemos muertos». ¿Equivalía el deseo de vivir de Erik a algo tan sencillo como poder hacer lo que le diera la gana?

¡Y qué contenta se puso al conocer a Magda! Siempre había pensado que no había nadie a la altura de Erik, pero Magda lo estaba. Le encantó su relación, ese compañerismo cariñoso tan distinto a la rígida formalidad de sus padres. Habría sido incapaz de imaginarse a Erik y Magda llamándose «papá» y «mamá», o yendo en coche al vivero el domingo por la tarde. Su vida era perfecta: hacían montañismo y vela, se pasaban los inviernos escribiendo e investigando, y los veranos los dedicaban a excavar. Ruth recuerda la cabaña de troncos a orillas de un lago de Noruega, las comidas en el porche, el jacuzzi, las veladas dedicadas a comer, beber, hablar... Hablar: es lo que más recuerda de Erik y Magda, que siempre hablaban; a veces discutían, pero siempre prestaban atención a sus respectivos puntos de vista. Ruth recuerda haber escuchado muchas veces cómo Erik y Madga, copas de vino en mano, bajo el resplandor de la aurora boreal, ajustaban sus teorías discrepantes a fin de obtener algo nuevo, mejor y más completo. A ellos no se les podía aplicar lo que había descrito Peter con estas palabras: «Nos hemos ido quedando sin nada que decirnos».

Ruth no es tonta. Sabe que con Magda y Erik creó unos padres idealizados, y que por eso se ha llevado una desilusión tan grande. Si, por otro lado, estaba secretamente enamorada de Erik... pues, freudianamente, miel sobre hojuelas. Lo que más le molesta, piensa mirando las marismas impregnadas de lluvia, es haberse creído especial. Pese a no convertirla en objeto de sus deseos amorosos, Erik la consideraba una alumna con un talento excepcional. Durante la excavación del *henge* siempre le mostró un respeto especial. «Aunque no lo entendáis, seguro que Ruth sí»: lo que se deducía de esa frase era la existencia de un entendimiento particular entre los dos. Según Erik, Ruth tenía «visión de arqueóloga», cualidad que al parecer no podía inculcarse. El beneplácito de Erik la ha mantenido a flote durante muchos años difíciles, la ha hecho inmune a la indiferencia condescendiente de Phil, y le ha dado ánimos ante la imposibilidad de poner por escrito la propuesta de un libro.

Sabe que es infantil, pero siente la necesidad de que le recuerden la buena opinión de Erik, así que va a buscar su ejemplar de *La arena trémula*. Lo abre por la portadilla. Ahí está, negro sobre blanco: «Para Ruth, mi alumna favorita».

Se queda mirando las palabras mucho tiempo. Es como si de repente hubiera visto en la pared una sombra deforme y repulsiva: cuernos, cola y pezuñas. Se levanta a ciegas, y se acerca casi dando tumbos a la mesa donde tiene las copias de las cartas sobre Lucy Downey. Le tiemblan las manos al hojearlas, hasta que encuentra las dos escritas a mano.

Las pone en la mesa, junto a la dedicatoria de Erik. Es la misma letra.

22

Tiene la impresión de haber pasado horas en el mismo sitio, sin hacer nada ni poder moverse. A duras penas puede respirar. Es como si una parálisis de hielo se hubiese apoderado de su cuerpo. «Piensa, Ruth, piensa.» Respira. ¿Es realmente posible que estas cartas las haya escrito Erik? ¿Es posible que, además de un hipócrita y un seductor en serie, sea un asesino?

Lo peor de todo es que casi se lo puede creer. Erik sabe de Arqueología. Está versado en las leyendas escandinavas, en los rituales neolíticos y en el poder del paisaje. Lo oye contar con su tono de siempre, su querido sonsonete, historias de espíritus del agua, metamorfos y seres de la oscuridad. Se acuerda, con un nuevo y brusco escalofrío, de lo que le ha dicho esta misma mañana: «Está muerta, la pobre niña. Ya está enterrada. Ya descansa en paz». Casi un eco exacto de una de las cartas.

¿Puede ser verdad? Cuando desapareció Lucy Downey, Erik aún vivía en Inglaterra. Fue justo después de la excavación del *henge*. Las primeras cartas pudo enviarlas él. No regresó a Noruega hasta ocho años después. Pero ¿podría haber mandado las más recientes, las que hablaban de Scarlet Henderson? Solo lleva en Inglaterra desde enero. Nelson le enseñó a Ruth una carta fechada en noviembre pasado. «No se ha olvidado», dijo Nelson. ¿Pudo mandar Erik esa carta, o haber organizado su envío a través de otra persona?

Se dice que es una locura, mientras acaricia con movimientos rígidos a *Sílex*, que ronronea alrededor de sus tobillos. Erik no sería capaz de escribir unas cartas tan llenas de maldad y burla, tan retorcidas. Es un defensor del humanitarismo, el primero en defender a los mineros en huelga, o a las víctimas de algún desastre natural. Es atento y bondadoso; consoló a Ruth del golpe que supuso la boda de Peter, y compartió con Shona el dolor por la muerte de su padre. Erik es amoral; en cierto modo, vive al margen de las reglas humanas normales. Es uno de sus grandes atractivos. Pero ¿será también lo que lo hace capaz de una maldad inconcebible?

Si escribió las cartas, ¿mató también a las dos niñas? Mientras da de comer maquinalmente a *Sílex*, Ruth se da cuenta de que ha derramado la comida para gatos por los bordes del cuenco. *Sílex* le restriega el pelaje para llegar a la comida. Ruth recuerda una conversación con Erik sobre su cadáver de la Edad del Hierro: «¿Cómo se puede hacer algo así? —preguntó ella—. ¿Matar a una niña por algún rito religioso?». Y él respondió con calma: «Míralo así: quizá sea una buena manera de morirse. Así le ahorras a la niña la desilusión de hacerse mayor». Lo dijo sonriendo, pero Ruth se acuerda de que se quedó helada. ¿Es posible que Erik matara a las dos niñas para ahorrarles la desilusión de hacerse mayores?

Ya no lo aguanta más. Sale corriendo a la lluvia, armada con su abrigo y con su bolso. Piensa hablar con Shona.

Llega antes de que Shona haya vuelto, y se deja caer con todo su peso en el umbral, demasiado agotada para acordarse de que tiene la llave. Mirando cómo entra y sale la gente del Tesco Express, se pregunta cómo debe de ser vivir sin otra preocupación que si cenarás costillas o salchichas, y si tienes bastantes patatas para hacerlas fritas. A ella le parece que su vida se ha vuelto oscura y siniestra, como el tipo de película que evitaría ver a última hora de la noche. ¿Desde cuándo? ¿Desde que excavaron la turba y encontraron el cadáver de Scarlet Henderson? ¿Desde la primera vez que vio a Nelson en el pasillo de la universidad? ¿Desde que miró su pack de bienvenida al curso y vio las palabras «Tutor: Erik Anderssen»?

Finalmente llega Shona, contoneándose por la calle con una bolsa de la bodega Threshers y un DVD alquilado, y se la ve tan inocente, tan libre de culpa con sus largas piernas y su chaqueta color plata, que Ruth piensa que debe de haberse equivocado. Shona no puede tener nada que ver con algo así. Es una gran amiga: la amiga loca, encantadora y atolondrada de Ruth. Justo entonces la ve Shona, y pone una cara curiosa, como si la hubieran pescado; como la de un zorro acorralado en un jardín de urbanización. Casi inmediatamente, sin embargo, vuelve a activarse el encanto, y sonríe enseñando la bolsa y el DVD.

—Fiesta en casa —dice—. ¿Te apuntas?

—Tengo que hablar contigo.

De lo que pone cara, ahora, es de pavor.

—Vale —dice mientras abre la puerta—, pues mejor que pases.

Ruth no le da tiempo ni de quitarse la chaqueta.

—¿Las cartas las escribió Erik?

—¿Qué cartas? —pregunta Shona, nerviosa.

Ruth se fija en todo: el suelo lijado, las alfombras de última tendencia, las fotos con marcos adornados —casi todas, se da cuenta, de la propia Shona—, la manta de *patchwork* tirada por encima del sofá, las novelas nuevas apiladas en la mesa, las estanterías con clásicos leídos muchas veces, desde T. S. Eliot hasta Shakespeare... Luego vuelve a mirar a Shona.

—Madre mía —dice—. Lo ayudaste tú, ¿verdad?

Shona da la impresión de estar buscando una manera de escapar; vuelve a parecer un zorro acorralado, pero al final se deja caer en el sofá, como si se rindiera, y se tapa la cara.

Ruth se acerca.

—Lo ayudaste tú, ¿verdad? —dice—. Claro. A él solo nunca se le habría ocurrido lo de T. S. Eliot. La experta en literatura eres tú. Tampoco debió de irte mal tu educación católica. Él aportó lo arqueológico y lo mitológico, y tú el resto. Qué equipo más perfecto.

—No fue así —dice Shona sin fuerzas.

—¿No? ¿Pues cómo fue?

Levanta la vista. Se le ha soltado el pelo, y tiene los ojos húmedos. Ruth, sin embargo, ya no está como para dejarse conmover por su aspecto. ¿Que es guapa y está disgustada? Pues muy bien. Ya le ha hecho el mismo truco demasiadas veces.

—Fue por él. Por Nelson —dice Shona.

—¿Qué?

—Erik lo odia —contesta, frotándose los ojos con el dorso de la mano—. Por eso escribió las cartas, para desquiciar a Nelson. Para distraerlo. Para impedir que resolviera el caso. Para castigarlo.

—¿Castigarlo por qué? —susurra Ruth.

—James Agar —dice Shona—. Fue alumno de Erik. En Manchester. En la época de las protestas contra el *poll tax*. Se ve que un policía murió después de que lo atacase un grupo de estudiantes. James Agar ni siquiera estaba dentro del grupo. Él no hizo nada, pero Nelson le montó una encerrona.

—¿Quién te lo ha contado? ¿Erik?

—Era evidente. Lo sabía todo el mundo, hasta la Policía. Nelson quería un chivo expiatorio, y se cebó en James.

—No sería capaz —dice Ruth.

¿O sí? Se pone a pensar.

—Ya sé que te cae bien. Erik dice que te tiene totalmente pillada.

—¿Ah, sí? —A pesar de todo, no deja de dolerle la mala uva del comentario—. Y a ti Erik no te tenía pillada, supongo.

—Pues claro que sí —dice Shona con voz cansada—. Me tenía obsesionada. Habría hecho cualquier cosa por él.

—¿Hasta ayudarle a escribir las cartas?

Shona levanta la cabeza con una expresión de desafío.

—Sí —dice—, hasta eso.

—Pero ¿por qué, Shona? Investigaban un asesinato. Probablemente facilitaste que el asesino quedara impune.

—Nelson es un asesino —replica Shona—. James Agar murió en la cárcel un año después de la encerrona de Nelson. Se suicidó.

Ruth piensa en el poema «Elogio de James Agar». Piensa en la expresión de Nelson al mirar los renglones escritos a mano. Y en el archivador cerrado con llave de la caravana de Cathbad.

—Cathbad —dice finalmente—. ¿Qué pinta en todo esto?

Shona suelta una risa un poco histérica.

—¿No lo sabías? —dice—. Era el cartero.

23

Nelson ha tenido un día difícil. Claro que a duras penas recuerda algún momento de su vida que no haya consistido en defenderse de los que quieren que dimita, intentar motivar a un equipo cada vez más desanimado y hacerse el sordo a las exigencias de Michelle de que vuelva a casa, al mismo tiempo que intenta encontrar a un asesino. Ayer, con lo del funeral de Scarlet, pensó que no se podía caer más bajo. Madre de Dios... El pequeño ataúd blanco, los hermanos de Scarlet con su ropa de luto recién comprada, tan afectados y vulnerables, volver a ver a los padres de Lucy Downey, y sentir que les había fallado... Y luego, tener que salir a soltar todo eso de la resurrección y la vida. Al reconocer a Ruth entre los asistentes, se había preguntado si estaba pensando lo mismo que él: que el autor de las cartas estaría encantado.

Ese es otro tema, Ruth. Nelson es consciente de que no debería haberse acostado con ella. Ha sido una falta absoluta de profesionalidad, además de un error. Ha engañado a Michelle, a quien quiere. La verdad es que ya le había sido infiel otras dos veces, pero se consuela pensando que fueron escarceos fugaces, sin ninguna importancia para él. ¿Significa que Ruth sí la ha tenido? No es su tipo, la verdad, pero tiene que reconocer que fue otra historia. Esa noche tuvo la impresión de que Ruth lo entendía a fondo, como nunca lo ha hecho Michelle. Parecía entenderlo, perdonarlo y entregarse a él de una manera que solo de pensarlo le dan ganas de llorar. ¿Por qué lo hizo? ¿Qué ve en él? Intelectualmente es poco para ella. A Ruth le van los profesores estirados con teorías sobre la cerámica de la Edad del Hierro, no los policías del norte sin estudios.

Entonces, ¿por qué se acostó con él? Se dice por enésima vez que el primer paso lo dio Ruth. No fue todo culpa de él. Lo único que se le ocurre es que estaban los dos igual de afectados por la atrocidad de encontrar el cadáver de Scarlet y por tener que darles a los padres la noticia. De eso solo se podía huir con sexo, del normal, del de siempre; un sexo, tiene que reconocer, de los mejores de su vida.

Lo que no sabe es cómo están las cosas entre Ruth y él. No es de las que se ponen melifluas; no le va a declarar amor eterno, ni a rogarle que abandone a Michelle. Ya han hablado un par de veces por teléfono, y a Nelson siempre le ha parecido que, a pesar de los horrores con los que tiene que lidiar, mantenía el tipo con profesionalidad y serenidad. Él admira eso. Es dura, como él. Ayer, cuando se vieron en la excavación, ni se inmutó. La estuvo observando al acercarse, y la vio tan absorta en su trabajo que está seguro de que no se dio ni cuenta de que había venido. Sin saber por qué, de pronto Nelson tuvo ganas de que levantara la cabeza, le hiciera un saludo con la mano y le sonriese, y hasta de que viniera corriendo a echarle los brazos al cuello. Ruth no hizo ninguna de esas cosas, como es lógico. Se limitó a seguir trabajando, como él. Era la conducta más sensata, más adulta.

En la excavación, Nelson habló largo y tendido con el tal Erik Anderssen. Es un *hippy* de la vieja escuela; hace tiempo que ya no tiene edad para hacerse coletas, ni para llevar pulseras de cuero, pero la verdad es que le dijo cosas bastantes interesantes. Resulta que debajo de la marisma hay un bosque prehistórico enterrado. Por eso te encuentras de vez en cuando tocones y trozos de madera raros. Hasta han encontrado madera llegada de Norteamérica. Anderssen también le habló de ritos. «Piense usted en un entierro –dijo–. Desde el cadáver hasta la piedra del cementerio, pasando por la madera del ataúd.» Nelson se había estremecido al acordarse del ataúd de Scarlet, una caja pequeña de madera a punto de emprender su último viaje.

De regreso de la excavación lo esperaba su jefe. El superintendente Whitcliffe es un policía de carrera, un licenciado con afición a los trajes de lino y los zapatos sin cordones, cuya mera presencia basta para que Nelson se sienta deslucido, y aún más desastrado que de costumbre. Tiene la sensación, que ya se remonta a cuando iba al colegio, de tener las manos y los pies varias tallas más grandes de como deberían ser. De todos modos, no está dispuesto a dejarse mangonear. Es un buen policía. Lo sabe, y Whitcliffe también. No está dispuesto a ser el chivo expiatorio de este caso.

—Ah, Harry —dijo Whitcliffe, arreglándoselas para transmitir el mensaje de que Nelson debería haber estado para recibirlo, aunque fuera una visita no anunciada—. ¿Qué, por ahí?

—Siguiendo unas pistas.

Nelson no estaba dispuesto a añadir «señor» por nada del mundo.

—Tenemos que hablar, Harry —dijo Whitcliffe mientras se sentaba detrás de la mesa de Nelson, en clara ostentación de superioridad—. Necesitamos otra declaración.

—No tenemos nada que explicar.

—Es que de eso se trata, Harry —suspiró Whitcliffe—. Necesitamos tener algo que explicar. La prensa nos la tiene jurada. Primero detiene usted a Malone, y ahora lo suelta...

—Bajo fianza.

—Bueno, sí, bajo fianza —dice Whitcliffe de mal humor—, pero eso no cambia el hecho de que no tiene usted ninguna prueba para acusarlo de los asesinatos. Y aparte de él, no hay ningún otro sospechoso. Ahora que el funeral de la niña ha salido en todas las noticias, necesitamos que se vea que hacemos algo.

El funeral de la niña. Whitcliffe asistió, con una corbata de un negro impoluto, y tuvo palabras atentas y compasivas para los padres de Scarlet, pero en su caso era un trabajo más, un ejercicio de minimización de daños. Al llegar a su casa no se puso a vomitar, como Nelson.

—Sí que estoy haciendo algo —dijo Nelson—. Llevo meses trabajando a toda máquina. Hemos rastreado toda la marisma, de punta a punta...

—Me han dicho que hoy ha dejado sueltos a los arqueólogos.

—¿Los ha visto trabajar? —inquirió—. Esos sí que no dejan ni un centímetro de tierra por examinar. Lo tienen todo planeado. No se les pasa absolutamente nada por alto. Con eso nuestros equipos forenses no pueden competir. Si hay algo que encontrar, lo encontrarán.

Whitcliffe sonrió con un aire divertido y cómplice que a Nelson le dio ganas de darle una bofetada.

—Habla usted como un fan de la Arqueología, Harry.

Nelson gruñó.

—Gran parte de lo que hacen son chorradas, claro, pero no se puede negar que saben lo que tienen entre manos. Además, me gusta su manera de hacer las cosas. Es organizada, y a mí la organización me gusta.

—¿Y la mujer esa, Ruth Galloway? Parece muy implicada en la investigación.

Nelson levantó la vista con recelo.

—La doctora Galloway nos ha ayudado mucho.

—Encontró el cadáver.

—Tenía una teoría, y me pareció que valía la pena ponerla a prueba.

—¿Tiene alguna otra teoría?

Whitcliffe volvía a sonreír.

—Teorías tenemos todos —dijo Nelson, levantándose—. Salen baratas. Lo que no tenemos son pruebas.

A pesar de todo, sabe que no puede dar largas a Whitcliffe indefinidamente. Algo tendrá que declarar ante la prensa. Pero ¿qué narices va a decirles? El único sospechoso era Malone, que al principio parecía muy prometedor. Encajaba en lo que Whitcliffe llamaría «perfil de delincuente». Tenía vínculos con la familia Henderson, era una persona sin oficio ni beneficio y no paraba de dar la vara con cosas en plan *new age,* como el autor de las cartas. Pero luego encontraron el cadáver de Scarlet con restos de ADN. El único problema era que no coincidía en ningún caso con el de Malone; y sin el vínculo del ADN, Nelson lo tenía jodido. Había tenido que soltar a Malone, sin acusarlo de nada más que de malgastar el tiempo de la Policía.

A Scarlet la habían atado, amordazado y estrangulado. Luego alguien se había llevado su cadáver a los campos de turba y la había enterrado donde estaba antes esa cosa, el *henge*. ¿Quiere decir que el asesino conoce necesariamente la existencia del *henge*? Ruth dijo que había un camino, una «calzada»... Algo que llevaba justo adonde estaba enterrada Scarlet. ¿Qué pasa, que ya estaba previsto que la encontrase la Policía? ¿Los ha estado observando el asesino desde el primer momento, riéndose de ellos? Nelson sabe que a menudo se trata de un conocido de la familia, estrechamente relacionado con ella. ¿Hasta qué punto? ¿Fue el asesino quien dejó los mensajes en el teléfono de Ruth? ¿También la tiene vigilada? Se estremece sin querer. Ya es tarde, y no queda nadie en las salas de investigación.

Sabe que si no encuentran al asesino de Scarlet le echarán a él la culpa. También sabe que la prensa no tardará mucho en darse cuenta de la relación con Lucy Downey. Lo de las cartas no lo saben, claro; si llegara a divulgarse lo crucificarían, pero en cierto modo le da igual. A él la prensa le resbala —es una de las razones por las que nunca llegará a comisario jefe, a pesar de las fantasías de Michelle—, y es consciente de que se ha esforzado al máximo. No. Él lo que quiere es encontrar al asesino por las familias de Lucy y Scarlet. Quiere encerrarlo de por vida al muy cabrón. No por eso resucitarán las niñas, pero al menos significará que se ha hecho justicia. Es una expresión con una resonancia fría y bíblica que lo sorprende, pero es que, bien pensado, a eso se reduce el trabajo de la Policía: proteger a los inocentes y castigar a los culpables. San Harry el Vengador.

Se incorpora al oír algo en el piso de abajo. Reconoce la voz del sargento de la recepción. Parece que discuta con alguien. No estaría de más investigarlo. Se levanta y, al ir hacia la puerta, choca sin querer con su testigo pericial, la doctora Ruth Galloway.

—Por Dios —dice, levantando las manos para que no se caiga.

—Estoy bien.

Ruth se aparta de un salto, como si Nelson estuviera infectado. Se miran un segundo, incómodos. Está hecha un desastre, despeinada y con el abrigo al revés. «Madre mía —piensa Nelson—. A ver si al final sí que será una loca de las que te persiguen...»

—Lo siento —dice ella, quitándose el abrigo, que chorrea—. Es que tenía que venir.

—¿Qué pasa? —pregunta Nelson con neutralidad, refugiándose detrás del escritorio.

La respuesta de Ruth es estampar sobre este último un libro y un papel. Nelson ve enseguida que el papel es una copia de una de las cartas. El libro no le dice nada, aunque Ruth acaba de abrirlo y está señalando algo escrito a mano en la primera página.

—¡Mira! —dice urgentemente.

Él le sigue la corriente. Luego mira por segunda vez.

—¿Quién lo ha escrito? —pregunta en voz baja.

—Erik. Erik Anderssen.

—¿Estás segura?

—Pues claro. Encima me lo ha confirmado su novia. Es el que escribió las cartas.

—¿Su novia?

—Shona. Una... una colega mía de la universidad. Es su novia. Bueno, exnovia, mejor dicho. El caso es que Shona admite que las cartas las escribió él, y que ella lo ayudó.

—Cielo santo. ¿Por qué?

—Porque te odia. Por James Agar.

—¿James Agar?

—Sí, el estudiante acusado de matar al policía.

Es lo último que se esperaba Nelson. James Agar. Las protestas contra el *poll tax*, los efectivos llegados de cinco comisarías, las calles llenas de gases lacrimógenos y de pancartas, la defensa a toda costa de las posiciones, los estudiantes escupiéndole a la cara, el callejón donde encontraron el cadáver de

Stephen Naylor... Recién ingresado en el cuerpo, con solo veintidós años, y muerto a cuchilladas con un cuchillo de cocina. James Agar viniendo hacia Nelson con los ojos desenfocados y el cuchillo manchado de sangre, como si no fuera suyo...

—James Agar era culpable —dice finalmente.

—Se suicidó en la cárcel —dice Ruth—. Erik te echa la culpa a ti. James Agar era alumno suyo. Dice que le tendiste una encerrona.

—Y una mierda. Había una docena de testigos. Te digo que era culpable. ¿Qué me estás diciendo, que todas estas cartas, toda esta... porquería la escribió Anderssen por un estudiante?

—Es lo que dice Shona. Según ella, Erik te odiaba y quería impedir que resolvieses el caso de Lucy Downey. Le pareció que las cartas te distraerían, como distrajeron a la Policía de Yorkshire las de Jack el Destripador.

—¿Él quería dejar suelto al asesino?

—Es que considera que tú eres un asesino.

Ruth lo dice sin énfasis, ni indicación alguna sobre lo que piensa. A Nelson le entra rabia de repente al pensar en Ruth, Erik y la tal Shona, en todos los profesores universitarios poniéndose del lado de los malos, no de la Policía, como todos los biempensantes de izquierdas.

—Y seguro que estás de acuerdo con él —dice con amargura.

—De ese tema no sé nada —contesta Ruth con tono de fatiga.

La verdad es que sí, que se la ve cansada, se da cuenta Nelson: tiene la cara blanca, y le tiemblan las manos. Cede un poco.

—¿Y Malone? —pregunta—. Escribió un poema sobre James Agar, ¿te acuerdas? Hasta me lo dio como muestra de su letra.

—Cathbad era amigo de James Agar —dice Ruth—. Estudiaban juntos en Manchester.

—¿Tuvo algo que ver con las cartas?

—Las echó al correo —dice Ruth—. Erik las escribió con ayuda de Shona, y Cathbad fue echándolas al correo en varios sitios. ¿Te acuerdas de que nos dijo que era cartero?

—¿Y las últimas cartas? Creía que Anderssen había estado fuera del país.

—Se las mandó Erik por correo electrónico a Cathbad, que las imprimió y las echó al correo.

—¿Has hablado con Anderssen?

—No. —Ruth baja la vista—. He ido a ver a Shona, y después he venido directamente hacia aquí.

—¿Por qué no has ido directamente a ver a Anderssen?

Ruth sostiene su mirada sin pestañear.

—Porque me da miedo —dice.

Nelson se inclina y pone una mano sobre la de ella.

—Ruth, ¿crees que Anderssen mató a Lucy y Scarlet?

Ruth contesta en voz tan baja que a duras penas la oye.

—Sí.

*Y*a se oye otra vez, pero ahora está preparada. Se pone en cuclillas con la piedra en la mano, lista para saltar si se abre la trampilla. Cuando él baja con la comida y deja los platos en el suelo, ella le ve el cogote. ¿Cuál sería el mejor sitio? ¿Arriba, donde empieza a clarear el pelo? ¿En la nuca, de un rojo tan horrible, como en carne viva? Él se gira a mirarla. Entonces ella se pregunta si no sería mejor en plena cara, entre los ojos, en su horrible boca abierta, en su espantoso cuello que no para de tragar saliva.

La examina, cosa que ella odia. Le mira la boca por dentro, le palpa los músculos del brazo, la hace dar media vuelta y le levanta los pies, primero uno y luego el otro.

—Estás creciendo —dice—. Necesitas ropa nueva.

Ropa. Le suena de algo la palabra. Ah, sí, un olor. Un olor suave y reconfortante. Algo que le roza la cara, sedoso y blando entre el pulgar y el índice. Pero a lo que él se refiere es a lo que le tapa el cuerpo: algo arriba y unos pantalones largos y rasposos que de repente le parecen demasiado cortos. Se da cuenta de que le dejan las piernas un poco al descubierto. Son blancas, como la parte interior de una rama. Por su aspecto se diría que es imposible que funcionen, pero no, funcionan. Ha estado practicando; ha dado vueltas corriendo por aquel cuartito, o sin moverse de su sitio, arriba, abajo, arriba. Sabe que pronto tendrá que correr de verdad.

Él le corta las uñas con un cuchillo rojo muy raro que lleva en el bolsillo. Ya le gustaría a ella tener uno así. Entonces… Pero la cabeza se le pone roja, como si le zumbase, y tiene que dejar de pensar.

—Por los ruidos de fuera no te preocupes —dice él—. Solo son... animales.

Animales. Poni, perro, gato, conejo, la rana que estaba croando. Se palpa la piedra en el bolsillo, sin hablar. Le gusta que le corte un poco, solo un poco.

Él la mira.

—¿Estás bien? —dice.

Ella no contesta. Lo que hace es bajar la cabeza para no verlo. Tiene el pelo largo. Le huele a polvo. A veces se lo corta él con el cuchillo pequeño. Ella se acuerda de un cuento en el que alguien se escapa bajando por una larga melena. ¿Tiene ella bastante pelo para hacer una escalera? Parece imposible. Es de esas cosas que solo pasan en los cuentos. Escaparse. ¿Eso también pasa solo en los cuentos?

Así pues, no dice nada. Y cuando él se va, el cuarto se llena de un silencio que le palpita en las sienes, haciendo que le duela la cabeza.

24

Ruth está sentada en el despacho de Nelson, frente a un vaso de café imbebible. Hace frío en la sala, con ese techo tan alto. Aún lleva los pantalones de excavar, unos bombachos del ejército, pero el jersey grueso, tonta de ella, se lo ha quitado en casa. Parece que hayan pasado varios días. El abrigo sigue empapado, y además es demasiado fino. Se arrepiente de no haber traído el impermeable, o un anorak. Rodea el vaso de plástico con las manos. Al menos está caliente.

Nelson ya no está; se ha ido en busca de unos cuantos agentes para detener a Erik. «Detener a Erik.» Tiene una sonoridad imposible. Que Erik sea sospechoso en la investigación de un asesinato, que sea Ruth quien dirija a la Policía hacia su puerta... Parece una locura, una pesadilla. Como si de un momento a otro hubiera pasado de estar en su casita al borde de la marisma, preparando sus clases, quejándose de su madre y escuchando Radio 4, a estar metida hasta el fondo en este drama de asesinatos y traiciones. Es como si se hubiera equivocado de botón en el mando a distancia de la tele, y ahora mismo estuviera dispuesta a dar cualquier cosa por volver a poner aquel documental tan aburrido sobre la rotación de las cosechas.

Nelson irrumpe de nuevo en la sala, con Judy, la policía a quien Ruth conoció en el funeral.

—Bueno —dice, recogiendo su chaqueta—, vámonos. Yo iré con Cloughie en el primer coche. Ruth, tú sígueme con Judy. No salgáis del coche por nada del mundo. ¿Está claro?

—Sí —dice Ruth con cierto mal humor, deseosa de recordarle que no es una subordinada más.

Los vehículos se internan en la noche. Todavía llueve. Es una llovizna lenta, que brilla a la luz de los faros. Tras salir de King's Lynn, los coches toman la carretera de la costa, pasando al lado de *campings* de caravanas desiertos, y de hoteles familiares tapiados. Con la cabeza apoyada en la ventanilla fría, Ruth piensa en su primera imagen de Norfolk, el verano en que llegó en coche desde la estación de Norwich con su tienda y su esterilla, en compañía de Erik y de Magda, y vio la marisma en todo su esplendor nocturno, con kilómetros de arena perdiéndose en la lejanía, la imprecisa línea azul del mar en el horizonte... ¿Quién se podía imaginar que acabaría así, en un coche patrulla, a punto de acusar de asesinato a su antiguo mentor?

El coche de Nelson frena al llegar al hostal, un alojamiento playero de aspecto intachable. Sandringham, se llama, aunque el parecido con la casa de la reina del mismo nombre solo debe de existir en la imaginación febril del dueño. Ruth comprueba que se ajusta al estilo *kitsch* tradicional de playa: visillos, gnomos en el jardín y una vidriera encima de la puerta principal. Nelson y el sargento Clough suben por el empedrado irregular de los escalones de entrada. Clough se apoya con todo su peso en el timbre. «Hostal Sandringham», pone en el cartel. Alojamiento con desayuno, habitaciones con baño, televisor en color, cocina. Hay habitaciones libres.

Dentro del segundo coche, Ruth tiene escalofríos. ¿Qué dirá Erik cuando se fije en el coche y la vea a ella dentro? ¿Sabrá que lo ha traicionado? Porque a pesar de los pesares, Ruth sigue considerándolo una traición. Ha puesto a Erik en manos de Nelson. Se siente como Judas.

Falta poco para las diez, y solo hay una luz encendida en toda la pensión. En el piso de arriba, justo encima de la puerta. Ruth se acuerda de que Erik le dijo que era el único huésped.

Tampoco es que febrero sea temporada alta. ¿Será suya, la luz? ¿Estará dentro, trabajando tranquilamente en algún artículo especializado sobre «Sistemas de campo en la Edad del Bronce»?

Ve que se abre la puerta. Nelson se inclina para hablar con quien ha abierto, una persona a la que no logra ver. Ruth se imagina que le enseña la placa, como en las películas, y que luego entra gritando: «¡Alto, policía!» Sin embargo, se lleva una desilusión. La puerta se cierra. Nelson y Clough regresan lentamente al coche.

Nelson se asoma por la ventanilla, apoyando el antebrazo en el marco a pocos centímetros de Ruth, que se ve obligada a contener el descabellado deseo de tocarlo.

—Se ha ido.

—¿Definitivamente? —pregunta Judy, que se ha girado en el asiento delantero.

—Parece que sí. Su habitación está vacía. Ha dejado un cheque por el coste de la estancia.

Durante un segundo, a Ruth la satisface absurdamente que Erik no se haya ido sin pagar. Luego piensa que podría ser un asesino. ¿No es ligeramente peor que no pagar la cuenta de un hotel?

—¿Y ahora? —pregunta Judy.

Nelson mira a Ruth.

—¿Alguna idea, doctora Galloway?

Ruth no lo mira a los ojos.

—Supongo que podría estar con Shona.

La casa de Shona está a oscuras. Al principio Ruth piensa que debe de haber salido (¿con Erik?), pero a los pocos minutos aparece en la puerta. Va en bata, descuidada, e incluso de tan lejos parece algo bebida.

Esta vez es Judy quien se ha acercado a la puerta. Quizá sea otro de los momentos en que envían a mujeres, como el del luto. La Policía no parece una sociedad muy ilustrada, como la de los neandertales.

Shona se aparta para dejar pasar a Judy. Ruth, que se ha quedado sola en el coche, empieza a tiritar. Se sobresalta al ver abrirse la puerta del copiloto. Es Nelson quien se asoma.

—¿Estás bien?

—Sí, muy bien —contesta ella, apretando la mandíbula para que no le castañeteen los dientes.

—Estás helada. Un momento. —Nelson se quita su pesada chaqueta de la Policía y se la da—. Póntela.

—Pero si es tuya.

Se encoge de hombros.

—Yo no tengo frío. Quédatela.

Ruth se la pone, agradecida. Huele a garaje y, muy remotamente, al *aftershave* de Nelson. Él se ha quedado en mangas de camisa, y es verdad que no parece que pase frío. Da pequeños saltos con las puntas de los pies, impaciente porque vuelva Judy. A Ruth le recuerda la primera vez que lo vio, y cuando fue casi corriendo hacia los huesos enterrados.

Finalmente Judy sale de la casa. Nelson va a su encuentro. Después de unas palabras, ella vuelve al coche.

—No está —le explica a Ruth—. Shona afirma que no lo ha visto. Voy a poner un aviso a todas las unidades. Dice el jefe que tengo que llevarte a un sitio seguro.

Ruth ve entrar a Nelson en el otro coche. «Me ha dado su chaqueta —piensa—, pero despedirse ya sería demasiada molestia.» De pronto siente un cansancio increíble.

—¿Puedes quedarte en casa de alguien? —le pregunta Judy.

Ruth vuelve a mirar la de Shona. No hay luces encendidas. Adiós a las fiestas en casa.

—¿Alguna amiga? —le sugiere Judy—. ¿Alguien de la familia?

—Alguien hay —dice Ruth.

Es una de las casas de pescadores alineadas delante de la playa, cerca de Burnham Ovary: baja, encalada, avezada en soportar los vientos y las lluvias que llegan desde el mar. Ruth se queda delante de la puerta, indecisa, mientras oye estrellarse el oleaje en el rompeolas. ¿Y si no está? ¿Tendrá que dormir en la universidad, debajo de su mesa, y que a las nueve la despierten Tan y

233

los demás alumnos? Ahora mismo le parece una opción bastante atractiva.

Se gira hacia el coche de la Policía, que espera discretamente en la calle, y se pregunta si los vecinos estarán espiándola a través de las cortinas.

—¡Ruth!

Da media vuelta y ve a Peter recortado en un rectángulo de luz. Abre la boca para explicarle lo de Erik y Shona, y pedirle si puede dormir en su casa, pero, para enorme vergüenza de su parte, rompe a llorar, un llanto entrecortado, desesperado, muy poco romántico.

Peter le tiende la mano y la invita a entrar.

—Tranquila —dice—. Tranquila.

Y cierra la puerta.

25

—Perdona —dice Ruth, sentándose en el sofá de Peter.

Como en todos los pisos de alquiler, parece que la forma de los muebles no se ajuste a la de las habitaciones. El sofá es de una enigmática incomodidad.

—¿Qué pasa? —pregunta Peter, que sigue plantado en la puerta.

—Más vale que te sientes —dice Ruth.

Le cuenta lo de las cartas, lo de Shona y Erik, y por último la coincidencia con la letra de Erik.

—Madre mía. —Peter suelta un largo suspiro—. ¿Estás segura?

—Sí —contesta Ruth—, y Shona lo reconoce. Escribieron las cartas porque querían desbaratar la investigación.

—Pero ¿por qué?

—Porque a un alumno de Erik lo acusaron de haber matado a un policía, y después de ser condenado se suicidó en la cárcel. Erik le echa la culpa a Nelson, el policía que está al frente del caso de Scarlet Henderson.

—¿Por qué?

—Porque aportó pruebas contra el alumno. James Agar, se llamaba.

—¿Y ahora la Policía busca a Erik?

—Sí, aunque parece que ha desaparecido.

—¿Y Shona?

—Dice que no sabe dónde está.

Peter se queda callado. Al cabo de un momento mira a Ruth con cara de preocupación.

—¿Y creen que...? ¿La Policía cree que Erik puede ser el asesino de la niña?

—Es una posibilidad que se plantean.

—¿Y tú, qué opinas?

Ruth vacila antes de contestar. En honor a la verdad, ya no sabe qué opinar. Antes pensaba que Erik era omnipotente, y que Shona era su amiga. Ahora parece que ninguna de ambas cosas es cierta.

—No lo sé —acaba diciendo—, pero me parece una posibilidad. El autor de las cartas daba la impresión de ir dejando pistas sobre dónde estaba enterrado el cadáver de Scarlet.

—¿Podría ser una coincidencia?

Ruth piensa en el tono críptico y provocador de las cartas.

—Podría serlo. Las cartas están llenas de insinuaciones. Se pueden interpretar de muchas maneras.

—¿Por qué Erik habría querido matarlas?

Suspira.

—A saber. Quizá pensara que necesitaba hacer un sacrificio a los dioses.

—¡No lo dirás en serio!

—Yo no, pero Erik quizá sí.

Peter vuelve a quedarse callado.

Peter prepara unas tortillas, y abre una botella de vino tinto. Ruth come con hambre. Parece que hayan pasado siglos desde la comida con Shona. Los dos beben en abundancia, por ganas de borrar las revelaciones de la noche.

—¿Sabes qué? —dice Peter—. Que lo de Erik no me lo creo. A mí siempre me ha parecido un adepto sincero de la *new age,* defensor de la paz, el amor y los porros gratis para todos. No me lo imagino queriendo matar a una niña pequeña.

—Pero ¿y si se creía de verdad lo de los sacrificios, lo de las ofrendas a los dioses? Quizá le pareciera necesario hacer una ofrenda para aplacar a los dioses por haberse llevado el *henge*.

—Me estás diciendo que está loco.

Ruth se queda callada, haciendo girar el vino tinto en la copa.

—¿Qué derecho tenemos nosotros a decir si alguien está loco o cuerdo?

—¡Estás citando a Erik!

—Sí.

Ruth, que está sentada en el sofá, esconde los pies debajo del cuerpo. A pesar de todo, empieza a tener mucho sueño.

—Estabas enamorada de él, ¿verdad? —dice Peter, cambiando de tono.

—¿Qué?

—Que estabas enamorada de él. Yo siempre había pensado que lo estabas de mí, pero no. A quien querías de verdad era a Erik.

—No —protesta Ruth—. Lo quería, pero como amigo. Como profesor, supongo. También quería a Magda. Contigo era otra cosa.

—¿Ah, sí? —Peter cruza la sala y se pone de rodillas frente a ella—. ¿Seguro, Ruth?

—Sí.

Le da un beso. Durante un segundo, Ruth tiene la impresión de derretirse entre sus brazos. ¿Tan mal estaría?, se pregunta. Peter se ha separado de su mujer. Está soltero. ¿A quién perjudicarían?

—Ruth, por Dios —murmura él, con la boca en su cuello—, cuánto te he echado de menos... Te quiero.

Es el colmo. Ruth se incorpora y lo aparta.

—No.

—¿Qué?

Ahora Peter la rodea con sus brazos.

—Tú no me quieres.

—Sí, te quiero. Casarme con Victoria fue un error. Tú y yo siempre hemos estado hechos el uno para el otro.

—Mentira.

—¿Por qué?

Ruth respira hondo. Le parece muy importante hacerlo bien. Que haya algo claro, sin dudas ni ambigüedades.

—Yo no te quiero —dice—. ¿Puedo dormir en el sofá?

Por la mañana, al despertarse, ve que está tapada con la chaqueta de Nelson y un edredón. Por las finas cortinas se filtra una luz gris. En su móvil pone que son las siete y cuarto. No hay mensajes nuevos. Al incorporarse le duele la cabeza, y parece que tenga arenilla en los ojos. ¿Cuánto bebió anoche? En el suelo hay dos botellas vacías. Para una estudiante de licenciatura puede que no sea mucho, pero no deja de ser más de lo que ha bebido en varios años. Ni siquiera se acuerda de haberse acostado. Lo que sí recuerda es el portazo de Peter tras haberle dicho que no estaba enamorada de él, aunque debe de haber vuelto, como mínimo para taparla con el edredón. Qué mareada está, por Dios...

Se levanta con la intención de buscar un aseo y una ducha, pero al abrir la puerta se topa con Peter, que lleva una taza de té.

—Gracias —dice, quitándosela de las manos—. Me encuentro fatal.

Peter sonríe.

—Yo también. Ya no somos jóvenes, Ruth. Por cierto, el cuarto de baño está arriba. La primera puerta de la izquierda. Y las toallas al lado, en el cuarto de la caldera.

—Gracias —dice Ruth.

Puede que al final vaya mejor de lo esperado.

Es un horror ponerse la misma ropa después de ducharse, pero al menos se siente limpia. Se envuelve el pelo con una toalla y baja. Peter está tostando pan en la cocina, que es muy pequeña.

Ruth se sienta, buscando algún tema que aligere un poco el ambiente; algo intrascendente, que no dé pie a polémicas. ¿De qué pueden hablar? ¿Del tiempo, de la excavación, de lo que está pasando en *The Archers*? Necesita algo que le recuerde a Peter su auténtica vida, lejos de Norfolk, y a su mujer y su hijo.

—¿Tienes alguna foto de tu hijo? —pregunta finalmente—. No lo he visto desde que era un bebé.

Peter pone cara de sorpresa, pero saca su móvil, negro y de diseño, y se lo acerca por la mesa.

—Aquí —dice—, en «Fotos».

A Ruth le cuesta pasar de una a otra. Odia estos móviles tan pequeños. La hacen sentirse una giganta. La primera foto es de un niño pelirrojo y sonriente.

—¿Dirías que se me parece? —pregunta Peter.

—Sí —contesta Ruth, a pesar de que la foto es tan pequeña que no se puede ver bien.

—Porque es pelirrojo. De cara se parece más a Victoria.

Ruth se pone a clicar, intentando encontrar más fotos. Parece que sean todas de Daniel, aunque ve una de la marisma, un rectángulo pequeño y gris. De Victoria no hay ninguna.

—¿Y ahora qué harás? —pregunta Peter mientras le pone delante una tostada.

—Ir a trabajar y poner un poco de orden. Luego puede que me vaya unos días a ver a mis padres.

Mientras lo dice se le aparece la M11, gris y vacía ante sus ojos. Seguro que su madre le preguntará por Peter.

—Caramba, pues sí que tienen que estar mal las cosas.

Ruth sonríe, pero al mirar a Peter se lo encuentra muy serio. Durante un segundo parece un desconocido.

—Recuerda, Ruth —dice él—, sé dónde estás.

—¿Erik, sospechoso? ¿En serio? —pregunta Phil mientras cierra la puerta de su despacho, después de que entre Ruth—. ¿Qué está pasando?

—No estoy segura —miente ella—. Solo sé que la Policía quiere hablar con él.

Ha estado pensando en las palabras de Peter durante todo el trayecto hasta la universidad: «Sé dónde estás». ¿Es posible que sea el autor de los mensajes? Ruth nunca le ha dado su número de móvil, pero a él no le habría costado nada conseguirlo. Se lo podría haber pedido a cualquiera. A Erik, a Shona... Incluso a Phil. Pero ¿por qué iba a querer darle un susto así? No tiene sentido. Lo que está claro, en todo caso, es que no puede fiarse de nadie.

—¿Qué pasa? —repite Phil. Se nota que se está esforzando por disimular el entusiasmo—. Ha estado aquí la Policía, preguntando por Erik. Antes ha pasado tu amiga Shona, la del Departamento de Literatura, y se la veía muy angustiada.

Ruth se imagina perfectamente a Shona llorando dramáticamente en el hombro de Phil. Quizá sea el próximo en su lista de profesores casados.

—Pero ¿cómo van a...? —Phil baja la voz con teatralidad—. ¿Cómo van a sospechar de él?

—No lo sé —responde Ruth, cansada—. Oye, Phil, tengo que pedirte un favor. A la Policía le parece que debería irme unos días. Se me había ocurrido ir a Londres, a casa de mis padres. ¿Te importa si me tomo unos cuantos días libres? Esta semana solo tengo una clase y una tutoría.

Phil se la queda mirando con los ojos muy abiertos.

—¿Creen que estás en peligro? ¿Por Erik?

—Lo siento, Phil —dice Ruth—, pero no te puedo decir más. ¿Supone un problema que me ausente unos días?

—Por supuesto que no —dice Phil, y luego añade—: ¿Puedo hacerte una pregunta, Ruth?

—Sí —responde Ruth con cautela.

—¿Por qué llevas una chaqueta de policía?

Su intención era salir temprano, pero llega a la marisma cuando ya está oscureciendo. De repente se le han acumulado muchas cosas: cancelar la clase, organizar que Phil se encargue de la tutoría sobre «Restos animales en la arqueología de zonas húmedas», llamar a sus padres para avisar de que irá, evitar los mensajes cada vez más desesperados de Shona... Y encima, de repente, la ha llamado Nelson.

—Ruth, ¿estás bien?

—Sí, muy bien.

—Me ha dicho Judy que anoche te llevó a la casa de un amigo. No quiero que se repita. Donde te quiero es en algún sitio bien seguro.

—Me voy a casa de mis padres. En Londres.

Una pausa.

—Bien. Eso está bien.

Ha puesto voz de distraído. Casi se le oía mover papeles a la vez que hablaba.

—¿Ya habéis encontrado a Erik? —ha preguntado ella.

—No. Parece que haya desaparecido de la faz de la tierra, pero ya lo encontraremos. Tenemos vigilada la pensión, la casa de su novia y la universidad. Están avisados todos los aeropuertos.

—¿Y en casa de Cathbad?

—Sí, ya lo hemos pensado. Al amigo Malone he ido a verlo esta mañana. Dice que hace días que no ha visto a Anderssen, pero también lo tenemos vigilado.

—Tanta vigilancia debe de salir cara.

Nelson se ha reído sin ganas.

—Si lo pillamos, habrá valido la pena.

Ruth ha ido en taxi a la comisaría para recoger su coche, pero a Nelson no lo ha visto. El sargento de la recepción le ha dicho que ha salido «a hacer el seguimiento de una información recibida». Ruth se ha preguntado si querría decir que han encontrado a Erik. Ha estado a punto de dejarle a Nelson la chaqueta en la comisaría, pero al final se la ha quedado, por alguna razón. Le recuerda a él, y aunque parezca raro, la hace sentirse más valiente. Además, abriga mucho.

Son las cuatro cuando gira por New Road. Sobre el mar se están juntando nubes grises que no anuncian nada bueno. Se avecina una tormenta. El viento ha parado de golpe, y el aire está cargado de expectación. En el horizonte hay una línea lívida, amarilla, y hasta los pájaros guardan silencio.

Entra en casa, y *Sílex* la recibe medio histérico. Dios santo. Ayer por la noche se olvidó de él. Ha volcado las galletas en la cocina, y ha hecho un agujero en el cartón. Fija una mirada torva en Ruth, que le está llenando el cuenco. Tendrá que llevárselo a casa de sus padres. Se le hace demasiado cuesta arriba pedírselo otra vez a David; además, no sabe cuánto tiempo estará fuera. Sube al desván a buscar su cesta de viaje. En ese momento oye el primer trueno lejano.

Hace el equipaje deprisa, tirando de cualquier manera tops, pantalones y jerséis. No tiene sentido preocuparse por lo que se lleve, porque, sea lo que sea, su madre lo criticará. Aún lleva la chaqueta. Le dirá a su madre que en Norfolk está haciendo furor el «chic policía». Añade una novela negra y su portátil. Mejor que intente trabajar un poco. Al arrastrar la maleta hasta el rellano, tira al suelo la silueta de cartón de Leonard McCoy. «Teletranspórtame, Scotty.» La aparta y se apresura a bajar. Las cinco.

Maldita sea... A este ritmo no llegará a Londres hasta medianoche. Y el tráfico va a estar fatal. Mira por la ventana. Ya es noche cerrada. Vuelve a hacer viento. Su verja no para de moverse, como si jugara con ella un niño invisible. Agarra a *Sílex* a toda prisa y lo mete (protestando) en la cesta para gatos. No hay tiempo que perder.

A pesar de todo, no puede contenerse y va a su escritorio para echarle un último vistazo a la torques de la Edad del Hierro, que fue la causante de todo. No sabe por qué lo hace. Debería habérsela dado a Phil, para que la guardase junto con el resto de los hallazgos, pero por alguna razón le resulta insoportable separarse de ella.

Despide brillos mates en su mano. El metal retorcido es tan bonito como siniestro. ¿Por qué la depositaron en la tumba? ¿Como demostración del estatus de la niña, o como ofrenda a los dioses del mundo subterráneo y de los cruces, los que custodian la entrada a las marismas?

Se queda un minuto donde está, sopesando el contundente objeto de oro.

Hasta que una voz dice:

–Hacia el 70 a. C., diría yo. La época de los icenos.

Es Erik.

26

Ruth se gira con el corazón a mil por hora. Justo entonces cae sobre la casa una ráfaga de viento con especial virulencia. Ha llegado la tormenta.

—Qué mala noche —dice Erik, como para dar conversación.

Lleva un impermeable negro, y sostiene un paraguas que salta a la vista que acaba de girarse. Lo deja y entra, sonriendo.

—Erik —dice ella tontamente.

—Hola, Ruth —contesta él—. ¿Qué pensabas, que me iría sin despedirme?

Se acerca un paso más. Aún sonríe, pero sus ojos azules son fríos. Como el mar del Norte.

—La Policía te está buscando —dice Ruth.

—Ya lo sé —responde él con una sonrisa—. Pero aquí no buscarán.

Ruth, desesperada, se extraña de que a Nelson no se le haya ocurrido vigilar la casa. Lo malo es que ahora cree que Ruth está de camino a la de sus padres, sana y salva. No puede ayudarla nadie. Empieza a retroceder hacia la puerta.

—¿Qué pasa, Ruthie? ¿No te fías de mí?

—No.

—Te advierto de que no las maté yo. —Erik coge la torques y la examina atentamente—. No he matado a las niñas. No soy una *nix*. No soy un espíritu maligno del mar. Solo soy Erik.

Su voz es tan hipnótica como siempre. Ruth sacude la cabeza para despejársela. No puede caer en la trampa.

—Escribiste las cartas. Y por las cartas supe dónde encontrar a Scarlet.

—Tonterías —dice Erik—. Forzaste los datos para ajustarlos a tu teoría, como todos los especialistas.

—¿Tú no lo eres?

—¿Yo? —Sonríe—. No. Yo soy un contador de cuentos. Un urdidor de misterios.

De repente, Ruth cae en la cuenta de que está loco de atar.

Se acerca lentamente a la puerta. Ya toca el pomo con la mano. En ese momento, dándose cuenta de que están a punto de dejarlo en su cesta, *Sílex* suelta un aullido sobrenatural. Erik da un respingo y se abalanza sobre Ruth. A ella le basta ver sus ojos para decidirse, aunque no conozca sus intenciones. Logra abrir la puerta y se interna en la noche.

El viento es tan fuerte que le cuesta mantenerse en pie. Viene directamente del mar y, al correr por las marismas, lo aplana todo a su paso. Ruth recibe de lleno en la cara una lluvia que intenta obligarla a regresar con Erik, pero ella sigue imparable. Finalmente llega a su coche, su fiel y herrumbroso Renault. Se lanza como loca hacia la puerta.

—¿Buscas esto?

Al girarse, ve a Erik con las llaves del coche en la mano. Todavía sonríe. Con el pelo blanco aplastado por la lluvia, parece un hechicero; no como los entrañables de Harry Potter, sino como un ser del viento y de la lluvia, un ser elemental.

Ruth sale disparada. Cruza corriendo New Road, salta por encima de la zanja —llena ya de agua— que conduce a las marismas y se adentra en la oscuridad.

—¡Ruth!

Oye la voz de Erik a sus espaldas. También ha cruzado la zanja. Avanza con dificultad por la gruesa hierba y los matojos. Ruth, que también va a trompicones, se cae con todo su peso en el suelo embarrado, cortándose las manos con las piedras sueltas, pero sigue adelante; continúa sin aliento, esquivando los árboles raquíticos sin saber adónde va. Solo sabe que tiene que huir de Erik. Sabe que la matará, como mató a las dos niñas. Sin motivo. Por la única razón de que está loco.

Lo oye a sus espaldas. A pesar de su edad, está en forma, mucho más que Ruth. A ella, sin embargo, la impulsa la desesperación. Se cae en un pequeño arroyo, por el que sabe que se está acercando a las marismas salinas de marea. El viento ha cobrado aún más fuerza. La lluvia le acribilla el rostro. Se para. ¿Dónde está Erik? Ahora lo único que oye es el viento.

Se deja caer al suelo, agotada. Está blando. Siente en la cara el roce de los tallos de los juncos. ¿Dónde está el mar? Como se pierda por los bajíos, no tendrá salvación. David dijo que la marea sube más deprisa que un caballo al galope. Cuesta muy poco imaginarse que el ruido del viento son cascos de caballo que galopan desbocados, los caballos blancos de las olas que barren las marismas. Se acuclilla entre los juncos, tratando de pensar con frialdad. Tiene que llamar a Nelson y pedir ayuda, pero al buscar el móvil se acuerda de que lo ha metido en el equipaje. Alrededor de ella chilla el viento. Oye un ruido de fondo todavía más siniestro, y una especie de rugido líquido, incesante.

Se ha perdido en la marisma, y está subiendo la marea.

27

Nelson vuelve a la comisaría de muy mal humor. La «información recibida» ha resultado ser una tontería descomunal. En un pub de King's Lynn habían visto a un hombre que respondía a la descripción de Erik Anderssen, pero al llegar al pub ha resultado que era noche de música folk, y que todos los presentes respondían a la descripción de Erik Anderssen, con su coleta gris, su cara de creído y todo lo demás.

Mira la lluvia con hostilidad, sorteando el tráfico de noche de domingo. Luego piensa que a la mierda, y enciende la sirena. Le abren paso de una manera que nunca deja de satisfacerlo, franqueándole el camino a la comisaría.

Espera que Ruth esté bien. ¡Caray! A estas horas ya debería estar yendo para Londres, sana y salva. Tampoco es que Nelson crea que Erik vaya a tratar de ponerse en contacto con ella. En su fuero interno está seguro de que ya ha salido del país. Da por hecho que anoche se subió a un vuelo de última hora y que está tan contento en... ¿cómo se llama algún sitio de Noruega? Eso, Oslo. Estará sentado en un bar de Oslo, bebiendo lo que beban los noruegos y partiéndose de risa, el tío barbudo.

El sargento de guardia le explica que hace una hora que Ruth ha pasado a recoger su coche. Nelson frunce el ceño. Es demasiado tarde. ¿Qué ha hecho Ruth todo el día, mirar las musarañas? Han hablado a la hora de comer. Debería haberse marchado justo después.

En la puerta de su despacho lo aborda una agente, y aunque no sabe su nombre, compone en su cara algo parecido a una sonrisa. Es joven (cada vez lo son más), y se la ve nerviosa.

—Esto... ha venido alguien a verlo, inspector jefe.

—¿Ah, sí? —la anima Nelson a seguir.

—Está en su despacho. No ha querido decir cómo se llama.

«¿Y por qué han dejado que suba?», piensa Nelson irritado. Al abrir la puerta, lo primero que ve es el movimiento de una capa morada. Entra y cierra la puerta muy deprisa.

Cathbad se ha sentado en el lado que le corresponde a Nelson, como si estuviera en su casa; no solo eso, también ha apoyado los pies en la mesa, y eso que tiene las zapatillas enfangadas. Nelson ve barro en una de sus listas de tareas pendientes, tan preciosas y limpias.

—¡Quita los pies de mi mesa! —brama.

—Esa rabia debería vigilarla, inspector jefe —dice Cathbad—. Seguro que es ascendente Aries.

Aun así, los baja.

—Y ahora fuera de mi silla —dice Nelson, respirando con agitación.

—En este mundo nada es nuestro —replica Cathbad, levantándose, eso sí, y bastante deprisa.

—¿Solo has venido para soltarme chorradas *new age?*

—No —dice con calma—. He venido a darle información sobre Erik Anderssen. Me ha parecido mejor decírselo en persona, así que me he escapado aprovechando que estaban ocupados sus dos... esto... guardianes.

Nelson aprieta los puños al pensar en los agentes encargados de vigilar a Cathbad. Pues menuda vigilancia. ¿A qué narices se han estado dedicando? Seguro que a disfrutar de la calefacción del coche, para librarse del frío nocturno de la playa de Blakeney. ¡Qué inútiles!

—¿Qué información? Si has venido a decirme que está en un concierto de folk, no malgastes el aliento.

Cathbad no le hace caso.

—Me ha llamado por teléfono hace una hora y me ha dicho que iba a ver a Ruth Galloway.

El corazón de Nelson empieza a latir más deprisa. Hace el esfuerzo de hablar con calma.

—¿Cómo es que de repente tienes tantas ganas de ayudar a la Policía?

—A mí la Policía no me gusta —dice Cathbad con altivez—, pero aborrezco cualquier tipo de violencia. Y Erik, por su voz, me ha parecido francamente violento. Creo que su amiga la doctora Galloway podría estar en peligro.

«¿Y ahora qué narices hago?», se pregunta Ruth entre los juncos, oyendo el fragor de la marea y los aullidos del viento. A su casa no puede volver, y cuanto más tiempo se quede en la marisma, mayor será el peligro. Pronto subirá la marea, y no sabe si ya está en la zona inundada. Sin embargo, no tiene ninguna intención de quedarse en el barro, acobardada y esperando morir. Tiene que encontrar alguna escapatoria. En todo caso, siempre es mejor correr que quedarse esperando a que la alcance Erik. Empieza a ir en zigzag entre los juncos, bajando la cabeza contra el viento.

Los truenos son tan fuertes que está a punto de perder el equilibrio. Es un ruido ensordecedor y metálico, como el choque de dos trenes. Justo después, otro relámpago ilumina todo el cielo de blanco. Madre de Dios... Seguro que tiene la tormenta justo encima. ¿Y si la parte un rayo? El crujido de otro trueno la hace arrojarse por instinto entre los juncos, protegiéndose la cabeza con los brazos. Se ha caído en un arroyo poco profundo, lo cual es peligroso. El agua es conductora de electricidad, ¿no? Ni siquiera se acuerda de si lleva suelas de goma. Se arrastra boca abajo. Es como se imagina la Primera Guerra Mundial: estar de bruces en el barro mientras explotan proyectiles de mortero por el cielo. Esto sí es tierra de nadie. Avanza lentamente, adelantando una mano y luego la otra.

Nelson conduce como loco en dirección a la marisma, tensando la mandíbula. A su lado, Cathbad tararea algo en voz baja. Es la persona con quien menos le apetece estar, pero hay dos motivos importantes por los que en este momento el asiento del copiloto del Mercedes de Nelson está ocupado por Cathbad. El primero es que asegura conocer la marisma «como la palma de mi mano»; el segundo, que Nelson se fía tan poco de él que no quiere perderlo de vista ni un segundo.

Los siguen Clough y Judy en un coche patrulla. Unos y otros van con la sirena a todo volumen, aunque no haya casi coches en las carreteras rurales que recorren a toda pastilla. La tormenta que arrecia sobre sus cabezas, sin que le presten la menor atención, ha hecho que todo el mundo se ponga a cubierto.

Al llegar a New Road, Nelson reconoce el coche de Ruth y respira con un poco más de desahogo. Luego ve la puerta abierta, sacudida por el viento, y se le encoge el corazón. Cuando está a punto de salírsele del pecho es cuando entra en la sala de estar. La razón es que lo llena un lamento espantoso, como de otro mundo. Se para de golpe, provocando que Cathbad choque con su espalda.

Para vergüenza eterna de Nelson, es Cathbad quien repara en el cesto para gatos y acude a rescatar a *Sílex*.

—Ya eres libre, gatito —murmura vagamente.

A *Sílex* no se lo tienen que decir dos veces. Con la cola erizada de indignación, desaparece por la puerta abierta de la casa. Nelson espera que no sea para siempre. No quiere que otro de los gatos de Ruth acabe mal.

Cuando llegan Clough y Judy, Nelson ya ha registrado toda la casita. No hay señales de Erik ni de Ruth, aunque al lado de la puerta hay una maleta llena, y en el suelo, como un ave prehistórica, un paraguas roto. Cathbad está examinando un trozo retorcido de metal que estaba encima de la mesa.

—¿Qué es? —pregunta Nelson.

—Parece una torques de la Edad del Hierro —contesta Cathbad—. Algo lleno de magia.

Nelson pierde inmediatamente el interés.

—No pueden estar muy lejos —dice—. Johnson, Clough, id a preguntar a los vecinos si han oído algo. Pedid perros por radio, y un equipo de respuesta armada. Tú y yo... —Agarra a Cathbad por el brazo—. Nos vamos a dar un paseíto por la marisma.

Ruth corre inclinada por los humedales. Se cae de bruces en arroyos enfangados, sale a rastras, nota en su boca gusto a sangre, se levanta otra vez, vuelve a caerse, esta vez en un charco de un palmo de profundidad... Se levanta jadeando, mal que bien. La marisma está llena de zonas de agua así, que pueden llegar a superar el metro de ancho. Rehace sus pasos y, al encontrar suelo más firme, reemprende su carrera.

Corre sin parar. Ha perdido un zapato y tiene el pantalón hecho jirones. Menos mal que lleva la chaqueta de la Policía, que al menos le permite seguir estando seca de cintura para arriba. Tiene que continuar. Se lo debe a Nelson, como mínimo. Si encontrasen otro cadáver en las marismas, sería el final de su carrera, sin la menor duda. En el momento de ceñirse la chaqueta siente una chispa muy tenue de valor, como si se la hubiera transmitido la prenda. A Nelson no le darían ni pizca de miedo el viento y la lluvia. ¿Verdad que no?

Pero ¿dónde está Nelson? ¿Y dónde está Erik, por cierto? Se para y trata de escuchar, pero solo oye viento, lluvia y truenos. «Lo que dijo el trueno.» ¿Es de T. S. Eliot? Piensa un segundo en las cartas, y en las citas de Eliot con que Erik y Shona se burlaron de Nelson. Eso le parece creíble, aunque la entristezca, pero ¿de verdad puede creerse que Erik matara a Scarlet Henderson? «No confíes en nadie —se dice mientras va dando tumbos por el terreno irregular—. Solo en ti misma.»

De repente oye algo que hace que se le detenga el corazón. Una voz que no se parece a ninguna voz humana que haya oído nunca. Es como si estuvieran llamándola los muertos. Tres llamadas, graves y uniformes. La última se extingue vibrando en el silencio. ¿Qué ha sido eso?

Vuelve a oírlo, esta vez muy cerca. Sin ningún motivo del que sea consciente, empieza a moverse hacia el origen del sonido, hasta que de repente tiene delante una pared.

Su primera reacción es de incredulidad. Pero sí, es una pared, indiscutiblemente. Acerca una mano con cuidado. No, no es ningún espejismo; es una pared de madera maciza, hecha de planchas sin desbastar clavadas entre sí.

¡Claro, es el observatorio! Ha llegado al observatorio. Está a punto de soltar una risa de alivio. Debe de ser el que queda más lejos, donde Peter y ella se encontraron a David. Se acuerda de que estaba por encima de la marca de marea. Está a salvo. Puede refugiarse dentro hasta que pase la tormenta. Gracias a Dios que existen los observadores de aves.

Entra en la cabaña tropezando, medio borracha de alivio. Como refugio no vale gran cosa, porque tiene un lado abierto, pero es mil veces mejor que nada. Supone un placer indescriptible no estar expuesta al viento ni a la lluvia. Le duele la cara como si le hubieran dado varias bofetadas, y aún le zumban los oídos. Cierra los ojos, apoyando la cabeza en la basta madera. Aunque parezca una locura, casi podría quedarse dormida.

Fuera la tormenta sigue en su apogeo, pero ya está casi acostumbrada. Ahora el viento suena como si la llamaran voces infantiles. Qué sonido más triste... Como gritos de marineros perdidos en el mar, como los fuegos fatuos que van por el mundo en busca de calor y de consuelo... Se estremece. No es momento de asustarse y empezar a pensar en los cuentos que contaba Erik junto a la fogata: largos dedos verdes que salen del agua, pobladores no muertos de las noches, ciudades inundadas, campanas de iglesia que resuenan en las profundidades marinas...

Da un respingo. Ha oído un grito bajo sus pies. Aguza el oído. La tormenta amaina fugazmente, y en ese momento vuelve a oírlo. Es una voz, inconfundiblemente humana.

—¡Socorro! ¡Socorro!

Se queda mirando embelesada el suelo de madera del observatorio. Está cubierto por una estera. Trata de arrancarla. Como era previsible, está clavada, pero se desprende al tercer o cuarto estirón. Debajo hay planchas de madera y una trampilla. Pero ¿qué sentido tiene una trampilla en un observatorio de aves? Otra vez la misma voz. La está llamando por debajo del suelo.

Se agacha, apenas consciente de lo que hace, y pega la cara a la trampilla.

—¿Quién está ahí? —pregunta.

Todo queda en silencio.

—Soy yo —contesta luego una voz.

Es una respuesta de una sencillez que le llega hasta el alma. Presupone que conoce al dueño de la voz. Y es la sensación que tiene Ruth, prácticamente al mismo tiempo: la de conocerlo.

—¡No te preocupes —exclama—, que ya vengo!

En la trampilla hay un cerrojo. Se desliza con facilidad, como si se usara a menudo. Ruth lo abre, y clava la mirada en la oscuridad del otro lado. Justo entonces lo ilumina todo un relámpago.

Delante de ella hay un rostro que la mira: una niña, a lo sumo adolescente, de angustiosa delgadez y pelo largo, apelmazado. Lleva un jersey de hombre, unos pantalones andrajosos y una manta sobre los hombros.

—¿Qué haces aquí? —pregunta tontamente Ruth.

La niña se limita a sacudir la cabeza. Tiene unos ojos enormes, y la piel de una palidez grisácea.

—¿Cómo te llamas? —pregunta Ruth.

Pero de repente ya lo sabe.

—Lucy —dice con dulzura—. Eres Lucy, ¿verdad?

28

Judy y Clough informan de que ninguno de los vecinos de Ruth contesta.

—Las casas parecen cerradas, señor.

Nelson les ordena que se queden y esperen a los perros. Él buscará por la marisma.

—¿Aquí? —pregunta Clough, refiriéndose con gestos a la oscuridad de los marjales, donde el viento casi aplasta los árboles—. Nunca los encontrará.

—Hay arenas movedizas —dice Judy, a punto de caerse por una ráfaga especialmente salvaje—. Y la marea sube muy deprisa. Yo he vivido aquí, y no es seguro.

—Conozco un camino —dice Cathbad.

Se lo quedan mirando. El viento hace revolotear su capa. Tiene los ojos brillantes, y por algún motivo no parece tan ridículo como de costumbre.

—Hay un camino secreto —añade—. Lo descubrí hace diez años. Es una especie de lengua de grava. Lleva desde el primer observatorio hasta el círculo del *henge*, y siempre va por tierra firme.

Nelson piensa que debe de ser el camino que siguió Ruth para encontrar el cadáver de Scarlet.

—¿Podrías encontrarlo a oscuras? —pregunta.

—Fíese de mí —dice Cathbad.

Lo cual no tranquiliza mucho a nadie.

Oír su nombre parece tener efectos devastadores en la niña, que empieza a llorar desesperadamente; es un llanto de niña, no de adolescente.

—¡Déjame salir! —solloza—. Déjame salir, por favor.

—Ahora mismo —dice Ruth, muy seria.

Mete una mano y la agarra por el brazo, sintiéndolo muy frágil, como si pudiera partirse. Luego estira, pero le faltan fuerzas para levantarla a pulso, aunque esté tan flaca. ¿Por qué no habrá seguido yendo al gimnasio?

—Voy a bajar —dice finalmente—. Así después te aúpo.

La niña retrocede, pero Ruth está decidida. Salta por la trampilla y se cae con todo su peso en el suelo de cemento. La niña está pegada a la pared del fondo, enseñando los dientes como un animal acorralado. Tiene una piedra en la mano. Sílex, concluye Ruth tras dedicarle una mirada rápida y profesional. Afilado.

Prueba a sonreír.

—Hola —dice—. Hola, Lucy, soy Ruth.

La niña hace un ruido tenue, como de miedo, pero no se mueve.

Ruth mira a su alrededor. Está en una mazmorra subterránea, pequeña y cuadrada. Al levantar la vista ve la trampilla en el techo, y una ventana con barrotes que también está tapada con madera. Lo único que hay es una cama baja, un cubo y una caja de plástico cuyo contenido parecen juguetes infantiles. Las paredes y el suelo son de cemento, con zonas rugosas. En las paredes hay manchas de humedad. Todo huele a moho, orina y miedo.

«Dios mío», piensa horrorizada. ¿Es posible que Erik la haya tenido prisionera durante todo este tiempo? ¿Y cuando estaba en Noruega? Cathbad. No puede haber otra respuesta. Ha encontrado el vínculo entre Erik y Cathbad. El carcelero es Cathbad.

Ahora tienen que escaparse. Se gira hacia la niña, que sigue encogida contra la pared.

–Ven. –Le tiende otra vez la mano–. Voy a ayudarte a salir.

Pero la niña, Lucy, se limita a sollozar, moviendo la cabeza hacia ambos lados.

–Venga, Lucy –dice Ruth, procurando hablar con la mayor tranquilidad y dulzura posibles, y que suene como si tuvieran todo el tiempo del mundo, como si no les siguiera la pista un loco, y como si fuera no cayese una tormenta de órdago–. Ven, que te llevo a tu casa. Te gustaría ir a casa, ¿verdad, Lucy? A ver a tu mamá y a tu papá.

Esperaba que Lucy reaccionase a las palabras «mamá» y «papá», pero sigue igual de asustada. Ruth se acerca despacio, buscando en su cabeza cualquier banalidad tranquilizadora que se le ocurra.

–Tranquila, tranquila, que no pasa nada. No te preocupes. Todo va a salir muy bien.

¿Qué cosas sin sentido le decía siempre su madre? Latiguillos irritantes, pero que cuando no puedes dormir te tranquilizan tanto como una buena taza de cacao. Al no haber tenido hijos, a lo que tiene que recurrir es a su propia infancia. Acordarse de cuando su madre no era solo una mujer que le daba la lata por teléfono, sino la persona más importante del mundo. La letanía de la maternidad.

–Tranquila, que lo hecho, hecho está. Agua pasada no mueve molino. Mañana será otro día. Cuando duele algo es porque se está curando. Bien está lo que bien acaba. No llores, que al final del túnel siempre hay luz.

Y, como si las últimas palabras fueran el conjuro que saca a la princesa de la torre, Lucy se echa en sus brazos.

Nelson conduce sin hablar hacia el aparcamiento, con Cathbad a su lado. Solo se oye el chirrido de los limpiaparabrisas, que no dan abasto, y el tamborileo impaciente de los dedos de Nelson en el volante. Por suerte, tal vez, para su bienestar a largo plazo, Cathbad no hace ningún comentario sobre esta impaciencia tan típica de los Escorpio, lo cual posiblemente sea beneficioso para su integridad.

Los árboles que rodean el aparcamiento están alborotados por el vendaval. En la oscuridad se cierne misteriosamente el quiosco cerrado con tablones, que promete helados de apariencia fantasmagórica. Nelson, muy serio, saca una cuerda y una linterna antigolpes del maletero. Cathbad tararea sereno una canción.

Se dirigen a pie hacia el primer observatorio, siguiendo la pista de grava. Nelson va en cabeza, iluminándose con la linterna. Aunque no se considere una persona sugestionable, el sonido del viento que ulula en las marismas empieza a ponerle los pelos de punta. Los truenos que retumban sobre sus cabezas no hacen sino acentuar la atmósfera de cine de terror. Detrás del inspector, Cathbad suelta una especie de suspiro de satisfacción.

Al dejar atrás el primer observatorio, Cathbad se adelanta.

—El camino —dice tan tranquilo—. Está aquí cerca.

Nelson le da la linterna. Como se pierdan, matará a Cathbad antes de arrestarlo.

Al cabo de unos metros, Cathbad sale de la pista de grava y se adentra en las marismas. La oscuridad es absoluta, a pesar de la linterna. De vez en cuando, Nelson ve manchas de agua oscura y peligrosa. Es como internarse en lo desconocido, como esos ejercicios tan ridículos de confianza que se imparten en los cursos de formación policial. La diferencia es que Nelson no se fía lo más mínimo de Cathbad. Ya fue bastante arduo seguir a Ruth por las marismas, y eso que era de día. Ahora tiene que recurrir a todas sus reservas de autocontrol para no apartar a Cathbad de un codazo e insistir en volver a la pista.

Cathbad se para de golpe.

—Es aquí —murmura.

Nelson ve que enfoca la linterna en el suelo. Un relámpago tiñe el cielo de blanco. Cathbad mira al inspector con una sonrisa burlona.

—Sígame —dice.

Como a dos kilómetros de distancia por la oscuridad de las marismas, Ruth tiene a Lucy en brazos. Se le hace raro acunar este cuerpo delgado y vulnerable. No conoce a muchos adolescentes, y los que conoce no son muy proclives a echarse en brazos de nadie, ni a llorar en su hombro.

—Ya está, ya está —dice, adoptando su identidad mítica de madre—. Tranquila. Venga, Lucy.

No obstante, Lucy sigue llorando, con sollozos tan fuertes que sacuden todo su cuerpo.

—Venga, vamos —no tiene más remedio que acabar diciendo Ruth—, antes de que él vuelva.

Funciona. Lucy se aparta, abriendo mucho los ojos de miedo.

—¿Va a venir? —susurra.

—No lo sé —dice Ruth.

A saber dónde estará Erik. Con algo de suerte, perdido en la oscuridad de las marismas, aunque conociéndolo lo más probable es que tenga el sexto sentido de un duende marino, y que eso le permita atravesar indemne la tormenta y llegar justo cuando ellas intentan escaparse. A Lucy no se lo dice. Aprovechando que la niña la ha soltado un poco, la empuja suavemente hacia la trampilla.

—Te voy a aupar. Como al montar en poni, ¿sabes? —añade, desesperada.

Nunca ha montado en poni, pero tiene la esperanza de que Lucy sí.

—Un poni —repite Lucy con cuidado.

—Sí. Te voy a pasar al otro lado de este hueco, y después subiré yo. ¿Vale? —concluye Ruth alegremente.

Lucy asiente de manera casi imperceptible.

—Levanta los brazos —dice Ruth.

La niña lo hace. Se nota que está acostumbrada a obedecer. Al final, en vez de auparla, lo que hace Ruth es rodear su cintura y levantarla. Le sorprende que sea tan fácil. O Lucy no pesa casi nada, o Ruth ha adquirido una fuerza sobrehumana. Se queda atónita al ver que Lucy se agarra al borde de la trampilla y se levanta a pulso, con gran habilidad. Luego la niña la mira desde arriba, con una especie de sonrisa que le curva los labios.

—¡Muy bien, Lucy, muy bien!

Ruth se pone tan contenta que casi se le olvida que también tiene que salir.

Mira a su alrededor, buscando desesperadamente algo a lo que subirse. Al ver la caja de plástico llena de juguetes, la acerca al pie de la trampilla y se sube. No es bastante alta. Va a buscar el cubo y, tras vaciar en un rincón su maloliente contenido, lo pone al revés sobre la caja. Después se sube al cubo, en un equilibrio precario. ¡Sí! Ya puede aferrarse al borde de la trampilla. Usando hasta la última gota de su fuerza sobrehumana, hace lo posible por subir a pulso. Sus dedos arañan frenéticamente el suelo de madera del observatorio. De golpe se lleva la sorpresa de que algo le estira la mano con mucha determinación. Es Lucy. Lucy, que intenta ayudarla. Será por eso, o no, pero de repente tiene medio tronco al otro lado de la trampilla. Con un último estirón, también saca las piernas. Se queda jadeando en el suelo del observatorio.

Lucy la observa. Al inclinarse hacia ella recupera su tono susurrante.

—¿Nos vamos a casa?

—Sí.

Ruth se levanta con dificultad y le agarra la mano. Oye la lluvia en el tejado, pero parece que ha dejado de tronar. Mira el cuerpo delgado y tembloroso de Lucy. ¿Llevarla a casa? ¿Cómo? Se quita la chaqueta de policía y se la pone a ella. Le llega por las rodillas.

—¿Ves? —dice con su alegre voz de «madre»—. Así te sentirás mejor.

Sin embargo, Lucy no la mira a ella. Su mirada está fija en la entrada del observatorio. Ha oído algo. Ahora Ruth también lo oye. Pasos acercándose deprisa.

29

Seguido por los remolinos de su capa morada, Cathbad cruza las marismas en primer lugar. De vez en cuando se detiene y enfoca la linterna en el suelo. Luego gira un poco a la derecha, o a la izquierda. Nelson lo sigue. Aunque se le crispe la mandíbula de frustración, tiene que reconocer que de momento Cathbad no ha dado un solo paso en falso. A ambos lados ve aguas inmóviles y oscuras marismas traicioneras, pero los pies de ambos se mantienen en el terreno firme y sinuoso del camino. Truena y sigue lloviendo sin piedad. Nelson está empapado. Nada de ello, sin embargo, tendrá importancia si encuentran a Ruth.

La oscuridad es tan cerrada que hay momentos en los que casi pierde de vista al chalado de Cathbad, aunque lo tenga a pocos pasos. Luego ve un brillo morado, y se da cuenta de que sigue ahí. Cathbad se gira un par de veces hacia él con una sonrisa desquiciada.

–Energía cósmica –dice.

Nelson no le hace caso.

¿Dónde narices está Ruth? ¿Y Erik? ¿Qué mosca le ha picado a Ruth para echar a correr por las marismas justo en la peor noche del año? Nelson suspira. Pensar en Ruth le forma en la garganta una especie de nudo de ternura reticente. Piensa en sus listas, en su amor a los gatos, en su rechazo al café de la comisaría y en su manera de excavar con calma varias capas de barro hasta dar con un tesoro de un valor incalculable. Piensa en cómo le dio café y lo escuchó la noche en que encontraron a Scarlet. Piensa en su cuerpo, bastante espléndido sin ropa, la verdad sea dicha, y blanco a la luz de la luna. Piensa en cuando la vio en el funeral de Scarlet, con los ojos rojos, y en la cara que puso al decirle que el autor de las cartas era Erik. Vuelve a suspirar. Esta vez es casi un gruñido. Enamorado de ella no está, pero le llega muy adentro. Como le pase algo, nunca se lo perdonará.

Cathbad hace otro alto en el camino. Nelson está a punto de chocar con él.

—¿Qué pasa?

Tiene que gritar para contrarrestar el ruido del viento.

—He perdido la pista.

—¡No lo dirás en serio!

Cathbad barre el suelo con el haz de la linterna.

—Algunos de los postes están sumergidos... —murmura—. Creo que es aquí.

Da un paso y desaparece. Ni siquiera tiene tiempo de gritar. Se esfuma, engullido por la noche. Nelson da un salto, y llega justo a tiempo para cerrar el puño alrededor de la capa. Luego estira, y aunque se rompe la tela, consigue tenerlo bien agarrado del brazo. Cathbad está hundido en el barro hasta el cuello. Nelson tiene que recurrir a todas sus fuerzas para sacarlo. Finalmente, la marisma renuncia a su presa con un espantoso ruido de succión. Cathbad se queda de rodillas en el camino, con la cabeza inclinada, jadeando. Está cubierto de barro y tiene la capa hecha jirones.

Nelson lo levanta a la fuerza.

—Venga, Cathbad, que todavía no te has muerto.

Es la primera vez que llama a Malone por su sobrenombre, aunque ninguno de los dos se fija.

Cathbad agarra a Nelson por el brazo. Su cara negruzca contrasta con el blanco de sus ojos desquiciados.

—Estoy en deuda con usted —dice, aunque le cuesta respirar—. Los espíritus de los antepasados son muy fuertes. Nos rodean por todas partes.

—Pues de momento no nos reuniremos con ellos —le dice Nelson secamente—. ¿Dónde está la linterna?

Ruth y Lucy se miran asustadas. Los pasos siguen acercándose. Ruth piensa a mil por hora. Están acorraladas. No pueden irse del observatorio sin que Erik las atrape. Se coloca inconscientemente delante de Lucy. ¿Las atacará a las dos? ¿Cómo podría defenderse? ¿Cómo podría defender a Lucy? Desquiciada, mira el observatorio por si encuentra algo, pero está totalmente vacío. Ojalá tuviera una piedra, o un trozo de madera. ¿Dónde está la piedra que tenía Lucy en sus manos?

Los pasos se oyen cada vez más cerca. La luna sale al mismo tiempo de detrás de las nubes. Se está acercando una silueta masculina con un impermeable amarillo. ¡Un momento! ¿Erik no iba de negro? El hombre llega a los escalones del observatorio. Ruth ve su cara.

No es Erik, es David.

—¡David! —exclama—. ¡Menos mal!

Ha vuelto a venir para salvarla. David, que se conoce las marismas centímetro a centímetro. David, la única persona, se da cuenta Ruth, que siente verdadero amor por este sitio. Está tan aliviada que se marea.

Detrás de ella, sin embargo, Lucy se pone a chillar.

Nelson oye el grito y se aferra al brazo de Cathbad.

—¿De dónde venía?

Cathbad señala a la derecha.

—De por allá —dice vagamente.

—Vamos.

Nelson echa a correr por el suelo encharcado, tropezando.

—¡No! —grita Cathbad—. Se ha salido del camino.

A pesar de todo, Nelson sigue corriendo.

Lucy chilla, y en ese momento Ruth lo entiende todo.

—¡Tú! —Mira a David fijamente—. Has sido tú.

Él sostiene su mirada con calma. No se diferencia en nada del David amable, reservado y un poco excéntrico al que Ruth creía conocer. ¡Por Dios, si hasta había estado a punto de gustarle!

—Sí —dice—. Yo.

—¿Mataste a Scarlet? ¿Todos estos años has tenido a Lucy aquí prisionera?

A David se le nubla la expresión.

—A Scarlet no quería matarla. La traje para que le hiciese compañía a Lucy. Lucy estaba creciendo. Yo quería una más joven, pero se resistió, intenté que se estuviera quieta y... se murió. No fue adrede. La enterré en el sitio sagrado. Erik me dijo que era lo que había que hacer.

—¿Erik? ¿O sea, que lo sabía?

David sacudió la cabeza.

—No lo sabía, pero hace años me habló de enterramientos y de sacrificios. Me explicó que en la Prehistoria habían enterrado niños en las marismas, como ofrenda a los dioses, así que enterré a Scarlet donde había estado el círculo de madera. Pero vosotros la desenterrasteis.

Pone mala cara.

—Mataste a mi gato —le espeta Ruth.

Es consciente de que hace mal en mencionar a *Chispa*, y de que no debería enfrentarse a David, pero es más fuerte que ella.

—Sí. Odio a los gatos. Matan pájaros.

David da un paso hacia ella. Ruth rodea con sus brazos a Lucy, que tiembla intensamente.

—No te acerques a ella.

—Bueno, es que no puedo dejar que os vayáis —dice David con un tono afable y sensato—. No podría sobrevivir a la intemperie. Lleva demasiado tiempo en cautividad. Tendré que mataros a las dos.

En ese momento, Ruth ve que tiene un cuchillo en la mano, un cuchillo de aspecto francamente respetable. En la hoja mellada se refleja la luz de la luna.

—¡Corre! —grita antes de dejar atrás a David y adentrarse en la noche, arrastrando a Lucy.

30

Ruth corre, apretándole la mano a Lucy. No sabe adónde
va. No piensa ni un momento en la marea o las marismas. A
duras penas se da cuenta del viento y de la lluvia. Lo único que
sabe es que la vida de las dos depende de correr. Las está persi-
guiendo un asesino, un hombre que no es la primera vez que
mata, y que está decidido a silenciarlas. Se sorprende de lo bien
que corre Lucy a su lado, sin hacer casi ruido. Ruth se aferra
a la mano de la niña con ferocidad. No puede soltarla. Sola, a oscuras y en la zona de marea no tendría ni la más pequeña oportunidad.

Oye a David, que las sigue. Está vadeando el arroyo que
acaban de cruzar ellas. Ruth tiene que cambiar de dirección e
ir hacia su casa. Pero ¿dónde está su casa? Girando al azar hacia
la izquierda, se encuentra con un gran charco de agua. Sigue
corriendo y nota que el suelo es cada vez más blando. Dios...
Debe de estar en los bajíos. Se le aparece mentalmente Peter,
diez años atrás, pidiendo ayuda mientras sube la marea. Entonces lo salvó Erik, pero a Ruth, esta vez, no va a salvarla.

De pronto oye algo. Casi parece que los años le traigan de
regreso la voz de Erik. Se detiene a escuchar. Parece que digan
«Policía». Debe de ser una alucinación.

Ha sido un error pararse. De forma horriblemente repentina,
la cara de David surge de la oscuridad. Ruth grita. Lucy le suelta
la mano.

—¡Lucy! —chilla Ruth.

David se abalanza sobre ella y la agarra por el pie. Ruth le da una patada. Él se cae hacia atrás. Ruth echa de nuevo a correr. Tiene que encontrar a Lucy antes que David.

Por desgracia, David le pisa los talones. Ruth oye su respiración entrecortada y el chapoteo de sus pies cruzando el charco. Cambia frenéticamente de rumbo, y se encuentra subiendo con dificultad por una cuesta de arena. Una duna. Debe de tener el mar muy cerca, aunque apenas tiene tiempo de pensarlo, porque justo entonces nota que se cae por la vertiente opuesta de la duna hasta chocar con agua, agua salada. Al mirar hacia delante no ve nada, solo el mar negro azabache, salpicado de blanco por la espuma; el mar, que se acerca implacable. Da media vuelta y cruza un estrecho canal de agua que la lleva de nuevo tierra adentro. ¿Dónde está Lucy? Tiene que encontrarla.

Ve que en el agua, frente a ella, hay una forma oscura y rectangular. Al acercarse ve de qué se trata: un búnker de la Segunda Guerra Mundial, una construcción pequeña de ladrillo de un metro de altura, aproximadamente. Los hay por toda la marisma. A falta de nada mejor que hacer, se sube al búnker. Si salta podrá llegar a la parte más elevada, donde debería estar a salvo de la marea. Así lo hace, y aterriza con todo su peso en la otra orilla. Siente una euforia pasajera en todo el cuerpo. ¡Lo ha logrado! ¡SuperRuth!

La euforia tarda muy poco en disiparse. Frente a ella está David, con el cuchillo en la mano.

Nelson corre por la marisma. Sufre varias caídas, pero sale del agua a trompicones sin darse apenas cuenta. Oye que Cathbad grita algo a su espalda, algo sobre la marea, pero no le hace caso. Se oyen gritos. Ruth está en peligro.

—¡Policía! —exclama—. ¡No se muevan!

Ni siquiera lleva una pistola. ¿Qué hará al llegar? No se lo plantea. Solo corre con obstinación.

De pronto ve la forma sólida del observatorio, recortándose en una oscuridad homogénea, y encamina hacia él sus pasos.

No hay nadie. La luz de la luna le presta un aspecto fantasmal. Sube por los escalones y mira por el agujero oscuro que ha dejado la trampilla. Menos mal que le ha quitado la linterna a Cathbad. El haz luminoso se posa en la sala subterránea.

—Madre mía... —musita.

—Lo siento, Ruth —dice David con el mismo tono de antes, el del vecino tímido y servicial que cuidó de su gato, y a quien dio (¡por Dios bendito!) su número de móvil.

—David... —dice ella con la boca seca.

—Ahora que sabes lo de Lucy, tengo que matarte —le explica David.

—¿Por qué lo hiciste? —pregunta Ruth, deseando sinceramente conocer la verdad, aun a sabiendas de que podría ser lo último que oiga.

—¿Por qué va a ser? —pregunta David, sorprendido—. Para tener compañía.

Se acerca con el cuchillo en alto. Ruth retrocede, pensando en sus posibilidades. Están en la orilla, en una elevación. David tiene a sus espaldas la charca junto a la que ha pasado ella hace un momento. Ruth no tiene ni idea de lo profunda que es. Aunque consiguiera dejar atrás a David, con esta oscuridad no podría cruzar la charca a nado. Detrás de ella están las dunas de arena, y el mar que arroja sus olas sin descanso. Está agotada, y encima tiene sobrepeso. Sabe que a David le sería fácil darle alcance. Abre la boca para decir algo. ¿Implorar clemencia? No lo sabe. De repente, sin embargo, irrumpe en la noche otro sonido: el eco de un triple reclamo, seco y uniforme. Es el mismo que Ruth ha oído antes al lado del observatorio. David la mira como embelesado.

—¿Lo has oído? —susurra.

Le da la espalda sin aguardar la respuesta y empieza a alejarse hacia el origen del sonido. Se oye otra vez. Sobrevuela las marismas negras, llamando, llamando. ¿Es la voz de un niño muerto? ¿Los fuegos fatuos? En este momento, Ruth está dispuesta a creer cualquier cosa. También ella empieza a moverse hacia el sonido.

Lo siguiente es como un sueño, o una pesadilla. David entra en el agua sin pararse, como si estuviera hipnotizado. Ni siquiera parece darse cuenta de que ya le llega a la cintura. Ruth ve que su chaqueta amarilla surca sin vacilaciones el negro azabache del agua. Luego se mueven las nubes, y Ruth ve una silueta en la otra orilla. Lleva una chaqueta oscura que le llega por debajo de las rodillas. Lucy. Su postura tiene algo, un aplomo, una determinación, que casi infunde miedo. De pronto Ruth no tiene duda alguna de que es Lucy quien emite el extraño y espectral reclamo.

Quien ya no piensa es David. Sigue caminando por el agua con la cabeza erguida, como si lo estirasen unos hilos invisibles. De pronto, demasiado bruscamente para que alguien tenga tiempo de gritar, una ola enorme con los bordes blancos se abate sobre el bancal de arena y penetra en la charca. David pierde el equilibrio y desaparece bajo el agua. A la primera ola le sigue otra que convierte la charca en un hervidero de espuma. Sintiendo que el agua le salpica las mejillas, Ruth cierra los ojos. Cuando vuelve a abrirlos, el agua se ha remansado y David ya no está.

Ahora sí grita, a sabiendas de que no la oye nadie. También sabe que a David ya no pueden ayudarlo. La sorprende la fuerza del impulso de salvarlo. Por lo visto, hasta la muerte de un asesino puede despertar compasión.

En la otra orilla aparece alguien más, una silueta alta y corpulenta. Nelson. Le está gritando algo, aunque Ruth no lo entiende. Empieza a rodear la charca en dirección a él. Justo entonces llena el cielo un ruido que es como un batir de alas gigantes. Aparece un helicóptero de la Policía, que arremolina el agua negra con sus rotores. Tras sobrevolar en círculo la lámina de agua, se aleja hacia el mar. Las aguas vuelven a quedarse quietas.

Ruth recorre a gatas la orilla de grava del lado sur del charco. Queda más lejos de lo que parecía. No es que esté exhausta, es que no le quedan fuerzas. El ruido del helicóptero se va alejando. Ahora Ruth oye voces humanas, y perros que ladran a lo lejos.

Para cuando llega al otro lado ya han llegado los perros de la Policía; sabuesos de verdad, que estiran sus correas y emiten ladridos graves y sonoros, como de otro siglo. Ruth se acerca justo cuando Nelson empieza a poner cara de estupefacción al fijarse en la cara de la niña que tiene al lado.

—Nelson —dice Ruth—, te presento a Lucy Downey.

31

Ruth camina por la arena. Ya están en marzo, y aunque el viento es frío, el aire trae vagas promesas de la primavera. Va descalza, clavándose en los pies conchas de almeja.

Está cerca del círculo del *henge*. Las arenas, ondulantes como un mar helado, se extienden frente a ella hasta donde le alcanza la vista. Piensa en «Ozymandias», el poema de Shelley: «Solitarias y llanas se extienden las arenas». La enormidad del mar y del cielo, tienen algo terrible y majestuoso, algo aterrador pero a la vez estimulante. «No somos nada —piensa—; para este sitio, nada.» El hombre de la Edad del Bronce vino y construyó el *henge*; el de la Edad del Hierro dejó cadáveres y ofrendas votivas, y el hombre moderno trata de domesticar el mar con muros, torres y puentes, pero no queda nada. El ser humano se deshace en polvo, que es menos que la arena; solo el mar y el cielo permanecen iguales a sí mismos. A pesar de todo, camina alegremente y con impulso, dando pasos ligeros sobre la mortalidad.

Ha quedado con Nelson, que le dará las últimas noticias sobre Lucy. El único legado de esa horrible noche de hace tres semanas. Ruth se siente unida a ella, y sabe que ese vínculo perdurará, lo quiera o no la niña. Es posible que pronto se disipe su recuerdo en la mente de Lucy, como tantas cosas (o eso espera); llegará el día en que Ruth sea solo esa extraña y robusta mujer que le trae regalos de Navidad y cumpleaños, junto con el vago recuerdo de una noche oscura, un mar embravecido y el final de una pesadilla. Sin embargo, para Ruth, tener a Lucy entre sus brazos ha marcado un antes y un después. En ese momento ya supo que sería capaz de cualquier cosa para protegerla. Y entendió qué era ser madre.

Nelson le ha contado cómo fue el reencuentro de Lucy con sus padres. «Los llamamos, pero sin decirles qué pasaba; solo les pedimos que vinieran a la comisaría. Eran las cuatro de la mañana. No sé qué pensarían. La madre, que habíamos encontrado el cadáver de Lucy. Se lo vi en los ojos. Estaba presente una psicóloga infantil. Nadie sabía qué pasaría, ni siquiera si Lucy reconocería a sus padres. La niña estuvo muy tranquila. Se quedó sentada, envuelta en mi chaqueta, como si esperase algo. Le preparamos una taza de té y se puso a gritar. No se esperaba que estuviera caliente. Lo más seguro es que no hubiera bebido nada caliente en diez años. Gritó y tiró la taza al suelo. Luego se encogió, apartándose de mí, como si pensara que iba a pegarle. Estoy seguro de que la maltrataba, el muy cabrón. Total, que la dejé con Judy. Luego, cuando entré con sus padres... hizo un ruido, una especie de grito de bebé. Entonces la madre dijo: "¿Lucy?". Ella berreó "¡mamá!" y se echó en sus brazos. Por Dios. No había un ojo seco en toda la comisaría. Judy lloraba a mares. Cloughie y yo nos sorbíamos la nariz sin parar. Pero los padres... La abrazaban como si no fueran a soltarla nunca. Luego la madre me miró por encima de la cabeza de Lucy, y me dijo: "Gracias". ¡Gracias! Por Dios...»

—¿Crees que le irá bien?

—Bueno, no hace falta que te diga que la están tratando un montón de psiquiatras, pero dicen que tiene una capacidad de recuperación excepcional. Ha aprendido a ser una adolescente, no una niña pequeña. Dicen que en algunos aspectos se ha quedado en los cinco años, pero que en otros sorprende por su madurez. Yo creo que entiende muchas más cosas de lo que suponemos.

Acordándose de cómo usó Lucy el reclamo (que está segura de que era el del búho chico) para llevar a David a su muerte, Ruth no lo duda.

El cadáver de David no lo han encontrado. Seguramente lo arrastró el mar, y después la marea lo llevó a otra orilla. Tal vez nunca lo encuentren, y algún día los restos de David se sumen a los huesos y reliquias del Neolítico que yacen debajo de este mar poco profundo.

A quien sí encontraron fue a Erik. El gran chamán, que se conocía las marismas al dedillo, se ahogó en una ciénaga, a pocos centenares de metros de la casa de Ruth.

Ruth fue a su entierro, en Noruega. A pesar de todo, descubrió que aún le quedaba algo de afecto por él, y por Magda. Erik siempre había dicho que quería un funeral vikingo. Ruth lo recuerda junto a la fogata, en su faceta de narrador: «El barco con las velas desplegadas a la luz del crepúsculo. El difunto con su espada al lado, y su escudo sobre el pecho. La llama, el destello de fuego purificador que lo enviará al Valhalla, donde estará sentado junto a Odín y Thor hasta que se renueve el mundo...». Depositaron sus cenizas en una embarcación de madera especialmente construida por Lars, el amante de Magda, y tras prenderle fuego la echaron a navegar por el lago, donde ardió toda la noche. Por la mañana aún estaban vivos los rescoldos.

—¿Sabes qué? —dijo Magda, girándose hacia Ruth con el resplandor de la barca reflejado en el rostro—. Que hemos sido felices.

—Ya lo sé —dijo Ruth.

Era verdad, lo sabía. Magda y Erik habían sido felices, a pesar de Shona, de Lars y los demás. Y ella, Ruth, seguía queriendo a Erik a pesar de las cartas, del adulterio y de la fría luz que había tras sus ojos azules. Tenía la sensación de haber aprendido mucho del amor durante las últimas semanas. A su regreso de Noruega fue a Eltham, a casa de sus padres. Salió de compras con su madre, jugó al Scrabble con su padre y hasta los acompañó a la iglesia. Personalmente, duda de que alguna vez llegue a tener fe, pero ahora ya no le parece tan importante recordárselo a ellos. Al tener a Lucy entre sus brazos, en aquel horrible sótano, en cierto modo descubrió un camino de regreso hacia su propia madre. Quizá fuera algo tan sencillo como descubrir el valor del tópico de la maternidad, el del amor que nunca cambia, ocurra lo que ocurra, pasen los años que pasen, y que no es menos intenso por expresarse con frases trilladas.

A Erik no lo llegaron a acusar de ningún delito. En cuanto a la acusación contra Cathbad por haber obstruido la labor de la Policía, ha sido retirada con toda discreción. Las cartas, con sus obsesivos mensajes sobre la vida, la muerte y la resurrección, no han llegado a hacerse públicas, aunque Ruth sigue pensando en ellas muchas veces, y en por qué las escribieron Erik y Shona, por qué Erik odiaba tanto a Nelson como para estar dispuesto a distraerlo de su cometido de encontrar a un criminal. ¿Qué lo movía, la pena por la muerte de James Agar o su arrogancia, la oportunidad de medir su inteligencia contra la Policía como encarnación de un estado filisteo? Ruth ya no lo sabrá.

Cathbad celebró la retirada de la acusación mediante una sesión de limpieza espiritual en la playa, algo no muy distinto a un funeral vikingo, con muchos bailes en torno a una hoguera ceremonial. Invitó a Nelson, y si bien el inspector no asistió, podría decirse, a falta de una palabra mejor, que él y Cathbad se han hecho amigos. A su pesar, Nelson admira la calma que mantuvo Cathbad mientras lo guiaba en plena tormenta por unas marismas que podían acabar con la vida de ambos. Cathbad, por su parte, está convencido de que Nelson le salvó la vida. Lo dice siempre que puede, cosa que a Nelson, por alguna razón, no le desagrada tanto como sería de esperar.

Ruth ve acercarse a Nelson por las dunas de arena. Lleva unos vaqueros y una chaqueta de piel. Parece receloso, como con miedo a que la arena pueda levantarse y atacarlo. Nunca se aficionará a la marisma. Siempre le había parecido un lugar siniestro, y ahora, en su cabeza, quedará asociada al largo cautiverio de Lucy (¡en las propias narices de sus hombres!), y a la muerte.

Se reúne con Ruth, que cree encontrarse al borde del círculo del *henge*, aunque ya no quede nada que lo indique salvo algunas franjas negruzcas en la arena gris. Los postes de madera están en el museo, conservados de modo artificial, lejos del viento y de la arena.

—Menudo sitio para quedar —rezonga Nelson—. Aquí no hay nada en varios kilómetros a la redonda.

—Te sentará bien el ejercicio —dice Ruth.

—Pareces Michelle.

Ruth ya ha conocido a Michelle, y para su sorpresa le cae bastante bien. Admira su manera de hacer siempre exactamente lo que quiere sin renunciar a su imagen de esposa perfecta. Intuye que es un don que le sería útil aprender, aunque no tenga pensado ser la esposa de nadie. Por otra parte, sospecha que Michelle se muere de ganas de hacerle un cambio de imagen.

Peter ha vuelto con Victoria. Ruth se alegra por él. También la alivia que los mensajes de texto no los hubiera escrito él, sino David. Así puede mantener intacto el recuerdo de su antiguo novio.

—¿Qué, cómo va? —pregunta.

—No demasiado mal. Se está gestando un nuevo escándalo de corrupción que quizá me quite un poco de presión de encima.

Como era de esperar, el descubrimiento de Lucy Downey causó un gran revuelo mediático. Durante semanas pareció que no se hablara de otra cosa en los periódicos. Fue una de las razones por las que Ruth se escapó a Noruega y a Eltham. Parte de las críticas fueron para Nelson, no en balde Lucy apareció en una zona registrada varias veces por la Policía, pero también se le atribuyó todo el mérito por el rescate. Ruth quedó encantada de que se minimizase su papel. También Cathbad tenía motivos para permanecer en la sombra. Por su parte, los padres de Lucy se negaron sistemáticamente a criticar a Nelson. Al contrario: aseguraban que el hallazgo de Lucy era el fruto de sus infatigables investigaciones.

—¿Cómo está Lucy? —pregunta, caminando junto al mar.

La marea baja está dejando una hilera de conchas y piedras relucientes. Las gaviotas vuelan bajo en busca de tesoros.

—Bien —dice Nelson—. Ayer fui a verla y estaba jugando en el columpio. Parece que se acordaba perfectamente de la casa y del jardín. En cambio, hay muchas cosas que se le han olvidado. La primera vez que vio un gato, se puso a gritar.

Ruth piensa en *Sílex*, que, recuperado ya de sus tribulaciones, se alojó en casa de Shona durante su ausencia. Shona tenía tantas ganas de hacer las paces que lo alimentó casi exclusivamente a base de salmón ahumado. «Debería buscarme otro gato —piensa Ruth—, para que *Sílex* no acabe demasiado mimado.»

—¿Ha dicho algo Lucy de cómo era estar encerrada? —pregunta.

—El psiquiatra le ha hecho hacer dibujos, y no te puedes imaginar lo inquietantes que son. Cajitas negras, manos crispadas, barrotes de hierro...

—¿Abusó de ella? David, quiero decir.

—¿Abusar? Bueno, abusar está claro que abusó, pero de abusos sexuales no hay ningún indicio. Los psiquiatras creen que si le hubiera venido la menstruación, quizá la hubiera matado.

—¿Cómo hizo la habitación subterránea? Tenía paredes de cemento y todo.

—Se ve que era un antiguo búnker de la Segunda Guerra Mundial, y que construyó el observatorio encima.

—Dios mío...

Ruth se queda callada unos minutos, pensando en los preparativos de la creación de la cárcel de Lucy. ¿Cuántos años debió de pasarse David planeándolo?

—¿Alguien sabe por qué lo hizo?

—Los psiquiatras tienen un millón de teorías, aunque no dejan de ser suposiciones. Quizá quisiera libertad para los pájaros, pero le gustara tener prisioneros a los seres humanos.

—«Para tener compañía», me dijo a mí.

Ruth piensa en la respuesta de David cuando ella le explicó lo triste que estaba por la muerte de *Chispa*: «Te hacía compañía». Se estremece al comprender que el día en que Peter y ella se encontraron debía de estar yendo a ver a Lucy. De ahí su odio a los turistas y a la basura: no quería que nadie se acercase al observatorio.

—Compañía —gruñe Nelson—. Madre mía. ¿No se podría haber apuntado a algún club informático?

«Buena pregunta», piensa Ruth, mirando el mar. ¿Por qué se hacen las cosas? ¿Por qué se queda ella en la marisma después de las atrocidades que han pasado? ¿Por qué sigue queriendo Nelson a su esposa, a pesar de que no tienen nada en común? ¿Por qué sigue Phil sin creer que haya algún vínculo entre el *henge* y la calzada? ¿Por qué está gorda Ruth y Michelle, delgada? Preguntas que no tienen respuesta. Mientras el agua fría rodea de espuma sus pies descalzos, sonríe pensando que, de todos modos, hoy no tienen importancia. Está contenta de vivir aquí, en esta desolada costa. No cambiaría nada de su vida. Le gustan su trabajo, sus amigos y su casa. «Además —piensa, ensanchando la sonrisa—, no estoy gorda, sino embarazada.» Aunque no tiene ninguna intención de decírselo a Nelson. De momento.

También él está mirando el mar.

—¿Qué ha pasado con la niña de la Edad del Hierro? —pregunta de repente—. La que dio comienzo a todo esto.

Ruth sonríe.

—¿Sabes que le han puesto Ruth, por mí? Yo la llamo «la niña perdida de las marismas», y le dedicaré un artículo.

—¿Has averiguado algo más de por qué murió?

—Pues no, la verdad. Parece que era de familia privilegiada, porque tiene las uñas muy cuidadas, y por el análisis del pelo sabemos que estaba bien alimentada, pero nadie sabe por qué la ataron y la dejaron morir en las marismas. Quizá fuera una ofrenda a los dioses. La verdad es que no lo sabemos.

—Muchas conjeturas, me parece a mí —dice Nelson.

Ruth sonríe.

—Son más importantes las preguntas que las respuestas.

—Si tú lo dices...

Se dan la vuelta y vuelven hacia las dunas.

Agradecimientos

La marisma y su *henge* son totalmente imaginarios, aunque es cierto que en el norte de Norfolk, en Holme-next-the-Sea, se descubrió un *henge* de la Edad del Bronce. Debo las descripciones de este *henge* al maravilloso libro de Francis Pryor *Seahenge* (HarperCollins).

También son totalmente ficticios la Universidad de Norfolk Norte y la Policía de King's Lynn. Gracias a Derek Hoey y a Graham Ranger por sus sugerencias sobre el funcionamiento actual de las fuerzas del orden, y a Michael Whitebead por los datos sobre Blackpool. Vaya también mi gratitud a Andrew Maxted y Lucy Sibun, por asesorarme en cuestiones arqueológicas. Que conste, sin embargo, que la información que me han dado los expertos la he usado siempre en función de las necesidades del argumento, y que soy yo la única responsable de cualquier posible error.

Gracias a Jane Wood y al equipo de Quercus por todos los esfuerzos que me han dedicado. Gracias, como siempre, a Tif Loehnis, a Rebecca Folland y a todo el equipo de Janklow and Nesbit. Y como siempre, mi amor y gratitud a mi marido, Andrew, y a nuestros hijos, Alex y Juliet.